特别鸣谢：宜春市袁州区慈化镇商会

◎李维励 著

慈化往事

江西高校出版社
JIANGXI UNIVERSITIES AND COLLEGES PRESS

图书在版编目（ＣＩＰ）数据

慈化往事/李维励著. --南昌：江西高校出版社，
2022.12（2024.9重印）

ISBN 978 - 7 - 5762 - 3452 - 7

Ⅰ．①慈…　Ⅱ．①李…　Ⅲ．①长篇历史小说—
中国—当代　Ⅳ．①I247.5

中国版本图书馆 CIP 数据核字（2022）第 233043 号

出 版 发 行	江西高校出版社
社　　　址	江西省南昌市洪都北大道 96 号
总编室电话	（0791）88504319
销 售 电 话	（0791）88522516
网　　　址	www.juacp.com
印　　　刷	三河市京兰印务有限公司
经　　　销	全国新华书店
开　　　本	700mm×1000mm　1/16
印　　　张	11.5
字　　　数	170 千字
版　　　次	2022 年 12 月第 1 版 2024 年 9 月第 2 次印刷
书　　　号	ISBN 978 - 7 - 5762 - 3452 - 7
定　　　价	68.00 元

赣版权登字 -07 -2022 -1195

目 录 CONTENTS

楔子 /1

第一章　寻找普庵 /5

第二章　南泉有山 /18

第三章　出木古井 /31

第四章　白牛来访 /48

第五章　鼻涕钟鸣 /60

第六章　千人铁锅 /72

第七章　万人床榻 /87

第八章　倒栽松柏 /100

第九章　拳打井开 /108

第十章　洞宾问道 /122

第十一章　肃字迎亲 /132

第十二章　放下屠刀 /147

第十三章　柳暗花明 /157

第十四章　刺血泥金 /166

尾声 /177

楔　子

是夜,残月如钩,风鸣似咽。群山深处,鸦啼如泣,像在诉说这世间的诸多疾苦。

这是元至正七年(1347 年)的正月。这个冬天,对袁州石里乡(今属宜春市袁州区慈化镇)南泉山的穷人并不友好。由于连年大旱粮食歉收,加上官府横征暴敛,百姓不堪其苦,很多人家食不果腹,无隔夜之粮,逃荒者不绝于途。

十年前,慈化寺的彭莹玉和尚发动五千余名白莲教众密谋起事,遭到官府无情的镇压清剿,更是让南泉山一带生灵涂炭、血流成河。曾经"何殊函谷玉门所,不让都城市井间"的繁闹集镇,如今一片萧瑟凄凉,眼前只有几片残叶,随着深夜的寒风,缓缓飘落在一座古庙的门前。

古庙破旧的门楣上,挂着一块乌黑的牌匾。上面刻着的"慈化禅寺"四个大字,虽然已字迹斑驳,但仍透着一股古朴庄严气息。

殿堂内陈设有供桌、幢、幡、宝盖,供桌上有香炉,插以线香,中间有长明灯、供水,左右装饰有花卉、莲花灯,地上摆有叩头用的拜凳,上覆的拜垫已经破损不堪,殿堂内的大磬、引磬、大木鱼、铃鼓等各种法器也都还在。

殿堂内居中的位置,端立着三座塑像。居中的那尊塑像面容慈悲,目色深邃,仿佛正在望向这片多灾多难的土地,心系天下苍生。塑像前的香台上已布满尘埃和蛛网,似乎多年没有人来打扫。

万籁俱寂。

突然,一个黑影潜入了古庙,在塑像前的空地上坐定。接着,又有两个黑影走了进来,分别坐在两边。

三个黑影与三尊塑像相对而立,彼此无声。

不知过了多久,古庙中的一盏枯灯似乎闪了一下,黑暗中浮现了黄豆般大小的一点灯火。三个黑影在微弱的火光映射下,慢慢地展露出真容。

中间的那位面带杀气，眉目峻冷，身着黑衫，秃头上隐约烫着几个香疤，俨然是个出家和尚。另外二人均身着粗布短袄，面有风霜之色，似乎赶了很久的路程。其中一位略显年长，另一位身材魁梧，腰间还别着两把钢刃。

三人的背后，都绣着一个大字——佛。

"众生皆苦。"一个低沉的声音响起，打破了黑暗中的沉寂。

"是的，师尊，众生皆苦。"另一个声音附和道。

原来，居中的那人，正是以造反闻名天下的"妖僧"——彭莹玉。十年前在袁州路的起义失败后，他的大弟子周子旺不幸遇难，自己与另一位弟子况普天辗转逃匿到淮西一带，历经艰辛磨难，重整旗鼓，秘密发展了大批白莲教信徒，计划择机再度起事。此时坐在彭莹玉身边的二人，就是跟随他多年的弟子况普天和在淮西新收的弟子赵普胜。

"这里，是我出生和长大的地方。"彭莹玉环顾四周，缓缓地说道，"我家原在这座寺庙东边的村子里。我刚出生不久，庙里一个姓彭的和尚看中了我，偏要让家人把我送给他当徒弟。家里穷，家人又拗不过他，到了十岁，就把我送进了庙里，从此我剃了头发，当了和尚，跟其他和尚一样吃斋、念佛、扫地、打坐。没过多久，我学会了一件本事。"

"师尊在庙里学会了什么？"赵普胜跟着彭莹玉时日有限，还不太了解他以前的故事。

"学会了用泉水治病救人。"况普天脱口而出。彭莹玉十五岁时自学医方，能以南泉山下的一口清泉为引，治愈村民们的疾疫，故当地百姓对他心悦诚服，视其如神。况普天跟随彭莹玉多年，自是知道此事。

可是彭莹玉却摇了摇头，说道："医术虽能救人，却是小道。我在寺里这些年，学会的最重要的本事，你们都想不到，是预测人生的吉凶。"

况普天神色一凛，不知道师父到底想说些什么，不敢接话。

赵普胜的性子更为直率爽利，径直问道："那师尊能否看出我们这次起事的吉凶如何？"

彭莹玉的目光扫过两位弟子的脸，比这冬天的寒夜更让人感到冰冷。他长叹一口气，说道："世道维艰，人心叵测，时隔多年之后我才知道，我以为能看到别人的前路，却不知最难看清的，是自己的归途。"

况普天看着眼前的彭莹玉,脑海里依稀浮现出十年前的那个师父。那年,也是个苦冬。临近年关,慈化寺周边的村民连过年的余粮都攒不出来,路边饿殍遍野,可官府不仅不救济灾民,还在不停地用皮鞭和枪棒催收粮赋,许多村民死于饥饿和鞭挞。

南泉山地处四县交汇之处,周边山势险峻,干旱缺水,村民刚毅彪悍,轻生死、重节义,尤其珍惜宗族情谊。元朝官府的残暴激起了当地百姓心中的怒火,此时只要有人振臂呐喊,这团烈火就会熊熊燃烧,映红这片黑暗的大地。

彭莹玉虽身在佛门之中,却胸怀一腔热血,早年就借行医之机,收纳信徒数千人。至元四年(1338年)正月,他暗中安排周子旺、况普天等几位弟子,秘密联系周边信徒发动起义,立国号"大周"。

彭莹玉城府极深,精于推算。他似乎算到了这次起义前途凶险,并没有亲自担任义军首领,而是推举大弟子周子旺为"周王",况普天任宰相。结果不出所料,义军没多久遭到官府反噬,屠杀、清算随即到来。周子旺和五千多义军死在南泉山下,慈化寺这座古刹见证了那些杀戮、哀号与不屈。

寒风如刀刃,况普天不禁紧了紧身上的破夹袄。这座两百多年来香火鼎盛的慈化寺,宋、元两朝朝廷曾多次派官员到寺内致祭,本已确立"天下第一禅林"之地位,但因战乱,如今已破败不堪。

况普天知道中间那尊塑像,是当年发大心愿创建南泉山慈化寺的普庵祖师。如祖师泉下有知,看到今日这般凄凉景象,会做何感想?

彭莹玉的声音再次响起:"你们知道我为什么要带你们回到这里吗?"

赵普胜一脸疑惑,况普天也摇了摇头。

"再过二十日,普天在万载起事,普胜在淮水起事。与十年前相比,敌人依旧强蛮难敌,形势更加诡谲莫测。说实话,是吉是凶,我也推算不出。"彭莹玉拍了拍身上的尘土说道。

"就算敌军有三头六臂,我也要砍下几个来!"赵普胜年轻气盛,毫不畏惧。

"我反思十年前的失利,不是因为大家没有你这样的猛劲。南泉山这一带的老百姓尚武成风,打起仗来个个都不怕死。我们只输在一点。"

▼楔

子

"输在哪一点?"

"谁也不能饿着肚子打仗,穷人也不能。"彭莹玉语气铿锵,"当年我们就输在没有钱,没有粮食。几天下来,大家都扛不住了。"

"那师尊的意思是?"况普天谨慎地问道。

"早年我在寺里为僧时就听师父说过,这座慈化寺不简单。"彭莹玉站起身来,走到普庵禅师的塑像前说道,"他们说,当年普庵祖师圆寂前,曾告诉过徒弟,他留下了一笔相当可观的寺产。一旦寺庙香火不济,或遇上灾年战乱,寺中的僧人可凭这笔寺产重整院寮,接济十里八乡的乡亲。"

况普天将信将疑地说道:"师尊,我幼时也曾听过此传闻,会不会是寺中僧人以讹传讹、穿凿附会?"

彭莹玉背起双手,说道:"我也是这样想的。但上个月我在淮水边,遇到了一个人,他告诉我,这可能是真事。"

"是谁?"

"那人姓刘,叫刘基,字伯温。"彭莹玉说道,"他说,慈化寺天下闻名,寺产之说并非空穴来风,即使是在淮水一带也有所耳闻。别人说的话我可以不听,但此人轻易不开口,开口则必有七分准信。于是我又重新翻阅了普庵祖师留下的诸多经文偈语,回想起那些在寺庙中听僧人讲过的公案故事,又暗中潜回普庵禅师故里探寻数次,发现这座寺庙里藏着一些蛛丝马迹。特别是乡民传言,普庵禅师留下过一部血书《金刚经》、一首禅咒,皆有大神通、大奥妙,藏在寺中某处。就算没有金银珠宝,那部血书或手书神咒,想来也是无价之宝,对我等日后起事必有助益。"

赵普胜和况普天也都站了起来,并立在彭莹玉的身前,一同说道:"谨遵师尊嘱咐。"

"今晚我们来到这里,不只是回想那些陈年往事,更是为了找寻两百年前普庵祖师留给我们的东西。"彭莹玉神色庄重地说道,"是的,那些就是留给我们的。让我们拿着它,改造这个糟糕的世界,将光明重新带给大地。"

三人庄严地肃立在慈化寺破旧的普光明殿之中,仿佛有梵音在他们身边响起。

第一章　寻找普庵

"我们只有一夜的时间，"彭莹玉紧了紧衣襟，说道，"明天一早，官府的鹰犬必然会得到音讯，来此地搜寻我们三个。"

况普天双手合十道："师尊，幸好现在还是一更天，离天亮至少还有四个时辰。不知师尊打算从何处查起？"

"是啊，我们总不可能把寺内地面全部撬开来找那些宝物。"赵普胜的性子更急，"要不我上外面农家找把铁锹和斧子，早些年我也给财主家干过泥水活……"

况普天忍俊不禁，说道："赵普胜，这里是古刹胜地，怎容你胡来？想必师尊自有主张，我们听令即可。"

彭莹玉踱了几步，若有所思地说道："所谓库藏寺产，必定在建寺之时便有布局。普庵祖师深谋远虑，当年筹建慈化寺，从选址、谋划到建造，无不克服万难、亲力亲为，要想找到宝藏，必先要从祖师重整禅寺之始说起……"

况普天、赵普胜不再插嘴，静静地听着彭莹玉说下去。

那是南宋乾道二年(1166 年)的往事。

袁州府城西石里乡，地处荆湖南路与江南西路交界处，来往商贩行旅甚多。乡里南泉山左近有集镇，名曰黄圃市，乃袁州府内六大集市之一，九月十九庙会那天，自是热闹非凡，不比大州大府差。只见本地的老表带来了生姜、淮山、茶油等山货，浏阳的客商运来了稀罕的烟花爆竹，醴陵的工匠摆出了精美的陶瓷器物，集市主街的入口处均用柏枝红花搭起彩门，喧天的锣鼓声、采茶戏班高昂的唱腔、花鼓戏嘹亮的唢呐声和商贩的叫卖声混成一片。

街面上，密密匝匝的人群摩肩接踵，有小孩拿着糖葫芦四处凑热闹，有三五成群的女人花枝招展，有耍花招变戏法的，有跑江湖卖膏药的，也有乞丐衣衫褴褛沿街乞讨，更有小偷在人堆里钻来钻去试图浑水摸鱼。空气中弥漫着烟火气息,宛若一派盛世年景。

谁也没注意到,其中有一位花须长者,带着一位布衣随从,正慌忙地穿过熙熙攘攘的人群,似乎在急着寻找什么。

"丁巡检,"那随从凑到长者耳边说道,"那和尚今天真会来这儿凑热闹?听这附近的人说,他已经在山里闭关几年了。"

那长者没有停下脚步,艰难地挤过几个看耍猴的路人,回过头去对随从说:"今天是黄圃市一年当中最热闹的一天,往年这时,他都会在离集镇不远处的慈化古寺,给没钱就医的乡民看病。"

"咱们为什么非得费这么大劲来找他? 袁州境内禅宗盛行、丛林遍布,又不乏名僧大德,谁不能主持此事?"

那长者摇了摇头,若有深意地说道:"你不懂。此事必须由此人办。"

原来,长者名叫丁骥,时任袁州府(下辖宜春、萍乡、万载、分宜四县)巡检。三天前,知州大人单独向他提起一事:当朝皇后夏娘娘籍贯袁州,她出生时,有异光穿室,父亲夏协感到非常奇怪。她长大之后,便以资貌出众入选后宫。三年前,夏娘娘被册封为皇后。听宫里传话,夏皇后今年要回乡祭祖,拜谒家庙。夏皇后特地说道,家乡有一座慈化院,即慈化香花古寺,唐朝初年曾香火鼎盛、闻名四方,但因遭回禄之灾,加上年久失修,现已破败不堪,僧众寥落。皇后交代,地方府县要即刻重修古寺。皇后返乡省亲之时,会来慈化寺上香礼佛。

丁骥一听,便知此事非同小可。坊间传言,夏皇后虽出身寒门,但进宫以后颇得皇上宠幸,短短几年时间从嫔妃荣升皇后,说出的话极具分量,必须办得妥妥当当。但上意难测,谁也不知道她为何偏偏提出要重修慈化古寺,也不知古寺重建、高僧住持之事,该从何处着手。石里乡地处偏僻,民风彪悍,僧道混居,常有奇闻逸事,贸然开工建寺,又不知会闹出多少么蛾子。丁骥小心翼翼地问道:"皇后娘娘亲自交办,此事非同小可,却不知嵇知州想让卑职做些什么?"

那知州姓嵇名琬,绍兴三十年(1160 年)的进士。自三年前知袁州事以来,他遍访各县各乡,对当地风土人情了如指掌,尤擅揣摩上意,在夏娘娘尚未荣登后位之时,便一直与其乡里亲属交往甚密,顺便探知其幼时的习惯喜好和过往经历。一接到宫里安排重修慈化院的指令，嵇琬心里就已经有了七分准数，大概知道这件事缘何而来，也知道该从何处着手来办。他特地找丁骥也有个缘由。

只见嵇琬捋了捋长须，说道："丁巡检，你是不是跟慈化院的住持普庵和尚有些来往？"

丁骥回道："回嵇知州，我两年前置司于石里乡黄圃寨，负责当地治安缉盗之事。通过当地长者刘汝明结识普庵禅师，向他请教佛法禅道。普庵禅师乃临济五祖法演的法孙，绍兴二十三年（1153年）起就住持慈化院；三年后他的授业师父——寿隆院的贤和尚圆寂，他又兼领寿隆院。虽未尝渡河出岭，却修为精深、妙应无方，具有大神通，更有折草为药、祈雨祈晴之法，在当地声望极高。我向他学习两年，自感颇有收获。知州此时提起普庵禅师来，莫不是想请他主持修寺事宜？"

嵇琬点了点头，递给丁骥一杯清茶，说道："我正有此意。石里乡不同于袁州其他地方，南泉山一带更是两省三州四县交界之地，如果没有本地高僧主持，怕镇不住脚出乱子。普庵禅师久居此地，据说名气甚大，四方礼谒之众趋之若鹜。由他坐镇办理此事，必能合夏皇后之意。"

丁骥是个聪明人，顿时明白了嵇琬的用意。他早就听说，当年夏娘娘父亲夏协因选妃之事搞得倾家荡产，流落街头，被普庵禅师的徒弟和光禅师收养，住在蟠龙寺四年，后得病而亡，葬在山中。夏皇后册封后，得知父亲情况后，上报朝廷，宋孝宗便追封夏协为太子少师，爵封信王，并改蟠龙禅院为"报亲显庆禅寺"，还送了一把题了诗的扇子给和光禅师。普庵禅师与夏皇后的弟弟——国舅夏执中也常有书信往来，普庵禅师因此深得夏家信任。此番夏皇后有意重修慈化寺，主持此事者，除普庵禅师外，无更合适的人选。

丁骥在头脑里迅速将此事想了片刻，说道："普庵师父这些年专心清修，在寺中并未常住，经常潜隐南岭天龙岩励精修行，忘怀于世。庙里的事情都交给弟子圆通署理。属下只是担心他一心禅修，不愿出山署理此俗务。"

嵇琬端起桌上的木叶天目盏，抿了一口茶，接着说道："重修慈化寺一事，不仅事关夏皇后，更与当地百姓生计息息相关。石里乡南泉山一带土地贫瘠，百姓虽耕作勤劳，却收成有限。如果慈化寺香火重盛，四方香客、商贾

7

纷至沓来,老百姓的日子不是更好过吗?素来听闻普庵禅师身在佛门之中,心念天下苍生,这等有利当地百姓生计之事,他必不会推辞。"

丁骥心中隐隐觉得此事还是有些不妥,但究竟不妥在哪里,他一下子也想不出。他知道知州嵇琬在官场沉浮多年,心思细密,城府颇深,心中藏着事儿也不会明说。既然上官有命,自己就没有理由推辞,丁骥只得应允道:"那属下便去一趟南泉山,看看普庵师父愿不愿意主持此事。"

嵇琬看着丁骥,意味深长地说道:"丁巡检,记住一点,无论普庵和尚跟你提出什么条件,你都得答应下来。兹事体大,你我二人的乌纱帽,石里乡甚至袁州百姓的将来,说不定就着落在你身上了。"

一个路人的猛烈一撞,把丁骥从思绪中拉回到人声鼎沸的黄圃集市当中。还没等丁骥开口,跟在身后的随从暴脾气犯了,骂出声来:"你怎么不看路啊?"原来那随从本是巡检司衙役冯五所扮,巡检司常年跟各路强盗凶徒打交道,冯五在面相上就自带凶悍之气。

只见那路人冷冷地瞪了冯五一眼,没有答话,自顾自地走开了。冯五正要发作,丁骥伸手按住了他的肩膀,说道:"这里不是你耍威风的地方,别多生是非,快走,办正事要紧。"

慈化香花古寺距离黄圃市不到两里路,丁骥和冯五二人好不容易从人群中挤了出来,走到了古寺门前。只见古寺四壁斑驳,香火寥落,冷冷清清,寺前的空地被泛黄的银杏叶覆盖,只有几个身着破衣烂衫的残疾乞丐坐在庙门前晒太阳、捉虱子,有的瘸了条腿,有的断了胳膊,有的满头癞痢,不一而足。丁骥走进寺内,里面空空荡荡,根本不见普庵禅师。

冯五疑惑地问门口的乞丐:"喂,叫花子,普庵师父今天没来庙里吗?"

那几个乞丐自顾着捉虱子,没谁理冯五。冯五喝骂道:"你们没长耳朵吗?我问你们话呢!"

丁骥急忙拉住冯五,对着那几个乞丐抱拳,客客气气地说道:"几位居士,敢问普庵师父今天会来庙里给人看病吗?"

一个癞痢头乞丐对着丁骥傻笑了一下,丁骥有点尴尬,又有种说不出的奇怪感觉。另一个瘸腿乞丐白了他一眼,不动声色地说道:"你们是哪里来的老爷?找普庵师父干什么?"

冯五见这乞丐这般无礼,脸都气成了猪肝色,右手下意识地摸向腰间,丁骥摁住了他,带着几分外乡口音说道:"我们是从醴陵来的客人,特地慕名来找普庵师父治病。请几位居士看在我们远道而来、路上辛苦的分上,告诉我们普庵师父的去处,我们好去寻他看病。"

那瘸腿乞丐挂着一副破拐,慢慢地站了起来,上下打量着丁骥,说道:"看你这个样子,倒像个读过书的人。若似他那样,我们是一句也懒得跟你说的。方圆百里你去打听一下,南泉山从来官府不问、州县不管,谁也别到这里来逞什么威风。你好好地问,我才好好地跟你说,你要找的那个普庵师父,今天一早就来了,看了十几个病人,刚才回去了。"

丁骥忙问道:"他是回寿隆院了,还是回南岩山里修炼去了?"

瘸腿乞丐摇了摇头:"这我怎么知道?"说罢,又坐到那个癞痢头乞丐身边,两人互相帮忙捉虱子。

丁骥和冯五面面相觑,心里一阵着急:若普庵禅师回了寿隆院,倒也好找;就怕他像往常一样,潜入南岩山里打坐静修,他们该上哪儿去觅他的踪迹?若找不到普庵禅师,回去后怎么向稽知州交代?

冯五拉着丁骥走到一边,说道:"丁巡检,要不等会儿我们到寨里多调点儿人手,进山里去找那和尚?"

丁骥摇了摇头,说道:"此事不宜太过张扬,人多也无益。等我们回集市找到那人,再做打算。"

"又要找谁?"冯五疑惑地问道。

丁骥再没说话,转头便往黄圃集市走去,冯五只得快步跟上。

那几个乞丐看着他们远去的背影,捂着嘴笑了出来。

当返回到黄圃集市时,丁骥被眼前的景象给镇住了。刚才热闹非凡的场景如同海市蜃楼般突然消失不见,那些耍猴卖艺的、摆摊贩货的、搭台卖药的一下子全都跑光了,再也听不见女人的笑声和孩子的哭闹声,眼前只剩下遍地狼藉,仿佛集市被强盗洗劫了一番。

虽然遍地凌乱,但他们却没看见被打烂的瓷器、撕碎的花炮和被踩扁的生姜,似乎货物都被商贩们好好地收走了,这里好像出了什么大乱子。

冯五按着腰间暗藏的短刀,对丁骥说道:"巡检,这里可能有点儿麻烦。"

丁骥压着声音问道："冯五,寨里现在还有多少人手?"

"这段时间周围几个村闹小偷,寨子里派了不少弟兄下去,剩下的人手也就十几个,也没有像样的硬手。"冯五面露难色。

丁骥往远处看了一眼,主路的尽头处人头涌动,好像出了什么事儿。丁骥不动声色地说道:"没事儿,我们过去看看再说。"

二人快步走了过去。原来,道路的两边有两群农民手持锄头、镰刀等铁制家什,正在隔路对峙。旁边的小山丘上,则里三层外三层地站满了看热闹不怕事儿大的人群。

丁骥多年巡检此地,深谙当地民风。他一看便知,这定是一场宗族械斗的前奏。

自宋代以来,江南西路原本文风极盛,有所谓"朝士半江西"之说,王安石、曾巩、黄庭坚等名士层出不穷,袁州府亦不例外,唐代韦庄有诗赞袁州曰:"家家生计只琴书,一郡清风似鲁儒。"石里乡虽地处偏僻,但当地乡里同样崇文重教。多年来,南泉山里也走出过不少学子。在"崇文"的同时,"尚武"之风同样在此地盛行。这一带崇山峻岭,距离中原核心地区比较远,因此数百年来没有大的战乱和迁移,有较长的稳定时间来积蓄人口,得以稳定地繁衍数代。州、县衙门离这里山高路远,于是宗族势力根深蒂固。这些宗族当中,又以李、陈、彭、刘、黄、汤六家人口最多、实力最强,宗族内部团结互助、重义轻利,遇事能共进退,这几个家族因此日益成为各村实际的统治力量。

石里乡虽然地处锦江源头,但因地势较高,常年缺水严重,旧时有"石里水尾墩,十年九受旱,一年不受旱,吊着雷公不过墩"的谚语。加上地处两路四县边界地带,各宗族之间经常因争夺山、林、水、地而发生激烈的械斗,州、县衙门均不管。凡械斗之因,皆源于鼠牙雀角之争,但当地官员多置之不理。百姓发生纠纷,若是选择打官司等纠纷,解决往往遥遥无期,还免不了被官员敲诈勒索。当地百姓索性选择诉诸宗族势力,以武力来解决。衅端既开,则死者流血被野,掳者惨毒备极。每一次械斗死伤数十人,冤仇越积越深。有的宗族结仇已不止九世,几如不共戴天,危机四伏,一触即发,往往不数年便有一次大血战。

丁骥当年在此设黄圃寨,就有安抚当地各宗族,解决械斗问题之意。但石里乡辖区广袤,又有很多村落遍布崇山之中,单单走上一圈,拜访各村族老,恐怕都要一年半载。更何况很多纠纷本来就源于各姓家族的实际利益,又牵扯多年恩怨,就算是府尹、知州亲自来,也未必能解决得了,更别提自己只是区区巡检。能和好稀泥,尽量少流点血、少死些人,已经算是万幸了。

这时,只听得一个炸雷般的声音响起:"老刘头,这黄圃市也不是你们姓刘的开的,哪个不要命的把我们姓彭的摊子给踩翻了?"

丁骥循声望去,只见对峙的一边站着一个满面络腮胡子、黑似乌漆的壮年汉子,手举着一把镔铁剔骨刀,在带头叫嚣。丁骥认识那汉子,他名叫彭有根,从小生得牛高马大,长大后当了屠夫,常年杀猪宰羊,自带凛凛杀气。族里跟外面打架斗殴时,他每次都冲在最前面,俨然是彭家年轻一代的领头人。

再看路的对面,站在最前面的却是一个白胡子老者。丁骥定睛一看,差点儿喊出声来,这不正是自己返回集市打算找的那人吗?

原来那老者就是丁骥的老友刘汝明。多年前,丁骥就与他一起跟着普庵禅师学习禅法,两人已成莫逆之交。本来丁骥指望他能带自己去找普庵禅师,没承想他在这里卷入了一场纷争当中。

只听见刘汝明对彭家那边的人说道:"有根老弟,我们刘家的几个后生从醴陵带点儿瓷器罐子来卖,在搬运的时候,不小心碰到了你们的摊子,又不是故意要踩你们老彭家。我们两家远无冤近无仇,这里都是一伙青皮后生,为这点儿事打得头破血流,让别人看笑话多不值当啊。不如各退一步,我代族里的后生向你赔个不是,你看怎样?"

谁知刘汝明的话音刚落,身后那些刘家的年轻人不答应了,一个个高喊着:"伯伯,你不要跟他们说这么多,要打就打,谁还怕他们不成?"不管刘汝明怎么好生安抚,这些年轻人都不肯就此罢休。

彭家那边也喊声震天,交织着手里家伙什儿的撞击声,一声比一声高。在彭有根身后的,都是彭家的年轻后生,什么事都要跟人争个长短,今天又是在黄圃市中,怎能在四方乡里面前输掉颜面? 双方互不相让,眼看一场激烈的械斗不可避免。

丁骥一看，于公，自己是四县巡检，有责任制止这场械斗，维护一方平安；于私，自己跟刘汝明交好，也该帮他化解这场危机。但他今天只带了冯五一个人手，黄圃寨的弟兄都没在身边，自己又不是本乡之人，就算出面干涉，双方也未必会给他面子。但箭在弦上不得不发，丁骥硬着头皮，打算走到双方中间去制止斗殴。此事异常凶险，一旦场面失控，战斗中无论哪一方的家伙落在身上，丁骥都可能把性命交待在此地。冯五亦步亦趋地跟着丁骥，打算拼了命也要保护好丁骥的安全。

就在此时，有一个人先丁骥一步，走到两群人对峙的道路中间，高声说道："且莫动手，听我一言！"

丁骥一看此人，心中大感欣慰："也只有他，方能当得这两家的和事佬！"

原来，江南西路一带乡村常有宗族纠纷，为了避免每次纠纷都演变成流血事件，在官府鞭长莫及的情况下，就需要德高望重、重义疏财的乡绅长者来代为调停，所谓"宗党中有争斗，悉来取正，得公一言，即释然以解"。这样的乡绅长者，也被人称为"和事佬"，是地方官府非常倚重的、每个乡村必不可少的重要人物。

这次站出来制止彭、刘两家械斗的，正是当地有名的"和事佬"——李仓监。

李仓监原名李光远，早年在袁州任过仓监一职，人们都尊称他为"李仓监"，他的本名反而很少有人叫，知道的人不多。他在黄圃市一带声望极高，有"李善人"之誉。李仓监站出来说话，彭、刘两家都得给几分面子。彭有根一摆手，制止住了彭家这边的喊声，让彭家人放下了手里的剔骨刀。彭有根对李仓监说道："李大善人，你来评评看，刘家的后生踩翻了我们家的猪肉摊、生姜摊，非但不认错赔礼，还叫骂着要打人。我没读过书，但也晓得天下之事，总抬不过一个理字。今天刘家不还我们这个理，一个也别想回去！"

彭有根的这番话又激怒了刘家的人，只听得叫骂声此起彼伏："赔你上山的礼！""今天谁走谁是狗！"原本有所缓解的局面再次变得剑拔弩张。

刘汝明长叹一口气，对李仓监作了一个揖，说道："李员外，我欲息事宁人，但说服不了族里的后生，有根说的话您也听见了，每句都咄咄逼人。该如何处理，只能听您的。"

李仓监看了双方一眼，突然大笑一声，这笑声把彭、刘两家的人都弄得有点摸不着头脑，只听他说道："可笑啊可笑。为了一点儿鸡毛蒜皮的小事儿，你们就要毁我石里乡两大族姓。彭、刘两家世代诗书传家，却在今天名誉扫地！你们知不知道，官府的丁巡检也在这里，就等着你们打起来之后抓人！你们就打吧，打死的活该，没打死的也要被抓去吃牢饭吃到死。"

丁骥心中一惊，原来李仓监早就在人群中发现了自己。虽然丁骥今天没穿官服，但毕竟巡检此地多年，当地有头有脸的人物大多认识他。丁骥随即便反应过来，知道李仓监话里的用意所在。石里乡这边的人不怕打打杀杀，不怕流血掉脑袋，就怕犯王法被官府缉拿。各宗族普遍认为被官府当盗贼抓住，是一件给祖上蒙羞的耻辱之事。因此，李仓监的话音刚落，适才的喊打喊杀声渐渐就弱了下来。

对于官府，古往今来的乡民都有种朴素的敬畏之意。

李仓监接着说道："黄圃寨就在离此地不远处，里面有当兵吃粮的，也有监房地牢。想被抓过去刺字充军的，尽管动手。要是没人想去吃牢饭，就听我说几句。"

"就听听和事佬怎么说。"彭家的后生在小声地嘟囔着。

"杀人偿命，毁物赔钱，"李仓监说道，"不管是有意还是无意，总归是刘家的后生弄翻了彭家的摊子，按说多少要赔偿彭家的损失。"

"什么和事佬，我看他就是帮彭家说话……""嘘，别打岔，听他说完……"刘家这边的后生也在低声议论。

"不过，"李仓监顿了顿，接着说道，"事情出在黄圃市，也就是出在我的家门口，损坏了多少东西，都由我来出钱。汝明兄要是同意，就做个东道主，请有根老弟喝杯薄酒，我就厚着这张老脸做个陪，你们看如何？"

李仓监如此说话，既给足了彭家人面子，又不伤刘家的尊严，刘汝明自然是没有意见，彭有根也无话可说。只见双方的后生都慢慢地收起了手里的家伙，知道今天这架估计是打不起来了。

彭有根毕竟还是年轻，在这些有头有脸的乡绅官吏面前，说话多少没有刚才那股底气："那，那怎么好意思……让李员外出钱？"

刘汝明也说道："是啊，怎么能让李员外破费？"

李仓监走过去拉过彭有根的手,又一把拉来刘汝明,说道:"黄圃市有今天的热闹景象不容易,你们今天就给老夫几分薄面,带着后生们都回去吧。"

两家的大部分后生已萌生去意,只有少数好勇斗狠之徒还在互相叫阵。这时丁骥觉得自己出来说话的时机到了。他快步走到李仓监身边,清咳两声,说道:"李员外,汝明兄,有根老弟,各位乡亲,我就是四县巡检丁骥,你们听我说两句。"

四县巡检的身份还是有震慑力的。丁骥环顾四周,见没人再敢大声叫嚣了,就尽量用轻描淡写的语气说道:"今天之事,完全出自误会。既然李员外当和事佬,又愿意替刘家出钱赔偿,我看这事就这样算了。黄圃寨那边我还有两百多个弟兄,都配刀带甲。你们要是觉得手底下的家伙够硬,大可以跟他们试试。"

丁骥说完,两边的人群渐渐散去。彭有根与丁骥和李仓监告别后,回集市收拾自家的摊子去了。丁骥擦了擦头上的冷汗,对李仓监说道:"今日之事真是多亏李员外出面,否则搞不好又是几条人命!"

李仓监叹了口气:"唉,石里乡每年都有宗族纷争,每次必有死伤。乡里多年灾荒歉收,官府不管不问,税赋徭役丝毫不减。眼看北方大好江山沦陷异族之手,我大宋朝廷偏安一隅不思进取,视内忧外患为无物。每每想到这里,我都夜不能寐。丁巡检,我这个和事佬当得了一时,当不了一世啊!"

丁骥无言以对,只好附和一声"所言极是",随即转头对刘汝明说道:"汝明兄,我是特地来找你的。就问一句,普庵师父现在在哪儿?怎样才能找到他?"

刘汝明面露诧异之色,回道:"每年的九月十九,他都在慈化香花古寺替穷人看病啊。你在黄圃寨巡检多年,怎会不知道此事?"

"我们去过慈化古寺,没见着普庵师父,只看到一群叫花子在晒太阳。"一直站在丁骥身后的冯五忍不住插嘴道。

"叫花子?"刘汝明疑惑地说道,"慈化古寺破败不堪,向来都没什么香客,叫花子今天不来黄圃集市要饭,去那里晒什么太阳?"

丁骥隐隐约约觉得有点儿不对劲,但又说不出是哪儿不对劲。他和冯五对视了一眼,冯五也是一脸茫然。

丁骥拉住刘汝明,说道:"汝明兄,事不宜迟,没有太多时间跟你解释了。还是请你带我们再回慈化寺一趟,看看普庵师父到底在不在那儿。"

刘汝明没办法,只得跟李仓监作了个揖,说道:"李员外,我先跟丁巡检去一趟慈化寺,回头再请你替我邀彭家的人一起喝杯酒,我会另备薄礼送到府上,感谢李员外今天秉公调解。"

"无妨无妨,"李仓监笑道,"带丁巡检去找普庵师父要紧。"

慈化古寺门前。

之前在门口晒太阳的那群乞丐,一个也看不见了。只有几个樵夫担着柴,在寺外不远处行色匆匆地走过。

古寺里萧瑟空荡,如同多年没人进来过一般。

丁骥和刘汝明对视一眼,说道:"汝明兄,你看这是怎么一回事? 适才我们来时,还有一群乞丐坐在门口。"

刘汝明走进殿堂里,发现佛像前的供桌上,几乎没有灰尘。四下都被人精心地打扫过,虽然破旧却异常干净。佛像似乎也被重新擦拭过一遍,散发出一种神秘的光彩。

刘汝明转头对丁骥说道:"普庵师父今天来过。"

丁骥点了点头,说道:"可我们怎么没看见他?"

刘汝明沉吟片刻,说道:"不,你们见到他了。你们只是不愿相信,那就是他。"

丁骥突然感到脑子"嗡"地响了一下。那个癞痢头乞丐神秘的傻笑、瘸腿乞丐不阴不阳的回答、古寺前的落叶、擦拭过的佛像,一幅幅画面不断从脑海中闪过。他似乎明白了什么,对刘汝明说道:"怪不得我总觉得在哪儿见过那个癞痢头乞丐,看他的样子虽然形容邋遢,但卧眉垂耳、天庭饱满、地阁方圆,绝不似普通的乞丐。原来,他就是普庵师父假扮的!"

冯五不解地问道:"可是,普庵禅师为什么要扮成乞丐来骗我们呢?"

"这不是骗。"丁骥说道,"记得普庵师父曾经说过'一翳在眼,空花为实相,捉水月为遍界',又云'入正念则一身多深,破空花则一相多相'。谁说和尚就非得身着锦兰袈裟、手持九锡禅杖,在莲台之上正襟危坐?"

刘汝明笑道:"就是。谁说四县巡检就非得身着官服、骑马坐轿,在大街上耀武扬威？"

丁骥也笑了。

冯五摸了摸脑袋，说道："您二位就别笑了，咱们折腾来折腾去，这又扑了一个空，普庵师父还是没找着啊。"

丁骥拍了拍冯五的肩膀，说道："俗话说，心急吃不了热豆腐。我在想，普庵师父已经知道我来找他了，要是普庵师父存心不见我，我们再怎么找也未必找得到他。如果普庵师父想听听我跟他说些什么，那他自然有办法听得到。"

刘汝明赞道："丁巡检跟随普庵师父修习多年，果然有见地。我看这古寺虽然破旧，但也静雅，咱们三个在此稍歇片刻，我让人送些茶叶果品过来，我们边吃茶边等，说不定普庵师父等一会儿就会回来。"

丁骥说道："那我们就不客气了，尝尝汝明兄的好茶。"

三人坐在古寺门前的石凳上，一边品着本地的"迎客茶"，一边吃着干果蜜饯。那"迎客茶"不同于普通茶水，里面放有生姜、豆子、干椿、茶叶、胡萝卜丁等，俗称"五子登科"，是本地招待宾客的不二之选。谁知这"迎客茶"一喝就是两三个小时，直到夕阳渐渐落下山头，也没见普庵禅师返回庙里。丁骥略微有些失望，不过与老友刘汝明相谈甚欢，得知普庵禅师这两年来虽在南岭天龙岩求静打坐，极少出山，但他的徒弟圆通和尚常在寺内处理院务，想必就算见不着普庵师父，也能找到圆通和尚，到时再做商量。

天渐渐地黑了下来。山区的太阳一落山，那凉风就"嗖嗖"地直往衣襟里吹，好似有雨点随着寒风飘落在头顶。深秋时节的南泉山一带本来极为干燥，没承想白天还是晴空万里，一到天黑竟下起雨来。三人在寺外坐不住了，又受不了这股寒气，只得把桌椅茶具搬进寺内。丁骥看了看天空，漆黑一片，没有一点儿星光，叹气道："看来今天是白跑一趟了！"

冯五往嘴里塞了一把干果，口齿不清地说道："巡检，咱们今晚回寨子里住，弟兄们都好久没跟你喝酒了！"

丁骥斥道："这里是佛门圣地，休得胡言乱语。"

刘汝明笑道："这位兄弟快人快语。两位若是不嫌弃，今晚到老夫家中歇息，用点儿粗茶淡饭，明日再做打算，如何？"刘汝明早年在外经商，返乡后广置田地,家境颇为殷实,在石里乡算得上数一数二的大户。他与丁骥素有交情,早些年二人就常常抵足而眠、彻夜长谈。

丁骥笑了笑,打算跟刘汝明回去。

就在这时,突然有一个黑影在寺门前闪现,由于天色太暗,又没有月光,根本看不清那究竟是人还是鬼。冯五拔出腰间短刀,怒喝一声:"谁?"

只见那黑影一摇一晃地慢慢靠近。丁骥掏出火折,点燃一看,心里顿时"咯噔"一下。

原来,那个黑影不是别人,正是白天在寺门前看见的那个瘸腿乞丐。

欲知后事如何,且听下回分解。

第二章　南泉有山

"足下究竟是何人?"丁骥抱拳问道。

只见那乞丐拄着拐杖,一步一步地挪了进来。拐杖与地面的青石撞击发出的声音,在空旷的寺庙里显得很是刺耳。他慢慢地靠近丁骥,突然把拐杖扔向一边,双手抓住丁骥的肩膀,二人顿时四目相对,鼻尖都几乎要碰到一块儿了。冯五生怕那乞丐对丁骥不利,提起刀就要冲过来。丁骥赶忙喊道:"冯五,别动!"

那乞丐就这样看着丁骥,半晌没有说话,只是呼出的气仿佛要喷到丁骥的脸上。刘汝明似乎看出了什么,但也没有作声。

就在这时,一个声音从寺门外传来:"圆通,您别吓着丁居士了。"只见又有两人走了进来,一个正是白天见到的那个癞痢头乞丐,另一个则是一身樵夫打扮。

癞痢头乞丐熟门熟路地点起了佛像前的几盏油灯,原本漆黑一片的殿堂顿时有了几分光彩。瘸腿乞丐这才放开抓住丁骥的手,快步走到佛像前,双手合十拜了三下。原来他的"瘸腿"是伪装的,他这几步走得竟比寻常人还要灵活,应是在山中磨炼腿脚许久,才能这般敏捷。

"你叫他圆通,难道你就是……"冯五看着那个癞痢头乞丐,疑惑地问道。

"他正是我们的普庵师父!"丁骥不禁迈步过去,握住了那"癞痢头乞丐"的手,喊了出来:"普庵师父,你让我们找得好苦啊!"

普庵禅师双手合十说道:"丁居士,我今天两次出现在你面前,你都视而不见,这又怨得了谁?"

"两次?"丁骥疑惑地问道:"不就是在寺门前见着了一次吗? 师父法相万千,恕我眼拙,实在不记得还在哪儿见过。"

"在黄圃市集,这位小兄弟和我不小心撞到过一次,你忘记了?"普庵微笑道。

冯五摸了摸头,有些惭愧地说道:"原来那人也是你……那算起来,今天我骂了你两次了。"

丁骥瞪了他一眼,不过这也不能怨冯五,因为不知道普庵禅师先后假扮成路人和乞丐。普庵禅师明知丁骥在找他却始终不与丁骥相认,到底是什么原因?

普庵禅师依旧面带笑容,说道:"无妨,无妨,你我一日之内生了两次口角,这正是我俩的缘分。他们俩是我的徒弟——圆通和圆契,丁居士、刘居士你们都曾见过,无须多做介绍。"

就在这时,冯五的肚子很不应景地"咕咕"响了两声,他抬眼看向刘汝明和丁骥,欲言又止。

刘汝明恭恭敬敬地说道:"普庵师父、圆通和圆契两位师兄正好都在这儿,不如一同到寒舍一叙?我让下人准备好斋饭果品,正好向师父请教些参禅难题。"

普庵禅师却摇了摇头,说道:"刘府的斋饭,向来是极好的。不过今晚,我想带三位居士去尝点儿不一样的滋味。敢问丁居士,是否愿同贫僧趁着夜色,去南泉山里的几户人家走走?"

丁骥不知道普庵禅师的葫芦里卖的是什么药,但他牢记知州大人的嘱咐,无论普庵禅师提出什么要求,他都得尽量满足。何况去走几户人家,也不是很过分的要求,虽然他和冯五都还饿着肚子。想到这里,丁骥抱拳说道:"谨听师父安排。"

六人从慈化古寺出发,向附近的山村走去。这时,雨已经停了,夜黑如幕,淡淡的月光给路边的灌木丛都披上了一层白霜。普庵三人步履轻盈,脚下生风,刘汝明、丁骥很久没走过山路,想跟上他们都有点儿吃力。走了约莫半晌,他们来到了几户农家面前。这几所房屋皆为黄土夯成,四面漏风,屋顶也没有片瓦,只盖着薄薄的一层茅草,若外面的雨稍微下大一点儿,屋内估计就得"水淹七军"。屋子也大都没有房门,普庵随便找到一家,就带着他们走了进去。里面黑漆漆的一片,只有一点儿黄豆大的火光,在一盏古旧的油灯里忽明忽暗地闪烁。

"谁呀?"一个苍老沙哑的声音从屋内传出。只见这屋里除了一张矮床、一张断了腿的方桌和一张板凳,没有其他家什,用"家徒四壁"都不足以形容这屋子的简陋。

那声音就是从矮床上传出来的。只听普庵应道:"是我,普庵和尚。"

"哎呀,是普庵师父啊!"矮床上那人颤颤悠悠地爬了下来,床架似乎有点儿不稳,发出了"吱吱呀呀"的声音。那人步履蹒跚地走过来,却是一个白发苍苍、有些佝偻的老太婆。她看见普庵一行,竟打算屈腿跪拜,圆通、圆契立马搀住了她,把她扶到板凳上坐下。

"易奶奶,你腿脚不好,我带了一点儿草药过来,让你家伢俚晚上烧点儿水给你泡脚,连泡七天,你就能像以前一样出门行路了。"普庵禅师从布袋里取出一包晒干的草药和一袋米,放在那张断了腿的方桌上。

只听得那易老太叹了口气道:"唉,普庵师父是活菩萨,只是我家早就没有柴火了,用什么烧水哟?"

丁骥一皱眉,问道:"易老太,你家有几个儿子,怎么家里连柴火都没有?这么冷的天没柴火怎么过得了?"

"回这位官人的话,我家原有两个儿子、一个女儿。老头子多年前就没了,我一个人把几个孩子拉扯大。女儿吃不了苦,早嫁到上栗那边去了,十几年没见过,也不知是死是活。大儿子跟着别人去挖煤矿,因矿井塌掉被压死了。这几年收成不好,小儿子种地连自己都养不活,卖掉了地,去帮浏阳佬贩花炮,今年就回了两次家。我的腿又走不得路,只能躺在家里等死,苦啊!"易老太说着说着,两行浊泪就从干枯的眼角滑落,流过那张满是沧桑的脸庞。

"那你一个人在家里,吃什么呀?"冯五忍不住问道。

"庙里的师父常送点儿米来,邻居上山砍了柴火会分我一点儿。我这把年纪,活一天算一天,就像那山里的野藤草,一把火烧来,就化成灰哩!"对于生死,山里人素来看得不是太重,易老太也不例外。挖煤会死人,做花炮会死人,砸石头会死人,械斗会死人,遇上灾年,更是成片成片地饿死人。南泉山一带的人们对此早已习惯,不会为生死之事而过于悲伤。

普庵禅师拍了拍易老太的后背,说道:"易奶奶,你的小儿子和女儿都会回来看你的,你要好好地活着,把腿养好。"说来也奇怪,普庵禅师拍了两下后,易老太的后背似乎挺直了点儿,没之前那么佝偻了。

刘汝明对普庵禅师说道:"普庵师父,易老太家的柴火,我明天让人砍几捆送过来,另外再送点儿盐巴和菜油过来。"

普庵禅师看着他,说道:"刘居士一片善心,只是这南泉山里像她家这样的不下三百户,靠你一人如何救济?你们如果不累,可再随我走一户人家。"

丁骥、刘汝明跟着普庵一行往下一户人家走去。冯五这时已是饥肠辘辘,下午吃过的干果蜜饯早就不知藏到哪个角落了,心里一百个不乐意。但丁巡检都没说话,他只好跟着一块儿走下去。

不一会儿,一行人又走到一处土屋前,还没进门,就听见里面传来几个小儿此起彼伏的哭声。走进屋内,只见一个妇人衣衫褴褛,怀里抱着一个两三岁大的孩子,背篓里背着一个未满周岁的婴儿,膝下还趴着两个七八岁大的孩子,都只穿着不知缝了多少个补丁的单衣,一边冷得瑟瑟发抖,一边哭喊着:"娘,我饿,我饿!"

丁骥心头一凛,想到马上就要立冬了,这家几个孩子缺衣少粮,又没有男人在家,如果无人问津,说不定有的孩子连今晚都过不去。他问道:"我是四县巡检丁骥。你家男人在哪?家里没有余粮了吗?"

那妇人抬起头,麻木地看着眼前的一行人,面色凄凉地说道:"回巡检大人,我家男人去年上山砍柴,不留神掉下了悬崖。原本自己种了两亩薄田,族里每年还会送点儿粮食给孩子,但今年雨水少,收成差,家里四个孩子四张口,两天前就已经断粮了,连喂孩子的奶都没了……"

"这都是我大宋的子民啊!"丁骥与刘汝明对视一眼,叹道,"欲求一条活路而不可得!"

普庵命圆通放下一袋粮食,又送了那妇人一小包盐巴,妇人自是千恩万谢,可几个孩子依然哭啼不止。就在这时,门外传来一阵沉重的脚步声,一个身影风尘仆仆地跨了进来,边走边喊:"张大嫂,这儿还剩了一点儿肉,我特地给孩子带来了,你明天烧给石头、细伢他们解馋!"

丁骥定睛一看,不是别人,正是今天黄圃集市上差点儿挑起一场械斗的年轻屠夫彭有根!彭有根手里提着一挂肥瘦相间的肉,刚走进屋,就看见普庵、圆通、圆契几个大和尚也在屋里,惊得他把肉一扔,跪在地上连磕几个响头:"不知道几位师父也在这里,恕小的无理!"

原来,普庵禅师多年来在南泉山修桥补路、扶贫济困、治病救人,当地百姓无人不知,早已把他当成活菩萨一般。彭有根当着普庵和弟子的面给人送肉,是冒犯佛门的大罪过,若是族里的人知道了,定会怪他。想到这里,素来天不怕地不怕的彭有根脑袋上都开始冒冷汗了。

但妇人怀里抱着的两个孩子一看到肉,顿时就不哭了,嘴里还嘟囔着:"肉肉,肉肉,娘,我要吃肉肉……"

丁骥觉得有点儿尴尬:当和尚的面来送肉,这算是怎么回事儿?但内心深处,他开始对彭有根这个小伙子有些另眼相看了。眼前这寡妇不是彭家宗亲,彭有根也不忌讳"寡妇门前是非多",辛苦一天后还大老远送肉给孩子吃。南泉山一带的老表大多极重乡土情分,一直以来是一家有难、八方相助,有钱出钱、有力使力,毫不计较个人得失。这里虽是穷山恶水,却能感受到人情温暖。

丁骥打个哈哈,刚想替彭有根说两句话圆个场,却听到普庵笑着说道:"无妨无妨。和尚又不是泥塑的,自己虽然吃素,却禁不得他人食荤。有根,我早就听说你平日接济山里的几户鳏寡穷人,今日亲眼得见,果然是金刚外表、菩萨心肠。佛祖割肉喂鹰,你送肉帮困,都是救人救命,别无二致。何况这些孩子挨饿多日,身体虚弱,更需要补充点儿油水。我佛慈悲,绝不会因噎废食,本末倒置。"

彭有根站起身来,看上去挺魁梧的一条汉子,有点儿不好意思地说道:"普庵师父折煞我了。我是看这张大嫂一个人拉扯几个孩子不容易,若不送点儿肉来给他们补补身子,这个冬天,他们怕是蛮难过去。呸呸呸,我怎么又提到肉的事了?"

冯五斜着眼睛,上下打量了一番彭有根,拍了拍他的肩膀说道:"白天看你小子喊打架喊得挺猛,倒没看出你的心思也不算太坏。"

彭有根推开了冯五的手臂,瞪了刘汝明和丁骥一眼,满怀戒心地说道:"我的心思好与坏,跟你们这些官差没关系。"说罢,把肉放在地上,跟普庵、圆通、圆契告别后,就头也不回地走了出去。

丁骥心想："这个彭有根在怪我跟冯五了。他看见我跟刘汝明在一块儿，肯定认为官府与刘家交好，心里自然不痛快。但我当年巡检黄圃寨时，自认为一直以来都秉公处理宗族纷争，从未偏袒过哪家。虽然我跟刘汝明有私交，但也没帮着刘家去欺负过其他宗姓啊。"丁骥还在沉思的时候，又听到普庵笑道："丁居士倒也不必太介怀。彭有根是心直口快之人，打架他冲在最前面，救人他也不会落在人后。他对你自是有点儿误解，但天下谁又真的懂谁呢？就算是至亲骨肉，也难免会心存芥蒂，何况你与他本就是路人。"

丁骥有些吃惊地说道："普庵师父，你怎么能听见我心里的话？"

普庵摇了摇头，说道："贫僧从不去揣摩人心，有这个工夫不如多读几篇经文。"

走出了张寡妇家，众人站在村口的一棵古樟树下。瑟瑟秋风吹过，丁骥三人皆感一阵寒意，眼见普庵禅师和两个徒弟衣着甚为单薄，却似不为寒风所侵。想必他们三人久在山中修行，练就了一身木石筋骨，自是不畏寒暑。这时，普庵禅师说道："丁居士，你知道贫僧为何带你们走这几处人家吗？"

丁骥双手合十道："愿闻其详。"

普庵抚了抚那棵古樟。古樟历经千年，虽然依旧枝繁叶茂，但躯干已斑驳垂老。它历经了一千年的苦难与孤独，也见证了这一千年来的沧桑变幻。站在它身边的每个人，都只不过是无数普通的过客之一。普庵的手心，似乎能感受到它的心跳和呼吸，能听到它在呢喃着什么。晚风轻拂过它的枝叶，犹如拂过那些无声的岁月。沉吟了片刻，普庵这才说道："其实，贫僧早就知道你们因何而来。"

"普庵师父总是什么都知道。"丁骥和刘汝明对视一眼，继续说道，"我们这次来，正是奉嵇知州之命，请师父主持重修慈化古寺。事关重大，不知师父意下如何。"

普庵面色凝重地说道："三位居士跟着我们走过了几户人家，你们对南泉山这个地方有何感受？"

丁骥和刘汝明、冯五面面相觑，不知该如何回答。

"你们说不出，贫僧替你们说，"普庵接着说道，"重修慈化古寺，其实一直是贫僧毕生所愿。但修这样一座寺庙，按百间房屋来算，需要三百亩土地,一千方木料,两千方土方,五千斤石材,上万片瓦片,六百桶木漆,上千名人工,外加汉白玉、佛身金粉、门前松柏和诸般法器等,耗费钱钞不下百万。丁居士,你们有没有想过,这里的百姓所缺的难道真的是一座新的慈化寺吗?"

丁骥想起刚看过的易老太、张寡妇家,这才明白普庵带他们走这一程的用意。但他毕竟带着嵇知州的命令而来,总不能就这样无功而返。他硬着头皮说道:"话虽如此,但修寺不用老百姓出钱,州里贴补一些,乡里的大户支持一些,总归能把这座古寺给修复一新。"

谁知普庵禅师问道:"若贫僧猜得没错,修寺是朝中夏皇后的意思吧?"

丁骥心头一凛,随即想到普庵禅师与国舅夏执中多有书信往来,他的大弟子和光禅师又曾收留过夏皇后的父亲,因此普庵禅师知道此事也并不稀奇。想到这里,丁骥回道:"普庵师父既然知道此事是夏皇后的意思,就请莫再推辞,莫辜负皇后娘娘的一番苦心。"

普庵禅师看着他,摇了摇头,说道:"你错了,贫僧并非不赞同修寺。如果此事一定要让贫僧来主持,那么贫僧的修法可能跟你们想象的有些不一样。慈化寺不能只是一座供达官贵人烧香礼佛的寺院,而要成为一个普济四方穷苦百姓的庙堂。"

刘汝明赞道:"普庵师父言之有理,可普济四方,谈何容易。就算是朝廷官府,也是心有余力不足。石里乡每年都有人饿死在自家屋里,每月都有人在械斗中受伤、丧命,每天都有人得病却没钱医治,所以这一带信佛的信佛,信道的信道,都是因为人间实在太苦。"

普庵整了整身上的破衣衫,说道:"在贫僧看来,佛也好,道也好,其实殊途同归。只要一心向善,儒释道皆为一家。"

丁骥有些疑惑地问道:"不知普庵师父打算怎么做?"

普庵远眺星空,说道:"贫僧住持慈化香花古寺多年,常观山察脉,感知四周风水流动。此地虽不是积恶之地,却也算不上绝佳的建寺之所。唐末年间,官家在寺门前修了一条粮道,又更加破坏了此地的格局,以致现在古寺年深木朽、香火寥落。既然皇后娘娘有心重修古寺,就不能在原址修复,必须另辟佳地重新修建!"

丁骥不禁脱口问道："那不是要耗费更多的钱财？普庵师父，你刚才还说修寺要花很多人力物力，于百姓无益。怎么转眼间又提出了选址重建这个花钱更多的主意？"

这时，在一旁一直没说话的圆通和尚插了一句："原址修复，就像破衣服缝缝补补，无论补丁打得多花哨，都是白费钱。择地重建，就像婴儿出生，一切从头开始，每一分钱都能看到功效。"

丁骥还是有点儿搞不清普庵和圆通的意思，他只能用嵇知州的吩咐来强迫自己接受圆通的这个观点。如果择地重建，州里给的钱粮够不够？当地的大户愿不愿出钱？建寺用的土地从何而来？到底选在何地重建？这一大堆的问题可都不是小事，每一件要办得妥妥当当。否则，寺庙还没建起来，南泉山已经打成了一锅粥。

刘汝明和丁骥想的一样，也担心重新建寺花费太大、占地太多，州里、乡里都难以负担。万一知州好大喜功，为讨夏皇后欢心非要大肆操办，到时徭役、税赋随即会转嫁到当地百姓头上，无异于给干柴点上一把火，宗族矛盾、械斗不说，没准还会引起民变。

眼下这年景不比朝廷还在汴京的时候，那时国库里的铜币多到串钱的绳子都烂了，绫罗锦帛多到生虫，各地粮库的稻米都堆成了小山，百姓安居乐业，江南更是鱼米之乡，家家富足殷实。自从金兵南下，抢走大宋的半壁江山后，百姓的日子一天不如一天。特别是这几年，石里乡连年干旱，又逢冬日严寒，百姓入不敷出，像刘汝明这样的大户为提防穷人来抢粮，都养了不少家丁护院。此时如果为建寺再行摊派，就算有普庵禅师坐镇，也难保不出乱子。再说建寺用的土地从哪儿来，还不是得从刘汝明这样的大户身上想办法？

想到这里，刘汝明不由得说道："普庵师父，圆通师父，建寺固然是一件功德无量的好事，但石里乡的情况特殊，土地贫瘠、气候干旱，百姓收成微薄，宗族纷争不息，不比本州其他钱粮丰硕之地，加上南泉山一带重峦叠嶂，适合建寺的连片土地也不好找。"

普庵禅师踱了几步，取出背袋中的水囊，低声念了一句偈语才轻轻地喝了一口水，接着说道："两位居士的担心皆有道理。不过修寺之事，既然是皇后娘娘亲提,钱资事宜自不用二位过多担心,朝中自会妥善安排,预计州里和乡里不需花费过多。至于徭役更无须摊派,按行价请人工干活,再请乡里一位公道之士负责监工即可。至于建寺之地,贫僧心中已有打算,请几位居士明天一早,到慈化香花古寺门前等候,随贫僧一起去看一处地方。"

丁骥心想:这普庵虽然平日里隐居在天龙岩,苦读《华严经》《法华经》《金刚经》等佛家经文,倒也不是迂腐守旧、不谙世事之辈,对世间俗务照样了然于胸。这也不奇怪,毕竟普庵生长于此地,多年来凭借藜杖芒履游历四方,时常主持修桥补路之事,为穷人治病疗伤,自是入世极深,绝非那些深居殿堂之内、不食人间烟火的所谓高僧能比。听普庵言下之意,重建古寺之事,不仅无须摊派到百姓头上,甚至还能普惠当地百姓。这夏皇后和国舅爷,到底会拿出多少钱来修寺? 或者说,夏家拿出这么多钱仅仅是用来修寺的吗?

丁骥不敢再往下想了。涉及皇家的事情,就不是一个普通的九品巡检该思考的问题了。天威难测,任何官吏,不管品级大小,都必须谨记这句话。

丁骥看了看刘汝明和冯五,二人都点了点头,于是丁骥对普庵说道:"那行,普庵师父,我们就听你的,明天一早到慈化古寺门口等候,到时再做打算。"

普庵双手合十说道:"三位居士快回去用膳吧,贫僧今晚已听得冯居士的肚子响了二十几声了。"

是夜。

冯五酒足饭饱后倒头就睡。丁骥却睡不着,与刘汝明掌灯夜谈。二人虽不知普庵到底做何打算,但都觉得这修寺之事看起来并不简单。自古以来皇后之家大都荣华富贵,外戚势力非同小可,但夏皇后出身卑微,能从太后阁中侍御走到嫔妃,最终荣登后位,听人说一来凭借官家独宠,二来也是命运使然。她对当年照顾过她父亲的和光禅师青睐有加,且极其信任和光禅师的师父普庵禅师。此番修寺之所以要大张旗鼓、另起炉灶,一方面是为了礼敬诸佛,另一方面也不排除夏家对眼前富贵来得太容易感到惶恐不安,宫中说不定又有不少眼睛在盯着,他们急需转移财富,以便多留后路。给家乡修建寺庙是最冠冕堂皇的好办法,亦不会落人口实。想必嵇知州擅长揣摩上意,早就明白夏皇后的用意,才会如此交代丁骥署理此事。

看来普庵禅师虽身在山野却洞悉朝堂的,心里宛若明镜一般。但普庵不是趋炎附势、甘愿为权贵效力的和尚,他今晚带着三人一路走来,就是想让他们看一看南泉山的民间疾苦。未来重建的慈化寺,真的会像他所说的那样,成为一个普济四方穷苦百姓的庙堂吗?

画面又回到了元末至正七年(1347 年)冬日的慈化古寺中。

赵普胜听彭莹玉讲到这里,不禁说道:"师尊,听你这么说,看来寺产之事还真不是子虚乌有,当年夏家说不定藏了不少金银财宝在这古寺之中。以前就听说夏皇后的弟弟夏执中擅长拍皇帝老儿的马屁,想必钱财捞了不少,心里非常不安,于是想了一个办法把钱转移至老家。"

彭莹玉摆了摆手,说道:"夏执中进京之后,他姐姐夏皇后想让他休掉寒微时娶的原配妻子,另娶京中贵族之女。他以'贫贱之交不可忘,糟糠之妻不下堂'回应夏皇后,终究没有休妻。由此看来,他倒也是个重义轻利的汉子。正所谓'狡兔三窟',夏家富贵之后便开始思谋一些退路,这倒也在情理之中。"

况普天问道:"师尊,那普庵禅师是活菩萨一般的人物,怎会情愿帮夏家做这些事呢?"

彭莹玉没有接话。他转身看着古寺中居中的那尊塑像。那尊塑像面目和蔼,但眉宇间似乎透露着一份坚毅和隐忍,仿佛在替世人承受苦难。他的耳边,似乎响起了儿时听过的寺庙里的和尚们时常吟诵的那首《普庵禅咒》。那些简单的音律参差组合,犹如天地人相互交融,让他自然进入清净空明的境界,仿佛进入了当年的普庵禅师的精神世界。

彭莹玉闭上眼睛,让这首禅咒在脑海里吟唱片刻,这才对两位徒弟说道:"祖师的心中,其实并没有什么达官显贵。他所做的一切,都是为了当地的穷苦百姓。若干年后,就像他所说的那样,慈化寺成了普济穷人的庙堂,而不是一个只供富贵之人礼佛吃茶的道场。"

"师尊,这寺产到底藏在哪里?"赵普胜急着知道答案,"普庵祖师又为何把慈化寺建在此地?"

27

"少安毋躁,少安毋躁。"彭莹玉拍了拍赵普胜的肩膀,"当年常听寺里的老和尚说,在普庵祖师选址建寺的时候,发生了几件奇闻逸事,也不知是真是假。一百多年来,本地人传得神乎其神,甚至把这些事当成普庵祖师降巫辟邪的神迹。我且说给你二人听听,看看里面有没有什么蛛丝马迹可寻……"

话说普庵禅师带着徒弟圆通和丁骥、刘汝明、冯五一行,从慈化香花古寺出发,往南泉山中的南泉关方向走去。只见山中杳无人烟,古木参天,所谓"林深不见鸟,但闻鸟鸣声",好一处青秀幽静之所在。眼前的南泉山北面数十里山岭如龙似蛇般奔赴芦州(今江西省宜春市上高县西部),东西两边水环山抱,南面群峰高耸,犹如护卫,真个风景如画,气候宜人。

没走多远,快到芦州村的地界时,普庵停了下来,伸手指向眼前一处所在。只见山壁之上,有一股清泉如白练般自山顶顺石壁倾泻而下,经年累月在山脚不远处形成了一个不大不小的泉池。泉池看上去并没多深,水面随风泛起几丝涟漪,泉水落在池中溅起的水汽,在阳光映射下犹如一道道彩虹。泉池边水草丰茂,松涛起伏,如同仙境一般。

冯五见泉水清澈见底,忍不住蹲下身去,想用手掬起一捧泉水来喝。刘汝明的脸色顿时大变,立马伸手拉住冯五,喊道:"这水不能喝!"

冯五将手在身上擦了两下,不解地问道:"这水看起来挺干净啊,为什么不能喝?"

普庵禅师缓缓说道:"刘居士久居本地,自是听闻此泉有蹊跷。此地原来就建过寺院,只是规模不大。建炎年间,僧众四散,寺院垮塌,不见遗迹。这口泉池原来就在寺院前面,看起来很浅,其实深不可测。池子被山泉冲刷多年,下有泉眼涌出,里面的泥土层早就变得松软,一旦踩入,就会深陷其中不可自拔。过往行人、朝山香客常有路过此地不慎陷入这个泉池的,陷在泉池中往生的有好几百人。冯居士,你看此泉之水还能喝吗?"

冯五摸了摸脑袋,问道:"那我们不喝泉水,停在这儿干什么?"

普庵站在原地,向四周环视。今天他和徒弟圆通都换下了"乞丐装",穿上了本门的灰色罗汉褂,更显容貌魁奇。只见他捏了捏手中的檀木念珠,沉声说道:"这口泉池,就是重开山门、新建慈化寺之地!"

丁骥看着这口泉池，诧异地问道："这泉中怎可建寺？"

听见丁骥如此发问，圆通和尚说出一桩事情来。

原来前几日，普庵还在天龙岩禅修之时，登上过不远处的坪子岭，在山顶眺望远方时，看见一个青山起伏、古木参天、风景奇秀的地方。他带着圆通、圆契来到此处，发现了这口泉池。

普庵认为此处妙就妙在南山在前，蜀江环新址绕行，侧后又有来龙山天龙岩，基座镇泉眼，不缺饮用水。而且此地距离黄圃市并不远，甚至比香花古寺旧址与集市的距离还更近。慈化寺若远离集镇，因此更显冷清。如果于此地建寺，香客将更多，香火也将更盛。

谁知正当普庵师徒三人准备离开时，泉池中突然传来异常的响声。只见刚才还平静如镜的水面，一下子如同烧开了一般，"噼里啪啦"地向外涌出水泡，水泡在水面不断炸裂，泉水的颜色慢慢地变成一种诡异的血红色，一池清泉顿时变成一池沸腾的"血水"。圆通曾听闻袁州八景之一——南池涌珠，传说那口泉池底下有一泉脉，常"滚滚素沙争涌，历历珠玑迸吐"。但那口泉池只是泉涌如注，水量巨大，不似眼前这口泉池一般平地沸腾。圆通、圆契从没见过如此蹊跷之事，顿时变得十分紧张。

普庵禅师却镇定自若，只是稍稍握紧了手中的锡杖。

"既是池中道友，为何只出声，不见面？"普庵高声喝道。

说来也奇怪，普庵话音刚落，池水就渐渐平息了下来，仿佛被他的声威震慑，不敢太过造次。池面最后一个气泡消失之时，一个巨大的黑影在池底显现。圆通、圆契被吓得往后退了几步，只见那黑影缓缓地站了起来，身长三丈，壮若磐石，那水滴如雨线般从它的身上淋漓而下，一阵寒气顿时四散开来。圆通大着胆子看了一眼，那怪物通体乌黑，头顶却有红光通天，另有一双眼睛也像在血水里浸泡过一般通红，闪现着摄人魂魄的光芒。只见它一步一步地从池中最深处走出，向普庵师徒三人走了过来。

普庵并无半分惧色，左手捏着檀木念珠，右手握着锡杖指着那怪物，说道："贫僧道是为何这般萧瑟落寞，原来是你藏匿在这泉池之中兴风作怪，赶走了僧人，毁掉了寺庙，霸占了此地，又害了数百条性命。今天，贫僧就要替天行道，收了你这妖孽！"

那怪物一见那锡杖,就浑身颤抖,定在原地不敢向前一步。圆通见状,心想原来此怪物竟然如此怕师父,便大着胆子也喝骂起来。只见那怪物"扑通"一声跪倒在池水之中,溅起一阵水花。圆通的耳朵里突然传来了一阵难听的声音,那声音就像两把生锈的锯子互相摩擦发出来的。原来是那怪物开口说话了:"我不是妖孽,我是一郡泉神之首。泉池害人性命,此乃天意,非我所愿。天帝有懿旨,只待普庵禅师出现,建寺就以泉池为基。从此我也皈依佛门,以证圣果。我看你手中持有九环锡杖和乌檀念珠,难道你就是普庵禅师?"

普庵一听,这怪物倒想着把责任推给老天爷,合着害死那么多人就没他什么事。普庵怒道:"妖孽,你没看错,我就是普庵。纵使你说的是真话,我也不能饶你。南泉山本来就缺水,你倒好,霸占了这口位置绝佳的泉眼,又害死了这么多穷苦百姓。你结下的苦果,必须由你来吃!"

普庵用锡杖一指,一道金光从杖端闪出,打在那怪物身上。只见那怪物如雷击般浑身颤抖,巨大的身躯瞬间缩小,直至消失在池底。

圆通将此事讲与丁骥三人听,他们都有些将信将疑。虽说普庵禅师在当地声名显赫,但他们对于泉怪之说还是不太相信。刘汝明小心翼翼地问道:"普庵师父,纵使真有泉怪作孽,这一池泉水之中,怎能作寺庙之基?"

普庵禅师看着丁骥和刘汝明的神色,心里便知道了他们的想法,于是说道:"堪舆之学非我佛家功课,世人常因风水之说耽误修行,实乃不智。在贫僧看来,迷信风水,不如顺时顺理,顺其自然。此地有山有水有泉眼,建寺在此不缺饮水和柴薪,是一重顺;距离黄圃集市不远,方便村民客商礼佛,是二重顺。至于泉怪之说是真是假,你们一看这泉池便知。"

说罢,普庵又用锡杖向泉池中央一指,丁骥三人一看,顿时惊呆了,再不敢说半句话。

欲知丁巡检眼见何物,且待下回分解。

第三章　出木古井

二更将至，万籁俱寂。

况普天搓了搓手借以驱寒，问道："没想到这慈化寺重建于此地，倒有这样一番来历。却不知当日普庵祖师指给那丁巡检和刘员外看的，是怎样一幅景象？"

彭莹玉道："原来，那原本清澈碧绿的泉池，竟然刹那间变成了一摊稀泥，泉水仿佛一下子被抽干了似的，全都凭空消失了。只剩下一根乌黑似漆的粗木桩，矗立在那摊稀泥中央。"

赵普胜问道："难不成那木桩就是泉怪所变？"

彭莹玉点了点头，说道："正是。那根黑木桩，日后就成了慈化寺地基的组成部分，被永世压在大雄宝殿之下，承载寺身重量，以此来赎害死几百条人命的罪行。"

听到此处，况普天心中突然出现一个疑惑，不由得问道："师尊，如果慈化古寺果然藏有巨大的寺产，那宝藏绝不可能如那泉怪一般，被压在寺庙之下。否则后人不得已时要启用寺产，还得把这慈化寺翻个底朝天。除非有机关暗道，通向藏宝之处。只是不知这机关暗道，与当年那根黑木桩所埋之处，是否有联系？"

彭莹玉赞道："没错，普天心思细密，能想到此已是不易。我当年听到普庵祖师在收服泉怪留下一句偈语之后，也是这么想的。"

况普天和赵普胜异口同声地说道："愿闻其详！"

"那普庵祖师只说了一句'达本忘情，古井出木'。"彭莹玉看了看若有所思的二人，在原地踱了几步后，接着说，"不过，你们现在想想，那根木桩是不是真埋在古寺之下，还是另有去处。"

况普天想起一件事来，不由得说道："师尊，我记得本地有传闻，慈化寺的后院正有一口井叫'出木古井'，传说当年建寺所用的木材，都是从井中冒出来的。还有人说，现在井里还卡着一根古木，莫非……"

赵普胜插嘴道："按师尊和师兄所言，那井中的古木，不就是那泉怪所化的黑木桩吗？普庵祖师当年说出的那句偈语，正是给徒弟们留下的提示啊！看来这寺里的宝藏，要着落在那口古井中了。我说咱们还等什么呢，去那口古井看看便知分晓。"

况普天心中也满是好奇，他疑惑地看向彭莹玉。只见彭莹玉点了点头，表示赞同赵普胜的意见。三人绕过普光明殿前的塑像，径直走向寺庙后院，去寻找那口神秘的出木古井。

在走向古井的路上，彭莹玉又向两位徒弟讲起建寺前发生的一件事……

一口不知深浅的泉池，只剩下一个四季不涸的泉眼。丁骥命人深挖丈余直至泉脉，又在四周砌起砖来，形成一口井，作为慈化寺的地标所在。

但在此地建寺时又遇到了一个难题。这块地皮属钵盂塘村的彭氏所有，要在这里建寺庙，必须经过彭家应允。而且附近又是刘氏的屋场所在，两块地皮之间犬牙交错，地势复杂。彭、刘两姓之前就多次发生过冲突，甚至引发过械斗。建寺所需土地面积不小，如果处理不妥，必将激起两姓之间更大的矛盾。

丁骥想起黄圃集市上彭姓和刘姓的后生刀兵相见的场景，不由得头皮发麻。巡检黄圃寨多年，除了防盗防寇之外，最让丁骥头疼的就是这里的宗族之争。本地人仗义轻利，但对宗姓尊严极为看重，把一个"彭"字、一个"刘"字看得比身家性命还重要。这些年来，在黄圃寨的调解下，宗族纷争有所缓解，几个大姓之间虽然还是互相不买账，但至少明面上的武力械斗少了很多。如果因为建寺一事，再次点燃彭、刘两姓人家内心深处的怒火，那慈化寺以后想要太平无事就不容易了。

这段时间一直跟着丁骥筹办建寺一事的刘汝明，心里也惴惴不安。建寺选址距离刘氏屋场太近，到时势必会损毁刘家百姓的房屋。自己作为刘姓的族老，也必然会受到族人的责怪。他小心翼翼地问道："普庵师父，新建慈化寺，需要多少土地？"

普庵禅师看着刘汝明,微微一笑,并没立刻回答。他想起了一天前,带着圆通、圆契看这块地时,与他素有交情的彭氏族老彭彦远,即彭有根的伯父,也问过他同样的问题。

是啊,这座慈化寺,需要多少土地呢?

在普庵禅师的头脑中,其实一直都画有这座慈化寺的图景。此时,这幅图在他的脑海中徐徐展开:慈化寺前为山门,其后分别建成普光明殿、无量佛殿、五如来殿、四天王殿等大殿,东山门、西山门、雨花堂、达本堂、方丈室、钟楼、鼓楼、天轮殿、地轮殿、选佛场、旃檀林、库房、藏经阁、二十四寮,朝宗、西来、南泉、拱北四关,小圆堂、大圆堂、东庵、西庵、观心堂、桂轮堂、圆通阁、香林书院,寺中开清水河,建东、西清水河庙,浴室,石塔二座,四斋阁,以及日、月二台,四围街道,丹樨甬道,东西两庑,廊楹千数,倒栽柏亭、桓等。整个禅寺亭阁宏伟,设计规整,库院僧堂内外一新,佛像威严。朝佛之人来自五湖四海,他们衣着光鲜,神态贵气,列于寺内外,井井有条,梵呗之音、灯烛之具,昼夜不绝。

可是这些,真的是他想看见的吗?

此时,又有另一幅图景显现在普庵的脑海中:这座慈化寺虽然只建有殿堂、丈室、厅库、厨廊、楼阁、山门等基本用房,但是有一口大锅,煮出来的粥可供上千名饥肠辘辘的村民填饱肚子;它有一张大床,可供上万个无家可归的穷人暂歇一晚;它有一口大钟,敲响的声音能直抵人心,穿破云层。

到底哪一座慈化寺,是普庵想要建成的?

普庵缓缓地对彭彦远说道:"愿得衣大足矣。"

彭彦远疑惑地看了一眼普庵身上那件破旧的袈裟,不明普庵此语之意。但他也参研禅道多年,略加思索便知其中之意:"袈裟可大可小,既可遮挡风雨,也可遮天蔽日。一衣之地听起来很小,实际之大却难以估量。想必普庵师父心中自有主张,此地虽归我们族中所有,但若是用来修寺济僧,我们彭家愿意捐出此地任师父使用。"

普庵双手合十称谢。他深知石里乡一带上至乡绅,下至贫民,无不信道礼佛,当年寿隆院多次修葺,都得到了当地乡民的资助与帮工。不过,他也没料到彭彦远这般大气,一下子就将彭家这块土地捐出来供建寺之用。此时,彭彦远又补充道:"不过话说回来,彭家出了这块地,刘家也总得有所表示吧,要不然,族里的后生要骂我是冤大头了。"

普庵禅师听到这番话,心里便知彭彦远有自己的算盘。普庵禅师不动声色地回道:"建寺之事乃皇命所嘱、州府所托、百姓所盼,绝非一乡、一村、一姓之事,彭家既然出了大力,石里乡的其他族姓也必定不会袖手旁观,彭居士不必过多担心。依贫僧之见,这块土地依然按价购置,不需彭家捐赠。"

彭彦远摆了摆手,说道:"我意已决,普庵师父不必再推辞。千载之后,也会有人记得,慈化寺能够再度香火兴盛,我彭家有莫大功劳。"

丁骥的一声咳嗽声,把普庵禅师的思绪拉了回来。普庵禅师环顾数人,丁骥已经有些疲倦,刘汝明的脸上写满了焦虑,一直跟着他俩的冯五仍是一副不在乎的样子。

普庵禅师脱下身上的那件破袈裟,将它抛向了天空。

慈化寺后院多年未经清理,已杂草丛生。在昏暗的月光下,寻找一口古井也非易事。况普天一边用朴刀扒开荆棘杂草寻找井口,一边问道:"师尊,所谓一衣之地,想来不过是一个比喻罢了,难不成当初建寺真的只需一块袈裟大的地盘?"

彭莹玉十岁时便在慈化寺出家,对慈化寺的一草一木都了如指掌。但这些年一直在外奔波,已多年未回故乡,加上夜色昏黑,彭莹玉一下子竟没找到出木井的位置。听见况普天的话,他回道:"当年,寺里的和尚跟我讲起这段往事时,我也问了同样一句话。但和尚反问我,你觉得一片云有多大。"

况普天和赵普胜停下了手中的活计,听彭莹玉说下去。

"我跟和尚说,一片云就是一片云,远看像巴掌一般大,实际上可能跟一座山头差不多大。"彭莹玉的思绪,仿佛回到了三十年前的那一天,"和尚说我错了。一片云,停留在空中的时候,就像我说的那么大。但云是会流动的。它随风游走时,可以遮住整片天地。它被风吹散时,又变得微若尘埃。"

况普天思索了片刻,说道:"师尊,那和尚的意思是不是在说,袈裟和云一样,都不是一成不变的?"

彭莹玉点了点头对况普天表示赞许,说道:"普天,你的悟性很好,倘若生在两百年前,说不定就是普庵祖师门下高徒,成就未必会在圆通、圆契、和光等禅师之下。可惜值此乱世,你只能跟着我东奔西走。是呀,我们每天看着天边的云彩,却不知云究竟有多大。就像当年的丁骥、刘汝明虽然每天能看见普庵祖师身上的那件破袈裟,却不知袈裟到底有多大。"

赵普胜听得心中一阵懵懂,不由得问道:"说了半天,那袈裟到底有多大?"

彭莹玉没有说话,伸手指向一丛杂草中间,说道:"也就比这个井口略微大了几百亩。"

况普天和赵普胜凑了过来,用手中的火把照去,只见杂草当中果然有一口古井,深不见底,却有一根黑色的木桩,斜斜地从井口伸出,仿佛井底长出了乌漆木。

若干年后,据丁骥回忆,普庵禅师的破袈裟,从空中缓缓落下,覆盖的是彭家包括祖坟在内的整片山林,还有刘家的整座屋场。他还记得那时刘汝明的脸色变得煞白,仿佛身上的血被抽干了。

丁骥不敢怠慢,当即命令冯五,从黄圃寨将能用的人手全部调来,共一百多名步卒,火速赶到钵盂塘村,封锁住刘氏屋场的路口。

刘氏所有在家的年轻后生,只要年满十六岁,全部自发地来到村中的祠堂里。个个头戴白巾,手持棍棒,面色凝重,只等族老发号施令,拼命护屋。

彭家的一群后生也抄起家伙,来到了村口,说什么也不让自家的祖坟被用来建寺。到了这个时候,彭彦远虽身为族老,但也劝不动这帮后生罢手。

丁骥心中暗暗叫苦:知州大人说了无论普庵提出什么要求,都得尽量满足他。可万万没想到,普庵重建慈化寺,非得占用彭家的祖坟和刘家的屋场,一下子惹恼了石里乡六大族姓中的两家。要是真动起手来,刘、彭两姓加一块儿不下五百人,紧急抽调来的一百多步卒,也未必能压住场子。而且当下群情激愤,若处理不慎造成民变,就算丁骥没被村民当场打死,朝廷也绝不会轻饶他。

如果不依普庵,又怕他甩手不干,跑回天龙岩静修。到时丁骥同样没法向知州大人交代,也没法向宫里的夏皇后交代。天威难测,得罪了皇后娘娘,丁骥的下场说不定会更惨。

说来说去,丁骥觉得这趟差事就是把自己放在火上烤,自己当巡检这些年,抓过不少江洋大盗,也历经过不少生死关头,算得上见过大风大浪,没承想今日竟要栽在钵盂塘这条阴沟里。

丁骥向彭氏那群后生望去,看到领头的又是彭有根这个刺儿头。只见彭有根又带着那把亮晃晃的剔骨刀,在人群中格外抢眼。宋代官府禁止民间制造、储藏、购买兵器,普通农户家里能有把菜刀或柴刀就算不错了,出门在外的旅人最多带一把朴刀,用来清理路上的荆棘。屠夫则占了职业上的便宜,可以名正言顺地持刀,自然让其他人忌惮三分。加上彭有根生来身材魁梧,壮硕如牛,自然威风凛凛,往村口这么一站,上阵打仗的将军也不过如此。

再看刘氏屋场这边,领头的那个后生名叫刘金伢,是南泉山一带有名的铁匠,打得一手好农具,周边数十里的乡亲大多认识他。刘金伢虽不如彭有根那般高大,但肌肉结实有力,两条胳膊犹如两根铁棒,皮下的青筋像一条条小蛇,仿佛要爆出来。他手持一副锻造用的铁锤,与对面的彭有根遥相呼应。之前在集市上水火不容的两个族姓,此时共同面对强占家园的官兵,倒有点儿同仇敌忾的感觉。

率先喊起来的,自然又是彭有根:"普庵师父,丁巡检,你们要修寺,我们族老说了愿意给地给粮。但你们要掘我们的祖坟,这不是让我们从此没有祖宗吗?今天我就站在这里,要挖我们的祖坟,得先从我彭有根的尸体上踏过去!"

刘金伢也随即喝道:"姓彭的不让挖祖坟,姓刘的也不会让你们拆屋场!我不信你们今天能拆掉我们的房子来建劳什子!"

两边的后生跟着齐声呐喊起来,敲打着手里的器械,互相壮大声势。从黄圃寨来的官兵反倒像被两家合围了似的,显得有点儿势单力薄。

丁骥眼见情况不对,当即高声喊道:"重建慈化寺,是功在当下、利在千秋的好事,两家的族老都答应了,怎么你们还这么愚钝?这么多人手里拿着兵器,难道想造反吗?"

"造反"二字说出来,有些后生心里还是挺害怕的。毕竟自古以来,农民如若对抗朝廷的税赋、徭役,就会被扣上"造反"的帽子,不仅自己要掉脑袋,弄不好还会株连九族,害死自己的家人亲友。虽说石里乡的民风较其他地方更为彪悍,但民对官天生感到恐惧。所以当丁骥这番话一说出口,两边呐喊的声音顿时就小了很多。

彭有根口才笨拙,一下子想不出什么话来反驳。可刘金伢在铁匠铺里跟那些行走江湖的人打惯了交道,不仅打出了一身力气,还练就了一副伶牙俐齿,只听他不紧不慢地说道:"丁巡检,你莫胡乱扣帽子。我们姓刘的向来对朝廷一片忠心,从不拖欠税赋、逃避徭役。今天,大家只不过是护着自己的屋子而已,怎么谈得上造反? 再说,我听别人常讲'官逼民反',你要是逼得石里乡的老表造反,我看朝廷会不会也拿下你的脑袋!"

彭有根一听,也赶紧说道:"就是,我们彭家也只是护着自家的祖坟,怎么能算造反?"

丁骥心想,此地位于两省三州四县交界之处,当地人与外界交流颇多,眼界甚广,就算是没读过一天书的铁匠、屠夫,其见识也完全不同于其他交通闭塞之地的百姓,光靠言语是根本唬不住他们的。自己人手又不太够,也不能凭借武力压制。本地的老表虽然信道礼佛,但绝非愚信。以丁骥对当地人的了解,有些人心里可能害怕跟官府作对,但面对拆屋场、挖祖坟这种大事,谁也不会因为胆怯而后退半步。

拿着一把钢刀的冯五眼睛发红,见丁骥被彭、刘两家的后生顶撞,不由得怒从心头起,大声怒喝道:"好哇,你们这帮青皮后生,不敬菩萨,不敬官府,我倒要看看你们有几个脑袋,经得起黄圃寨的弟兄们来砍!"说罢,提起钢刀就要向刘金伢冲去。

冯五出手迅猛,以致丁骥都没来得及阻拦。冯五素来莽撞,但他的功夫在黄圃寨里也是排得上号的,一把眉尖刀使得行云流水,与禁军中的佼佼者相比也不遑多让,这也正是丁骥时常将他带在身边办事的重要原因。此时这把利刃出手,刘金伢手中的铁锤恐怕难以抵挡。如果刘金伢倒在冯五手下,那刘家的后生必不肯善罢甘休,眼看一场血战一触即发。

就在这时,冯五突然感到肩头一阵酸软,接着手中的钢刀,"啪"的一声,落在了地上。冯五伸手去抓,右臂似与身躯分离般疼痛,忍不住喊了一声"哎哟"。彭、刘两家的后生看到刚才气势汹汹的冯五,现在捂着肩膀一副狼狈的样子,忍不住都哄笑起来,气氛也不像刚才那般剑拔弩张。

冯五一边抚着肩膀,一边骂道:"是谁?是哪个暗算我?"

丁骥赶紧冲过去一把捂着冯五的嘴巴,不准他继续骂下去。冯五随着丁骥的眼神望去,只见三个和尚无事一般站在不远处,他们正是普庵和他的两个徒弟。

冯五知道是他们做的手脚,心中有点儿不解:一来不知道是哪个和尚使了什么妖法治住了自己,二来丁巡检和自己其实都是在替普庵办事,不明白丁巡检为什么要出手阻止他。他嘴巴被捂住了骂不出声,只能嘟囔几句。

普庵拍了拍圆通,随即整理了一下自己身上那件满是补丁的破袈裟,接着缓步走到人群中央。这时,彭家、刘家还有黄圃寨的士兵三方对峙,众人心想都是普庵惹出来的事儿,且看他有什么说辞。

彭彦远和刘汝明作为彭、刘两家的族老,心里更是紧张,生怕普庵又提出什么古怪的要求,给已经控制不住的局势火上浇油。

普庵看了看丁骥和冯五身后的官兵,又看了看彭、刘两家的后生,继而双手合十道:"两天前,彭家和刘家还在集市上争个你死我活,怎么今天就联起手来了,你们是打算一起跟贫僧算账吗?"

听到这话,彭有根和刘金伢远远地对视了一眼,想起两天前两家人水火不容,今天却联手与官府作对,彼此都感到有些尴尬。

彭有根还在愣神,没料到此时普庵已经来到他的身边,声音在他的耳边响起,如黄钟大吕一般:"有根,你与金伢都是南泉山的好儿郎,若你们两姓以和为贵,则是南泉山之福。若是非得争个你死我活,贫僧便将这慈化寺建在你们两人的坟墓之上,让佛祖看看,我南泉山的儿女是如何将一腔热血,洒在贫僧的破烂袈裟之上的!"

普庵一把扯下身上的袈裟,扔在地上。不远处的丁骥这时留意到,那袈裟的一角似乎折了起来……

赵普胜伸手扶住了井沿处的那根乌漆木,感到木质坚硬粗糙,有脸盆般粗细,从材质上感觉应该是松木,表面没有苔藓覆盖,像是从井底伸出的一截手臂。他自恃膂力过人,忍不住用力拉扯了几下,木头却纹丝不动。他心想,刚刚使出的力道不下五百斤,就是大石墩也能拉得打个滚,却没想到拉不出井底的这根烂木头。

赵普胜撸起袖子,往手心里吐了一口唾沫,准备再用力试试,却被彭莹玉喝止了:"普胜,别白费工夫了。这出木井在庙里已经有两百多年,你觉得这两百多年来,没有力大的和尚试过把木头拉出来吗? 若是凭借人力能拉出来,这口井里早就没有木头了。"

赵普胜挠了挠头,虽然知道彭莹玉所言在理,可心里还是有点儿不服气。他的手忍不住伸向腰间的那两把短刀,心想若是这根木头拉不出来,用刀总能一截一截地砍断。

况普天的思绪却还沉浸在普庵的那件袈裟上:"师尊,那件袈裟果真覆盖了数百亩的土地? 那彭家与刘家的人怎能善罢甘休?"

彭莹玉把蠢蠢欲动的赵普胜拉到了一边,靠着井沿的砖石坐了下来,对况普天说道:"普天,你没有听完我说的话。普庵祖师把袈裟扔在地上,却有意无意地卷起了一个角。听寺里的老和尚说,正是袈裟留下的这个缺口,保住了刘家的屋场和彭家的祖坟。直到今天,那缺口处的山峦,依然被称作留家山,取普庵当年的'留下'之意。"

况普天若有所思地问道:"这么说来,普庵祖师特地弄这么一出,并非有意同时得罪彭、刘两家,而是另有深意。"

彭莹玉点了点头,说道:"不错。自此之后,南泉山的彭、刘两家言归于好,再未发生过大的冲突,这一带的宗族纷争自此日渐平息。慈化寺前一片祥和,其实是普庵祖师所为。"

听到这里,赵普胜不禁赞道:"我算是听明白了,原来普庵祖师特地同时惹恼两家,不是为了霸占他们的地盘,而是为了让他们在官府的强压之下,摒弃前嫌、团结一心,从而化解两家之前结下的恩怨。世间若多些普庵祖师这样的人物,怎会有这么多不平之事?"

"不错。自此之后,我们老彭家的后生彭有根与刘金伢结成了金兰兄弟,有事互相帮衬,两家都更加兴旺。"彭莹玉说道,"加上石里乡有名的善人李仓监也捐出自家的一块地,慈化寺的用地没了后顾之忧。禅寺新址有南山在前,蜀江于庙前绕行,后侧有来龙山天龙岩,加之寺基镇住了泉眼,四季不愁用水,无疑是个风水宝地,为禅寺日后的香火兴盛打下了基础。只不过……"

"只不过什么?"赵普胜脱口问道。

"只不过,建寺还需要大量的木材,南泉山这一带适合建房屋的大木料不多,必须从临近的荆湖南路那边购来。"彭莹玉一边说着,一边将右手的五根手指按在井沿边伸出的古木上,似乎在探寻着什么。

赵普胜笑道:"师尊之前不是说,建寺的钱除了本地筹集之外,还有远在京师的夏家会暗中资助吗?既然不愁钱,又何必担心买不到好木料?"

况普天倒是不太赞同赵普胜的说法,反驳道:"俗话说,好钢要用在刀刃上。即使不缺建寺用资,想必普庵祖师也是能省则省,要不然,怎会想到用此古井运送木料?"

赵普胜半信半疑道:"古井运木,想必只是传说,难道你还真信井里能冒出木头来?"

就在此时,彭莹玉摸到古木上似乎有一处隆起的疙瘩很不寻常。这根古木虽然纹理粗糙,但通体浑圆坚硬,如被刀斧修饰过一般,并无太多凹凸之处。这处隆起的疙瘩像是没砍干净的枝丫,又像是木头经风化后形成的鼓包。白天,肉眼望去只是漆黑一块,并没有什么不同之处。而在这个冬夜微弱的月光下,那隆起之处似乎有一些赭褐色的斑纹若隐若现。

彭莹玉用力按了按那处木疙瘩,不出意料没有任何反应。他从赵普胜的腰间抽出一柄短刀,用刀柄用力敲打了几下,古木依然毫无变化。况普天和赵普胜惊讶地看着彭莹玉,不知他要干什么。

就在这时,彭莹玉的脑子里闪现出那句"达本忘情,古井出木"的偈语,突然想起他幼时背过的《华严经》里,也有"达本忘情,知心体合"这么一句话。所谓"知心体合",难道是……

彭莹玉突然从井边翻了一个身,双手抓住古木,顺着古木向井底爬去。赵普胜惊呼一声,伸手就想去拉彭莹玉。况普天也非常诧异,但立刻又想到,彭莹玉此举必有其用意,于是用一只手按住了赵普胜,用另一只手替彭莹玉扶稳古木的顶端。

那古木虽在井底历经两百余年,却依然坚硬如铁,足以承受彭莹玉的体重。彭莹玉年近五旬，但习武多年，臂力尤胜少年。他双手牢牢地抓住那根古木，双脚踩在井壁上，一点一点地向下移去。古木的表面很干燥，但井壁上的砖石却因潮湿长满了苔藓，彭莹玉不敢"下降"得太快。况普天和赵普胜很是担心，但也只能站在井边焦急地看着，帮不上什么忙。

彭莹玉稳住自己的身体，两条牡牛腿一般粗壮的胳膊紧紧地抱着古木，双腿也从井壁上平移过来，环箍住那根木头。他将胸口慢慢地贴向那个鼓起的疙瘩，直到感觉那个木疙瘩已经顶在了他的心窝处。这时，空气似乎都凝结了，万籁俱寂，彭莹玉只能听到自己的心跳声，"咚，咚"……

随着这心跳声，那棵古木竟如被赋予灵魂一般活了过来，带着彭莹玉慢慢地向井底爬去，直到况普天、赵普胜再也看不见古木和师父的身影。

这个情况远远出乎况普天和赵普胜的意料，二人面面相觑，不知该跟着下井，还是该站在原地等候。跟着下去吧，井边没有了那根古木，生生地往下跳很可能送死。站在原地干等吧，又于心不甘，也不知师父能不能再从井里出来。

赵普胜烦躁地沿着井边转了几个来回，忍不住抄起刀朝杂草丛乱砍一通。跟着彭莹玉这么多年，他向来都是战场上打前锋的硬角色，从来没有过这种有力使不上的感觉。况普天见他这般焦躁不安，开口宽慰道："普胜，不必担心，看来师尊参透了普庵祖师的偈语，破解了这口出木古井之谜。我们耐心等候片刻，师尊自会回来，将所见所闻告诉我们。说不定，当年普庵祖师留下的宝藏，就留在古井深处的密道之中。"

"古井深处的密道？"赵普胜疑惑地问道，"这井里还有密道吗？"

况普天语气有些迟疑地说道："我也只是猜测……年幼时曾在本地听说过一些关于出木古井的故事。普胜，反正我们在这里也是干等，不如我将这口古井的来历讲给你听，咱们一起来想想，师尊究竟会在井底深处找到些什么……"

建寺之地既已落定，丁骥总算放下了一大半的心。加上彭有根和刘金伢二人经历了此番波折，不仅尽弃前嫌，还结交成了异姓金兰。李仓监又适时地捐赠了一块地，让彭、刘两家在面子和里子上都过得去，两家之间再无芥蒂,南泉山难得像今天这般太平无事。

　　建寺伊始,募资、采办、打桩、修筑等诸多事宜繁杂琐碎,普庵将本地之事全部委托圆通和尚来处理,并邀请李仓监代为监造。圆通和尚在普庵禅师于天龙岩禅修的这几年间,就一直代为主持慈化香花古寺的日常事务,与本地乡绅、百姓打交道最多,处事极为干练得体,加上有黄圃市一带德高望重的李大善人监造,普庵没有什么不放心的。他带上另一个徒弟圆契,前往荆湖南路的金钟湖一带采买建寺用的主材——木头。

　　几天后,普庵和圆契终于行至浏阳县的金钟湖地界,只见此地群山耸立,风景优美,石古泉香。金钟湖是南方罕见的高山湖,湖水从湖底冒出,后分作两股流出,一股流向浏阳河的支流小溪河,最后经由浏阳河汇入湘江;另一股流向江南西路的万载县黄茅镇境内,经南川河进入醴陵的渌江,最后汇入湘江。

　　当年曾有传说,在湖畔的一个寺庙中藏有宝物——金钟。它每天以不同的声响,显示出人们将会面临之祸福,故有人心生歹念,想夺此宝钟,可屡次不能得手。当年,本地有一恶霸恼羞成怒,欲强夺宝钟,保管金钟的老和尚无计可施,只得带着金钟跳进湖中,与宝钟同归于尽,故此湖得名"金钟湖"。

　　由此来看,此湖亦与佛门有缘,当地又盛产松、杉、古樟、柏、梓等上好木料,普庵与圆契不禁额手称庆,皆赞叹道来对了地方。

　　次日,普庵和圆契找到了湖畔的山主,山主人姓伍,名字已不可考,只知道当地人称他伍半山。伍半山靠山吃山,方圆几百里的人家要建宅院,都得到他这里采买木材,多年来赚得盆满钵满,也养成了贪婪的性格。

　　伍半山看见前来询问木材价格的竟然是两个和尚,心里就盘算了起来:和尚要买这么多木头,一定是要兴建寺庙。这年头,一些名刹大寺积蓄颇丰,住持和尚往往把寺产不当回事,修起寺来只求富丽堂皇,花起钱来比官府还阔气。眼前这两个和尚虽然衣着简朴,但年老的那个和尚身材高大、相貌魁奇,不是大寺的方丈住持,就是得道的名刹高僧;年轻的那个和尚虽然貌不惊人,但言谈举止儒雅得体,想来也不是个山野和尚。遇上送上门的两个大"羊牯",如何不漫天要价? 说不定错过了这个村就没这个店了。

　　伍半山在心中打了一阵算盘,便笑眯眯地对圆契说道:"还请两位大师傅知晓,我这山里的松木、杉木、樟木,放眼整个浏阳县,也没哪里比得了。不过只有一桩,本地伐木工匠稀缺,要到外乡去请人来砍斫树木,请人的工钱、来回的路费都得包含在木价里。这么算来,一棵树要一百贯钱。"

圆契倒吸一口寒气,按眼前这个伍半山的算法,一棵树的价格够普通人家一年开支了。修建慈化寺至少要用到六百多棵大树,光木材的钱就是天价。圆契素来精明,平常就在寺里负责采买,对各项物什的行价了然于胸,知道这伍半山在漫天要价,把自己当傻大户来宰。他没有立即反驳,只是笑着说道:"若是我们自己请人来砍伐,这个价又怎么算?"

伍半山上下打量了一番圆契,只见这小和尚虽然身着粗布袈裟、脚踩草履芒鞋,可目光凌厉如炬,眼神中闪烁着一股机灵劲,心想这和尚绝非不通俗务之辈,还知道想法子来还价。他眼睛滴溜一转,计上心来,说道:"两位师傅不知,我们这里有个规矩,外乡人若来买树,我们只卖无尾树、断梢木。如若山上有这两种木材,大可出卖,否则,恕难从命。"

圆契一听,这伍半山口中胡诌什么无尾树、断梢木,分明就是存心刁难,逼他们出高价来买树。圆契正想开口,却见普庵给他使了个眼色,示意他别出声。普庵说道:"伍施主,就按你说的,我们明天上山来找无尾树和断梢木。按浏阳县城里的行价,大材十贯一根,你意下如何?"

伍半山不以为意,心想这山里的木头长什么样,没有谁比自己更清楚,这俩和尚神神道道,难不成还真找得到什么无尾树、断梢木,也就是占个嘴上便宜。明天一到山上,还是得按自己开的价来买木头。双方约定翌日成交,话别后,普庵和圆契去附近的山寺挂单歇脚。

次日清晨,伍半山带着几个家丁,早早地上了山,不料眼前的景象让他的嘴巴像撬开的河蚌一般再也合不上了。原本郁郁葱葱、浓荫蔽日的大片树林,如今竟然全变成了头上无梢、树干无枝的"无尾之树"。他活这么大,还从未见过这种场面。

原来,就在昨晚,普庵师徒又转回到伍氏山林。上山后,两人各占一个山头,手里拿着一根线,用线一割,也不知怎么回事,那些百年树龄的松树、杉树、古樟、柏树"噼里啪啦"地全都断了梢,一棵棵笔挺地矗立在山间,一眼望去,竟像是漫山雄兵。

伍半山一见此景，顿时没了昨日坐地起价的嚣张气焰，心想那俩和尚貌不惊人，却身怀绝技，着实不能小觑。尤其是那个年长的和尚，谈价时不动声色，暗地里却在使坏，为了买几百根木头，把整座山的树林都变成了"秃瓢"。不过，他转念又想，若是就这样让你们花低价把树给买走了，老伍家的脸就丢尽了，以后还怎么在金钟湖一带混？虽说现在这无尾树只能卖给你们，我倒要看看，你们怎么把这些木料运走。

想到这里，伍半山的脸略微舒展开来，挤出点儿难看的笑容，又带着几分威胁的口气说道："两位师傅好手段。这些无尾树、断梢木，我也没法卖给别人了，只能辛苦两位师傅把它们运回去。若是砍不完运不走，乡里人可没那么多客套，咱们就得坐下来，算一算这笔毁林殃山的账了。"伍半山带来的那几名伴当都不是空手上山的，有的手里拿着锄头，有的拿着铁锹，有的扛着斧子，看来伍半山早就做好了万一诡计不成就跟普庵师徒来硬的准备。

普庵微微一笑，说道："这么便宜的上好木料，多多益善，伍施主既然肯看佛面降价来卖，我们又怎有不愿买下之理？"

伍半山心想：且让这和尚嘴上占点儿便宜，假如一时半会儿找不到人来伐木，又没办法运出去，这俩和尚就别想安安稳稳地离开浏阳县。伍半山阴阳怪气地对普庵说道："大师傅，你们打算从哪儿请人手来？要运这么多木头，得雇几十辆驴车吧？山里的路陡，外乡的车把式根本不敢来。我倒要看看，你们有什么法子，把这些大树给弄出去！"

听到这话，伍半山带来的那几个家丁也都跟着起哄，想在声势上让普庵师徒难堪。

普庵没理会他们，伸手从胸前的口袋中，取出一根细线。这根细线细若蚕丝，在阳光下几乎看不见踪迹，仿佛一阵微风都能将它吹断。普庵拉住细线的一头，把另一头交给了圆契。

伍半山看着他俩的举动，心里隐隐涌起不安，似乎察觉到了什么不对劲，可又说不出是怎么回事儿。直到看见普庵和圆契一人站在一头，将细线慢慢拉长，他才突然反应过来，大喊一声："不好！"

随着这一喊声，眼前那些盆口粗细的大树一棵棵应声而倒，像战场上一群训练有素的士兵，听到将军的号令后，同时默契地卧倒在地；又像田地里茂密的稻穗,被猛烈的狂风同时刮倒。一棵棵大树的断口处,如磨刀石般平整。谁也想象不出,是什么锋利的武器,能像刀切豆腐般将这些质地坚实的古树一瞬间削成上下两段。

只有伍半山看见了,普庵和圆契拉着的细线,如同无影无形的利刃,所过之处,百年古树皆从中断开。想来他一早看到的所谓"无尾树、断梢木",也是他们二人昨晚的杰作。那一根长线细若悬丝,不知是用何等材质所制,竟有如此威力,幸好只是用来削木头。

伍半山这时知道普庵师徒来历不浅,就算借他十个胆,也不敢再刁难这俩和尚了。大树是削倒了一片,可没有大量的骡马牲口,想要将木材运出山是不可能的。浏阳县里的车行大多跟伍半山熟识,没他点头,谁也不敢从伍家的山里运木头出去。假如光靠普庵和圆契,估计一天都扛不走一根木头。

伍半山看着普庵将那根神秘的细线收进口袋,才颤颤巍巍地问道:"大……大师傅,这……这树是砍倒了,可你们怎么运走?总不能把它们……搁在这山里吧?"

普庵擦了擦头上的汗水,双手合十道:"伍施主,请你放心,今天太阳下山之前,我们就会把这些木材运回去。"

普庵轻轻掸了掸身上的袈裟,把圆契支开三步之距,双手合十念了个法诀,又像是对什么人发号了一道号令:"穿山钻洞,运木南泉!"

伍半山左看右看,也没见普庵面前有什么人。可是说来也奇怪,那些原本躺倒在地上的木材好似鱼儿入水一般,一根接一根地穿山钻地,没入泥土里不见踪影。伍半山和家丁们再次看得目瞪口呆,长这么大只见过土里长木,何曾见过树木钻土?以这种玩法,别说这座山的树木,就算整个浏阳县的山林也能一天搬空啊。这俩和尚究竟有什么来历,有这等法术,之前何必跟自己讨价还价呢?

普庵拍了拍还在发愣的伍半山,说道:"多谢伍施主的木料,伍施主的无上功德,在慈化寺搬迁完工之后,贫僧定当记上一笔。"

"无上功德,记上一笔……等等,这些木头,你们打算一个铜板都不出?"伍半山猛地反应过来,话语中几乎带着哭腔。眼见这俩和尚神通广大,就算他们不出钱,伍半山拿他们也毫无办法。要是伍半山像当初设想的那样要钱不成跟他俩来硬的,说不定也会像这漫山的树木一样,先被那根细线削成"无梢木",再被拦腰截断,没入泥土里消失不见。

此时的伍半山,和之前漫天要价时的模样简直判若两人。普庵心想:这时狼狈怯懦的伍半山,和之前嚣张跋扈的伍半山,其实是同一个人。他与圆契对视了一眼,对圆契点了点头。圆契心领神会,对已经有些站立不稳的伍半山说道:"伍施主,我们是来买木头的,不是来抢木头的。我们自会按浏阳县的行价支付,一个铜板都不会少。只是希望伍施主引以为戒,将来不要再做坐地起价、欺行霸市之事。要知举头三尺有神明,公道自在人心。"

话说这些木头如同鲤鱼跃龙门一样,奔腾着来到了南泉山慈化寺新址,再从寺侧那口水井浮上来。不多时,井口处木材便堆积如山。这井里出木的奇景,也引来附近的乡亲前来围观,众人皆啧啧称奇。不过普庵禅师多年来修桥补路、求雨医病,在大家心目中本来就异于凡人,众乡亲虽觉眼前景象神奇,但也不至于太过惊讶。

在寺里接应的人,正是圆通和尚。他一边带着几个小沙弥把木料码放整齐,一边清点着数目。看木料已经差不多够数了,他就对着井口高喊一声:"够啦!"那木头随即停运,经过清点,共计大材(径一尺)三百三十根、中材(径八寸)三百三十根、小材(径六寸)三百三十根。最后,有一根脸盆般粗大的黑松木卡在井里,没有出来,遂成"井中出木"这一天下奇观。

自此之后,此井就以"出木井"名扬四方了。

赵普胜听罢这段传说,心里却隐隐产生一些疑惑:一来依传说所言,那出木古井中长出的木头,就是从金钟湖的山里运过来的松木,与之前的泉怪并无多大关系;二来浏阳县的金钟湖距南泉山近七十里地,如果普庵祖师当年真的会隔空搬运之法,为何木料从井中钻出?

彭莹玉的几大弟子中,赵普胜素来以作战勇猛、武力强横著称,论起心思缜密来,自然比不上况普天。但他毕竟沉浮江湖多年,在与元军的历次交锋中,积累了丰富的阅历,看人看事都有七分准头。他思索了一阵,对况普天说道:"普天,我听完你说的,觉得这古井里面另有文章。"

况普天虽然觉得赵普胜这个师弟性格有点儿冲动,但对他郑重其事地提出的见解还是非常重视，因此示意赵普胜继续往下说。

"我觉得，当年普庵祖师之所以能将木料从金钟湖迅速运到南泉山，是因为两地之间可能有地下水系相连，"赵普胜沿着井边向下望去，里面一团漆黑，什么也看不见，"那些木料顺着暗流，从金钟湖流到慈化寺。而这口古井所在之处，估计正是当年泉怪所占的那眼泉池。最后圆通喊'够了'，其实并不是喊给七十多里外的普庵祖师听的。"

况普天有点儿明白赵普胜的想法，说道："你的意思是……"

赵普胜点了点头，说道："没错，如果这些传说都是真实的，那圆通这句'够了'正是喊给那泉怪听的。最后，也是靠泉怪所化之木堵住了井口。因此，咱们之前的判断并没有错。这出木古井，还是跟那泉怪有关系。"

"倘若如此，那适才师尊岂不是被那泉怪带到了井底？"况普天惊道。

赵普胜一咬牙，别好腰间的刀，挽起袖子，就爬上了井沿。况普天一把拉住了他，喊道："普胜，你想干什么？"

赵普胜怒道："这井底八成是地下暗河，深不可测，师尊若是真被那泉怪掳到井底，定是凶多吉少。既然说不得，就只能让那泉怪尝尝刀的厉害了。我倒要看是它的木脑袋硬，还是我的刀硬。"赵普胜自来受师尊教诲，谨言慎行，但此时心中着急，忍不住冒出这两句话来。

况普天平日里颇有智慧，但面对这口黑咕隆咚的古井也无计可施。看来，只能让赵普胜冒险深入井底一探究竟。况普天心想自己不能跟着他一同跳下去，否则，说不定师徒三人今晚会莫名其妙地消失在这口古怪的井里。犹豫了片刻，他拽着赵普胜的那只手略微放松了……

就在此时，况普天、赵普胜二人听见背后响起一个熟悉的声音："普胜、普天，你们是想下去找我吗？"

赵普胜惊得一个趔趄，差点儿掉进井里，幸好况普天没走神，牢牢地拉住了他。井边一块夯土被他撞落下去，隔了许久都没传来落水的声响。要是刚才赵普胜贸然跳下去，估计没被淹死，也得摔死。

况普天、赵普胜回头一看，只见刚才深入井下的彭莹玉，这时站在他们身后。二人不禁异口同声地问道："师尊，你究竟在井下看见了什么？"

欲知彭莹玉在井底的所见所闻，请看下回分解。

第四章　白牛来访

彭莹玉的诸多徒弟中，以况普天的心思最为细密。他早就注意到，彭莹玉的衣衫并没有湿，并且刚才赵普胜不慎撞落的土块落入井底，也没听见水声。可是这出木古井不是当年的泉眼所在吗？而且两百多年来，寺里的和尚用水皆取自此井，里面怎么会没有水呢？

况普天一下子想不到关键所在，问道："师尊，你的衣服没有沾水，这难道是一口枯井？"

彭莹玉没有答话，弯腰从地上捡起一个小石子，轻轻地朝井里扔去。没一会儿，井底传来"扑通"一声闷响，显然井水丰盈，并且深不见底。

况普天和赵普胜诧异地往井口一看，不由得大吃一惊：刚才随着彭莹玉一起潜入井底的古木，不知什么时候又"长"了出来，像之前一样斜斜地卡在井口处。

况普天早年在乡下学过木工手艺，对榫卯机关的布局略知一二。原来，在江南西路的袁州、隆兴、瑞州一带，木匠常被尊称为"博士"。这个名称意味着木匠在农村的地位相当于太学博士，几乎在所有人家的竣工酒宴上，都坐上席、头席。"博士"不像泥瓦匠，出工不是日晒就是雨淋；也不像篾匠整天蹲在地上干活，手冷脚麻，两手篾刺。因此木匠在选徒方面十分严格，不仅要人品好，经得住各种考验，更要聪慧精明，这是重要指标。

况普天当年就属于那种喜欢琢磨事情的小学徒。除了日常的刨工、锯板、测量等活计，况普天还喜欢缠着师傅问一些行业内部的机密，如机关暗格之类。因此，他一看见这古井的布置，再环顾四周的形势，便能推测出个大概。

况普天说："这出木古井中的古木，看来是一条通向寺内暗格的通道。师尊不知使了何种法子触动了机关，古木没有将师尊带入地下暗河之中，而是将他带到了古井通向的另一个去处。周易有云，仰以观于天文，俯以察于地理,是故知幽明之故。从这慈化寺的布局形势上看,似乎暗合某种不为人知的原理。"

彭莹玉点了点头,对况普天这个徒弟的见识表示赞许。他伸手向南指去,说道:"我被古木带入井内,起初一路下行时都是逼仄的井壁,但没过多久古木就停了下来,脚下也踩着了坚硬的地面,眼前却是一处空旷宽阔的所在。只是两百年来没人进入,里面有一股说不出的腐霉味道,想必那里就是古寺中暗修的地宫。若当年普庵祖师确实藏有财宝,那财宝定在此地宫之中。我没带火把进去,看不清路,只记得当时眼前有一处幽光,我循着光慢慢地摸索着向前走去,没过多久,却走出了地下暗道。回头一看,原来我走出去的地方,竟然是寺外山门边的……"

况普天惊道:"难道是山门边的白牛祖师墓?"

"正是。"彭莹玉又点了点头。他很满意况普天的反应速度,但心中隐隐有一丝疑惑:为什么况普天对慈化寺的情况如此熟悉?

赵普胜却是丈二和尚摸不着头脑,问道:"白牛祖师?师尊,这又是什么?"

彭莹玉淡淡地说道:"普天,既然你对慈化寺的情况如此熟稔,不如你对普胜讲讲,白牛祖师到底是怎么回事。"

况普天心头一凛,似乎感觉到了彭莹玉对自己起了疑心。彭莹玉在淮西一带人称"杀人和尚",行事果决狠辣。加上这些年一直被官府通缉追捕,他又养成了多疑的性格,对待身边的叛徒和敌人,从来不留余地。况普天虽然多年来一直追随他,但平日里依然如履薄冰,不敢怠慢,此刻听出彭莹玉的口气里有些不太对劲,连忙应道:"师尊,慈化寺的掌故,我幼时在老家道听途说过,随师尊返回袁州之前,又问了一些石里乡的村民。当年白牛祖师之事,我只是一知半解,还请师尊亲自向我和普胜讲述一番,以解我俩心中困惑。"

彭莹玉脸色稍缓,毕竟况普天和赵普胜都是他最信任的徒弟,此时正是用人之际,更不能因为一句话就对况普天起疑心,否则不仅寒了他俩的心,还会耽误反元大事。彭莹玉调整了语气,宽慰道:"普天,不是为师特地为难你。我只是想听听你所说的白牛祖师典故,来印证我记忆中的往事,看看能否从中寻出端倪,找到宝藏所匿之处。"

况普天长舒一口气,自知彭莹玉机敏警觉,但绝非心胸狭隘之人,此刻只有师徒三人同心,才有可能解出当年普庵禅师留下的谜题,找到那笔帮助他们东山再起的寺产。他绕着古井走了一圈,抬头对彭莹玉和赵普胜说道:"既然师尊有命,我斗胆说说当年听说过的那段故事。我们可以移步到山门前,去看看那座古墓,看能否找出五门所在。"

赵普胜还是一头雾水,问道:"找什么五门,又跟宝藏放在哪有什么关系?"

彭莹玉知道赵普胜除了行军杀人,对其他杂学所知不多,笑着跟他解释了一番。赵普胜还是有些不解,问道:"既然我们知道了古井是下到地宫的入口,为什么不从这里下去,直接到地宫中去摸索?这样不是方便得多吗?何必要费脑子去找什么门!"

彭莹玉正色道:"普胜,你认为祖师当年花这么大工夫建造这个地宫,里面没有设置任何机关,任你来去自由吗?不瞒你们说,我刚才进入地宫的那一刻,已经隐隐地感觉到,里面有一股难以言说的杀气,虽不知来自何处,但绝对不可小觑。"

赵普胜虽然心里还是有点儿不服气,但也不敢再跟彭莹玉犟下去,只得随着他们二人一起向寺外走去,听着况普天讲那"白牛祖师"的往事……

话说普庵禅师用一根锡杖降服了泉怪,用一件破袈裟调解了彭、刘两姓的纷争,又用一根细线运来了金钟湖的上好木材,自此,慈化寺的选址、用地、木料都有了着落。万事俱备,等开工鞭炮一响,就可以破土动工了。

丁骥心中的一块石头总算是落了地,与普庵、刘汝明、李仓监等友人道了别,不日便回去向嵇知州复命去了。

彭有根与刘金伢带着一众后生,每日忙完手里的活计,便来寺里帮工。但建寺所用木料、砂石、土方、红砖、瓦片等物料甚多,南泉山这边又不似商贾云集的浏阳县,没有像样的车马行,光凭寺里的和尚与周围的乡亲一起靠人力来回搬运,必将花费大量的时间,说不定建寺的工期都要因此耽搁。

圆通和尚没少向普庵诉苦,一边说一边掀起衣袖,给普庵看胳膊上的一道道晒痕与擦伤。普庵总是宽慰圆通:"圆通,为师知道你的不易,可这石里乡比不上大州大县,没有那么多运货的牲口,仅有的几头耕牛,都是老表们的命根,必须放在田地里忙活。你再坚持一下,为师到时自有办法。"

圆通也知师父虽然神通广大,但毕竟也是肉体凡胎,不可能一夜之间便把建寺所用材料全部搬到自己面前。圆通实在没有办法,只能硬着头皮去黄圃寨找冯五,看他能不能从寨子里,抽调一些人手过来帮忙。这建寺之事也是四县巡检丁骥找上门来要办的,黄圃寨总不能袖手旁观。

是夜,普庵一如既往地静坐在寿隆院的禅堂中,参读着《华严经》。每日阅读禅宗经藏,是普庵多年来保持的习惯,也是他内心深处的职责所在。这些年来,普庵熟读《金刚经》《圆觉经》《心经》等,对禅宗灯史也了如指掌。当然,最爱阅读的还是《华严经》,几乎到了倒背如流的地步。

自从应下建寺之事以来,普庵每晚参读《华严经》时,似乎有了不一样的感悟。到了这天晚上,普庵顿时豁然大悟、遍体汗流,心中涌起一股不可言传的通透感,仿佛进入了一个从未抵达的新境界。

随即,普庵一跃而起,在禅堂的墙壁上洋洋洒洒地写下一段偈语:"捏不成团拨不开,何须南岳又天台? 六根门首无人用,惹得胡僧特地来。"

书罢,普庵放下笔,擦了擦头上的汗,又坐回到蒲垫之上。

就在这时,门口传来一阵阵沉闷的撞击声。"咚——咚——"仿佛有撞城锤敲击着禅堂的木门。

守在禅堂门口处打坐的圆通和尚也听见了声音,他见天色已晚,原本未予理睬。但撞击声越来越急、越来越响,他忍不住喝骂道:"是谁在无故撞门,打扰我师父清修?"

门外没有回应,依然只有一阵阵撞门声响起。

圆通顺手拿起一根禅棒,慢慢地将门打开。眼前却没看见任何人,只有一头鼻孔里"呼哧呼哧"喘着粗气的白牛,低着脑袋用双角正对着大门。

圆通气不打一处来,对着那头白牛的屁股就敲一棒子下去,嘴里喝骂道:"好你个畜生,不到田里耕作,反倒跑来这里撞门!"

那白牛结结实实地挨了几棒,却不避不退,一双硕大的眼睛里,倒透露出凄苦的神色。圆通也是穷苦人家出身,看见那白牛可怜,不忍心再打它,只是小声地嘀咕了几句:"我不打你了,你快快回去,莫在此打搅我师父参读经文。"

那白牛似乎听得懂圆通说话,前蹄在地上拨动几下,却不见后退。圆通举起手来想将它赶出门外,却见它后蹄突然猛地一踩,低着头向前冲进禅堂。圆通一不留神,差点儿被那白牛顶得打个趔趄。

只见那白牛快步冲到普庵所坐的蒲团前,弯曲前蹄,竟然面向普庵跪了下来!从后面追上来的圆通和尚,从没见过这般场景,一时间怔在那里,不知该如何是好。

普庵看着眼前跪倒在地的白牛,只见它头小而宽,角圆而长,脚趾蜡黄,颈脖粗短,虽四肢有力,却瘦骨嶙峋,与本地耕牛颇有不同。普庵想起春秋时期,越王勾践曾使工人以白马、白牛祠昆吾之神;又想起《法华经》中也以白牛喻大乘。看来,白牛自带灵性,古人诚不我欺。想到这里,普庵对眼前的白牛说道:"牛啊,快快起来。你来找我,有何事?"

那白牛听到普庵的声音,并没有起身,眼眶里竟然流出了两行浑浊的眼泪,仿佛尝尽世间疾苦。普庵站起身来,轻轻地抚了抚牛头,对它说道:"牛啊,你挨打了吧。今天,既然来到我跟前,你就不用害怕了。"白牛这才慢慢地站起身来,前蹄依然在颤抖。

圆通看到那牛的背上有几处淤血,还有几条血痕,在白毛下若隐若现。他猜想那几条血痕,很可能是刚才自己用禅棒打出来的,虽然下手不太重,但也够这头看上去几天没吃草的白牛受的了。想到这里,圆通心中不禁一阵愧疚。

普庵向圆通招了招手,说道:"圆通,你把牛牵到后院去吃草喝水,再给它背上敷一些跌打药膏。"

圆通双手合十应承着,接着将白牛带向后院。说来奇怪,适才倔强的白牛,此时却温顺得很,老老实实地跟着圆通走了出去。就在一人一牛要走出禅堂之时,普庵在身后喊道:"圆通,记得等一会儿取三十二贯铜钱,以备为师取用。"

圆通心中好奇:普庵师父向来生活简朴,几乎从不用钱。寺中的一应用度大多由徒弟安排,师父今天怎么一下子要这么多钱?他心里虽然有些疑惑,但口中还是应承下来。

　　毕竟圆通知道师父除了熟读禅宗经藏,对世事俗务亦是了如指掌。他要准备铜钱,必然有他的用意。

　　那白牛在后院里尽情地享用着青草,月光如水帘般披洒在它的脊背上。寿隆院的后院还种有青菜、萝卜、黄瓜等蔬菜瓜果,圆通也拔了一些喂给白牛,白牛照单全收,一点儿也没浪费。看着白牛吃得舒心,圆通忍不住笑道:"白牛啊白牛,你这是多少天没吃饭啊? 我小时候也经常挨饿,直到被师父收留在寺中,才吃上第一顿饱饭。那天我跟你一样,一口气吃个不停,就像这辈子吃了这一顿再没下顿似的。"

　　白牛抬起头来看着圆通,凑了过去,用牛角轻轻地蹭了蹭他的裤腿,"哞——哞——"地叫了两声,似乎在对圆通诉说着什么。

　　圆通笑道:"牛老弟,你这是在跟我说话呢? 可惜我没有师父那么神通广大,听不懂你说什么。我们都是苦孩子,今天我打了你,我向你赔个不是。今后,你就住在这寺庙里,我们做个伴,谁也不要嫌弃谁。"

　　白牛又"哞——哞——"地叫了两声,像是在答应圆通的提议。

　　转眼到了第二天清晨。圆通刚准备安排小沙弥打开院门,清扫尘土落叶,就听见门外传来一阵喧哗声。圆通仔细一听,好像有几个大嗓门的汉子在喊"白牛""逃跑"之类的话。他心头一惊,连忙出门一看究竟。

　　只见禅堂门前围着五六个粗莽的汉子,为首的那个圆通倒是非常熟悉,正是彭家的后生彭有根。圆通看见彭有根,气不打一处来,直接喝道:"有根,你带人来寿隆院捣什么乱? 不知道师父在此禅修吗?"

　　彭有根的脸上闪过几分愧色,随即黑着脸说道:"圆通师父,我和浏阳来的几个屠夫兄弟,昨天合伙买下了一头白牛,谁知道正要宰杀,那牛拼命挣脱。我们用斧子敲了它几下,它撞倒了两个人,跑了出去。昨晚,有乡邻说看到白牛逃进寿隆院里来了。请圆通师父将牛还给我们吧。如有打搅普庵师父修行,改日再来诚心赔罪!"

　　圆通昨晚带着白牛在后院吃草,与它倾诉幼时往事,已把它当成亲人,怎肯将白牛还给这些屠夫。他拦在院门前,双手合十道:"白牛虽然是畜生,却也是一条性命。它既然已经逃到了佛门清净之地,各位施主就不能放过它吗？"

彭有根与圆通相熟，内心深处又对普庵非常敬重，本不想与圆通过多争执。但他身后那几个浏阳来的屠夫并不认识圆通，纷纷大声嚷起来："大师父硬是不讲理啊！"

"那白牛的性命是命，我们几家老小的性命就不是命吗？"

"我们买牛的钱打了水漂，让家里的妻儿老小吃什么呢？"

圆通听他们嚷嚷，不由得头皮发麻，他平日里相交之人大部分是食素礼佛的居士，与这些以杀生为业的屠夫没打过多少交道。正当圆通一筹莫展，不知该如何应对之时，身后有一个声音响起："圆通，昨天为师让你支取的那些铜钱呢？"

圆通猛然想起这回事儿，回头一看，只见普庵已经走到了他的身旁。普庵身材高大、容貌魁奇，一站到院门前，就自然有股不怒自威的气场。那些浏阳来的屠夫虽然不认识他，但也不敢像刚才那般嚷嚷不停。彭有根更是见识过普庵的手段，见他亲自出来应对此事，不禁诚惶诚恐地后退三步，抱拳低头作揖，结结巴巴地说道："普庵师父，打……打搅你……打搅你念经了。我们……我们是来找……找白牛的……"

自那晚看到彭有根去给山里的穷苦人家送肉，普庵就对这个后生另眼相看，觉得他有一颗赤子之心，行事颇有正义之气。此次他带着一众屠夫来寿隆院寻牛虽鲁莽无礼，但正如他们所言，这头牛是几家老小衣饭所系，如果遍寻不着，买牛的钱就打了水漂，说不定下个月他们家就得闹饥荒，彭有根此举也是迫不得已。普庵不是两耳不闻窗外事、一心只念佛门经的老朽和尚。对于世间寻常百姓，他比其他僧侣更多了几分怜悯与理解。只见他微微一笑，问道："有根，你们平常宰杀一头牛，能赚几贯钱？"

彭有根急道："普庵师父，寻常耕牛，我们如何敢宰？官府有法度，若是被人告发，我等说不定要被关进大牢。但此白牛并非耕牛，是我们从浏阳那边合伙买来的快死的病牛，并且已上报县衙的老爷获得了批准，可以合法宰杀。宰一头牛，我们几人所挣总共不过六贯钱，算来每人只分得一贯，也就够一家人用一两个月。"

普庵点了点头，他亦知晓历朝历代大都禁止私自屠宰耕牛，宋朝更是禁令严明。三百多年来,光是禁止屠牛的圣旨就颁布了二百多道,几乎一年下一道圣旨。从《宋刑统》,到《庆元条法事类》,再到《宋会要辑稿》,宋代出台了众多法律严禁屠宰耕牛。屠宰耕牛、私宰病牛、误伤官府之牛、偷盗邻家之牛,种种罪行均有判例。对宰牛之人的惩罚条目相当清晰,轻则罚款,重则判刑,最重者面临死刑。平日里,彭有根和这些屠夫绝对不敢屠宰本地的耕牛。从浏阳买来病牛一事,应该并非虚言。普庵接着问道:"那你们从农家手里买这头病牛,又花了多少钱?"

"花了我们二十六贯哪。"彭有根的声音有些发颤,"哪个屠夫一下子拿得出这么多钱?我们只能几家一起凑钱买下,有两个兄弟家里实在凑不出钱还去借了债。若是普庵师父不把牛还给我们,我们买牛的钱都挣不回来,反正没了活路,只能赖在寺院门前不走了!"

普庵正色道:"白牛来了我的寺里,跪倒在我的面前,把我这里当成它唯一信赖的庇护之所,我就不能再把它还给你们。否则,在这白牛眼里,我成了天性凉薄的背信弃义之徒,这佛门圣地也成了残忍的屠宰场。但你们所言也在理,佛家不是官家,不能以教代法,强行掠夺你们的财物。这样吧,我花三十二贯铜钱,买下这头白牛。你们拿了钱,就放这白牛一条生路吧!"

圆通这时早已准备好三十二贯铜钱,一见普庵以眼神示意,就把这些钱交到了屠夫手里。屠夫们拿到了钱,再不多言,向普庵和圆通告了谢,纷纷兴高采烈地回去了。彭有根惭愧地对普庵说道:"普庵师父,这次是我无礼。他日如果有用得到我的地方,普庵师父尽管开口,我万死不辞!"

普庵衣袖一甩,平静地说道:"有根,屠夫这行杀孽太重,不是长久营生。你什么时候能真正放下心中的那把刀呢?"

彭有根一怔,不是很明白普庵话中所指。等他想再答话时,院门已关,斯人远去。

普庵与圆通回到了禅堂之中。普庵轻声地叫了一声:"白牛!"只见那白牛应声从后院走来,"扑通"一声,再次跪倒在普庵面前,仿佛已经知道外面发生了什么。

圆通眼里噙着眼泪,也和白牛一起,跪倒在普庵面前,说道:"师父,这白牛跟弟子一样,都是苦出身。它其实根本没病,就是饿坏了身子。恳请师父把它留下,别再让它被狠心的屠夫逮住了!"

普庵伸出双手,将这一僧一牛搀扶起来。圆通只感到腋下有一股柔和温暖的力道传来,身体不由自主地站直起来。旁边那头几百斤重的白牛,也被普庵轻轻扶起。普庵对白牛语重心长地说:"今日用施主的钱,将你买了下来。若只叫人给你添水喂草,不给你事做,你很快就会养尊处优,随即堕落下去。我们正在重建慈化寺,你可以带领牛群去帮圆通去搬运物料,也可以去踩泥驮砖瓦,与我们共建佛殿。"

普庵对白牛说话的语气,就像教诲弟子时一样。圆通心里不禁啧啧称奇。普庵继续说道:"你饥渴时,则来我这里饮水食草。自去自来,不可损人庄稼。"

那白牛如童生听从长者嘱托一般,对普庵点了点头。普庵拍了拍它的牛角,以示勉励。圆通这才明白普庵之前所说"为师到时自有办法"的深意:原来,师父给自己找的帮手就是这头白牛啊!他忍不住赞道:"师父,你果真是神机妙算,早在多日之前,就知道会有白牛来投奔我们!"

普庵笑而不语。此乃天机,不便向外人道哉。圆通又问道:"师父,弟子还有一事不明。你究竟是怎么算到买下这头白牛正好要花三十二贯呢?"

普庵抚了抚白牛的后背,对圆通说道:"你不知道这个世界上,有一个地方叫集市吗?"

白牛被普庵收留后,就开始帮寺里运输物料,踩泥做瓦。每日风里来雨里去,从无一日怠工,沿途也从不啃食百姓的庄稼。说来奇怪,那白牛似乎有天生的号召力,没过多久,又有几头牛不知从哪儿过来,跟随白牛一起为寺庙干活。随着时间的推移,牛群越来越庞大,竟有十六头之多。圆通多了这些孔武有力的"帮手",运输材料的劳力一下就不成问题了。

寺院里的和尚也对这群牛疼爱有加,从未有人鞭挞吆喝它们。白牛也成了寺里不可缺少的一分子。

多年后,慈化寺终于建成。没多久,白牛终于力竭而亡。念其为修建寺院立下了功劳,普庵以弟子之礼厚葬白牛于山门一侧,并追封它为"白牛祖师"。在其墓碑上,普庵题下了一阕《临江仙》:

"不见本来真面目,恰如穷子迷途。东西南北觅工夫,被人穿却鼻,生死不能苏。

唯有宝陀人失笑，拈来放去毗卢。空花不实汝休摸，慈悲来不住，开口应南无。"

又有传说，普庵在白牛下葬时作法偈："放出浏阳白牯牛，牧童吩咐普庵收。南泉体用皆周遍，虎啸还家得自由。此身幸脱这包了，逍遥物外任优悠。微笑一朝风月满，个中无事且了休。个因心负债，果报为牛，拖犁拽耙，无数春秋。冬则受寒天剑树，夏虫蚊食且无饶。只得从缘如南窑，泥热功多瓦遍周。不待来春重费力，不如悟觉应山坵。寄语伺鞭诸长幼，入他栏圈早回头。万劫千烹无解脱，不如还了永无忧，下土！"又云，"大包角豁不露头，不露角，千手大悲也难扑索，八臂哪吒休来问着，凡人不识这工夫，一任将土来盖却。"

据说白牛下葬的那天，四周松柏萋萋，乌啼如泣，墓上生白莲数朵。圆通和十五头牛，跪在白牛的墓前久久未起。圆通亲手折断了那根打过白牛屁股的禅棒，又为它带来了后院种下的新鲜瓜果蔬菜。白牛走后，谁又能安静地倾听圆通的心事，谁又能与他一起共担风雨？

有道是世间忧患实多，平生知己几何？

赵普胜听罢白牛之事，不由得心驰神往，说道："想不到圆通与白牛情谊如此深厚。"

彭莹玉与况普天二人各有心事，并未答话。没一会儿，三人已经走到白牛祖师墓前。只见当年的那个土堆已没了踪迹，只有一座孤零零的墓塔和一个青石墓碑矗立在此。就着火把的光亮，彭莹玉看见那座墓塔的基台上有须弥座一层，塔身砖体较为粗糙，缝隙较大，南面辟拱券门，其上为石匾塔额，阴刻"白牛祖师"四个大字。塔身之上为两级叠涩塔檐，其上为石制塔刹，包括仰莲、云纹和尖顶宝珠，与宋代普通僧侣的墓塔相似。

再看那座墓碑，经过多年的风吹雨打，已经断了半边，上面所刻字迹在黑夜中难以辨认。好在彭莹玉和况普天博闻强记，早就知道那上面刻的是普庵禅师亲书的那首《临江仙》。况普天用衣袖擦去墓碑上附着的泥土和灰尘，又用手指一点一点地摸索着碑上残存的刻痕，似乎在探寻着什么。

彭莹玉看着况普天的举动,仿佛已经知道他的用意,说道:"普天,你要找的不在这块石碑之上。"

况普天回过身来,拍了拍手上沾的泥土,带着几分不太服气的语气说道:"师尊,普庵祖师当年的这首《临江仙》,虽以'穿鼻'隐喻白牛,但每句都是写给世人看的。依弟子所见,这首词和那段法偈,跟普庵祖师在出木古井留下的偈语一样,都是在暗指机关密道。特别是这句'空花不实汝休摸',就是在告诉我们这座白牛祖师墓的中枢所在。若是我找到'空花'二字,想必就能参透其中奥妙。"

彭莹玉对况普天的头脑和见识还是非常赞许的,但表面上还是要杀杀徒弟们的锐气,不能让他们太过自负。他用火把烧掉了缠绕在石碑上的几根藤蔓,对况普天说道:"普天,你的判断本来没有错,可问题在于,即使有机关也没那么容易被人识破。因此,你大可摸摸'空花'二字,看看是否有机关。"

况普天没有反驳。他虽然看不清碑文上的'空花'二字到底在哪儿,但刚才用手指几乎将每个字都抠了个遍,也没见到四周有什么变化。

赵普胜突然想起一事,不禁问道:"师尊,你刚才又是从哪儿走出来的?"

彭莹玉指着那座墓塔,说道:"我应该是从墓塔下方走出来的,但回过头看去,墓塔上并没有暗门,地下也没有出口。想必一经走出,那机关就自动关上了。"

"那好办,"赵普胜跃跃欲试道,"不如我用刀将这墓塔的侧边砍开个口子,这样就能看到里面究竟是怎么回事儿了。师尊、普天,你们别这样看着我,要对我的刀法有信心,我肯定不会把这座墓塔给弄倒。"

彭莹玉苦笑道:"普胜,我不是怕你弄倒这座墓塔,怕的是你触动了厉害的机关,我们三个性命难保。再说,如果这白牛墓确实是机关所在,打开它的意义也不大,地宫黑咕隆咚,地势复杂,从这里进去也很难确定方位。我们还是要想别的办法。"

赵普胜却说:"可我们现在对地宫知道的实在不多,如果能打开这座墓塔,会不会像在出木古井处那样,获得更多有用的东西?"

况普天这时在脑子里又将那首《临江仙》来回背了十几遍,心想这墓塔中的蹊跷之处定能在其中找到。只是现在师徒三人正如词中所言："不见本来真面目,恰如穷子迷途。"所谓的"真面目",究竟该从何处寻?

况普天随彭莹玉奔走多年,一直忙忙碌碌,从未像今晚这样,静下来思考一些事情。此刻,当他背诵普庵禅师的《临江仙》时,心头涌起的却是几个古往今来都不曾解答的终极问题:我们究竟从何而来? 为何而去? 这个世界的本来面目到底是怎样的?

彭莹玉见况普天半天没有作声,似乎若有所思。此时已过二更,三人时间有限,不能在此待太久。赵普胜提出的"双刀砍墓塔"的方案虽然有一定的风险,但说不定大力出奇迹,误打误撞间也许会有所收获,总比站在这儿干耗着强。就算不慎将墓塔毁坏,想必白牛祖师在天有灵,也会原谅他们的莽撞行事。彭莹玉刚想开口让赵普胜砍开墓塔,就听见况普天冷静地说道:"师尊,我觉得我知道该怎么做了。"

彭莹玉和赵普胜用疑惑的眼神看着况普天。只见他从墓塔基座爬了上去,双足踏在塔檐之上,一手攀住塔身突出的浮刻仰莲,一手轻轻地摸向墓塔顶端的尖顶宝珠,口中默念着"南无阿弥陀佛"。

彭莹玉和赵普胜的耳边传来"隆隆"几声,只见墓塔下方的基座上,竟然裂出一条缝隙。随后,缝隙越来越大,最终成了一条通道。

赵普胜擎着双刀,一个箭步,朝里面冲去。彭莹玉没有拉住他,只得喊道:"普胜,当心!"

赵普胜的身影,消失在墓塔之中。

预知后事如何,请看下回分解。

第五章 鼻涕钟鸣

况普天从墓塔上跳了下来,走到了彭莹玉的身边。

过了良久,赵普胜还没从墓塔中走出来。月光下,彭莹玉的脸色有些阴晴不定,似乎在担心赵普胜的安危,又似乎对况普天的擅自行事有些不满。

况普天一言不发,等着彭莹玉先说话。

这时,山门之外雾气氤氲,将墓塔、石碑和彭、况二人笼罩其中,更衬得天暗如铅、云寒似水,正如古诗所云:"水雾杂山烟,冥冥不见天。"况普天虽然就站在彭莹玉身边,但已看不清他的样子。

一片迷雾中,彭莹玉的声音适时地响起:"普天,说说你是怎么知道打开墓塔之法的吧。"

况普天定了定神,字斟句酌地说道:"回禀师尊,还是从普庵祖师的《临江仙》中找到的线索。适才听了师尊的教诲,徒儿再三思索,想到'空花'很可能代指墓塔上雕刻的莲花。词中又云,'空花不实汝休摸,慈悲来不住,开口应南无'。徒儿便想到,也许莲花也不是打开墓塔的开关,真正的关键应该是莲花之上的顶针宝珠。"

"那为何还要念上一句佛号?"

"师尊在古井处用心跳触发古木下行之理给了我提示。"况普天接着说道,"想必设计机关之人想到了要防止别人不小心触碰到机关,因此只有如词中所云,在触摸宝珠时口中念出'南无'二字,才能将此墓塔打开。"

彭莹玉虽对况普天仍有些许不满,但也知他并非贸然行动,因此没有过多责备他。只是赵普胜许久没有出来,不知是否困在地宫之中,彭莹玉心中还是有些担忧。况普天安慰道:"师尊,请放心,普胜一定会全身而退。我们再等片刻,普天在里面找到了什么也未可知。"

况普天的判断再次被验证了。约莫过了一炷香的时间,只听得通道里传来几声粗犷干涩的咳嗽声,赵普胜揽着刀踉踉跄跄地从里面走了出来。

只见他头发上落满了灰尘，衣服上肮脏不堪。彭莹玉上前两步，伸手把他拉了出来，又好气又好笑地问道："普胜，你怎么进去这么长时间？怎么像从煤堆里爬出来一样？"

赵普胜一边咳嗽，一边大声说道："就别提了。我闯进去没多远，就摔了一个大跟头，扬起一阵灰尘，眼前什么都看不见。原来，这通道的底下全是修建墓塔时留下的沙土，没走几步脚就陷进了里面，根本迈不开腿。好不容易往前行进了几百步，又被一座巨大的石板挡住了去路……"

"石板？"彭莹玉皱起了眉头。

"没错，就是石板。"赵普胜抖了抖身上的灰尘，继续说道，"那石板封死了通道，我用刀背敲了二三十下，石板却纹丝不动。就在这时，我依稀看见石板上，刻有两行字迹……"

况普天急忙问道："是什么字？"

"你别急啊，听我慢慢说来。"赵普胜清了清嗓子，"我拿起火把照去，果然又是几句诗。师尊、普天，你们也知道我老赵平时最讨厌的事就是背书了，要是乐意读书，我又怎么会跟着你们奔波呢？咳咳……可这回也没办法，只能硬生生地把这几句诗背下来，我站在石板前背啊背，足足背了上百遍才确信不会忘了。这耽误了不少时间，不得已让你们等了这么久。"

彭莹玉听到这石板之事，略感意外，因为他从白牛祖师墓走出来的时候，并没遇上什么石板。他听赵普胜啰啰唆唆地说了一大堆，略微有些不耐烦，问道："普胜，其他事不要多扯，你快把那几句诗背给我听。"

"师尊，那几句诗文是这么写的：'钟须含响，假玄悬击以方通。声色全真，非色非空而廓彻。但以众境总标心，只欲识心而成佛。七宝楼台充法界，欲令刹土足圆音。何灾难而不消？何冤仇而不释？理含诸佛，智纳万缘。一闻千悟妙难思，透石穿云千百亿。'哎呀，我这辈子都没背过这么多字。"赵普胜说着擦了擦头上的汗。

彭莹玉听罢，心里知道这显然不是一首普通的诗，短短几句话，似乎又在指向另一处线索。如果循着普庵禅师留下的这些偈语去找，是不是就能找到那个问题的答案？

况普天没有马上说话，而是在心中思索这几句偈语中的真意。彭莹玉见况普天没出声，倒想听听他的见解，问道："普天，你怎么看？"

况普天心中斟酌再三才回答："回师尊，这几句偈语刻在地宫下的石板上，绝非偶然为之，必有所指。第一句'钟须含响，假玄悬击以方通'，是不是在说寺院的钟楼？"

赵普胜也想到了这一层，说道："是啊，我在地下的时候就在想，普庵祖师在这么隐蔽的地方留下这样一段话，肯定是想让人去敲钟的地方看究竟。只是寺院里都有钟，每天都得敲，能有什么稀奇之处？"

彭莹玉久在慈化寺居住，对慈化寺的法器遗物了如指掌，其实心里已经知道此偈语所指何物。见两位徒弟都能根据字面意思猜到这句话与寺院钟楼有关，但对其特别之处知之不详，彭莹玉便向二人解释起来。

"山高地僻月空圆，晨钟暮鼓惊龙眠。"寺院的生活起居，常以"晨钟暮鼓"四字，概括一天的始末。一般来说，寺庙会在山门殿和天王殿之间的院内，建造钟楼和鼓楼，位于东面的是钟楼，位于西面的是鼓楼。《百丈清规》有云："大钟，丛林号令资始也，晓击即破长夜，警睡眠；暮击则觉昏衢，疏冥昧。"

慈化寺这口钟，据说是萍乡县的李昭文员外所施，此钟有个名号，唤作"鼻涕钟"，传说是八仙之一的吕洞宾用伞柄在钟上敲出一道裂缝，后被普庵禅师用鼻涕修补好，钟上如今还有一道白色的痕迹。当年，慈化寺的钟楼建得蔚为壮观，式为七宝楼台。那口"鼻涕钟"虽名号不雅，却音响圆润洪亮，穿透力强，声音可传百里。此钟形似梵钟，高约五尺，上端有雕成龙头的钓手，下端有相对的两个莲花形撞座。以上则分池间、乳间两部分，乳间上并列环绕着小的突起物。连接撞座、呈直角交叉的条带称为袈裟举，又名六道。"鼻涕钟"虽然已多年无人敲响，但至今还悬挂在钟楼之上，静守着岁月轮回。

况普天听到吕洞宾敲钟之事略感诧异，问道："师尊，这吕洞宾怎么也来和尚庙里凑热闹？"

赵普天也忍俊不禁地问道："是啊，师尊，怎么道士、和尚混到一块儿了？这慈化寺的传说怎么听起来有点儿乱啊？"

彭莹玉依旧神色严肃，显然没把这个传说当成荒谬的故事来看："普胜、普天,这些无关的往事暂且不提了,否则又要花不少时间。现在看来,墓塔暂时是进不去了,不如我们就按普庵祖师留下的偈语,去钟楼看看那鼻涕钟上,又有什么秘密,说不定那钟楼之上也有线索。"

赵普胜连忙说道:"师尊,你还是将那'鼻涕钟'的传说讲给我们听听,否则我们就算见到了那口钟,也是一头雾水,连那道'鼻涕'痕迹都未必能找得到。"

彭莹玉看了看两个徒弟,见他们眼里都充满期待和疑惑的眼神,便答应了:"那行,我们现在就往钟楼走,路上我再给你们讲讲'鼻涕钟'的事……"

话说,有了众乡亲和白牛的帮助,加上四方乡绅的鼎力资助,南方各地道友的支持,在普庵禅师和弟子们的努力下,经过约莫两年的艰辛建造,慈化寺终于即将完工。

此时正值宋太祖七世孙赵眘为当今天子,他在位期间,在外政上,平反岳飞冤案,起用主战派人士,锐意收复中原;在内政上,积极整顿吏治,裁汰冗员,惩治污吏,加强集权,重视农业生产。这些年来,百姓富裕,五谷丰登,太平安乐,史称"乾淳之治",算得上是有宋以来难得的好年景。夏皇后母仪天下,贤良淑德,辅佐天子署理后宫。

不过,在与国舅夏执中的书信往来中,普庵依稀听说夏皇后近来身体有恙,回袁州省亲之事,可能要搁置下来。尽管如此,普庵依然督促圆通、李仓监不得耽误建寺事宜,因为此寺并非为皇家所修,乃是弘扬佛法禅道、普济四方百姓之善举,绝不能因上意有变而误了工期。

新建的慈化寺,据说法器不少,独缺一口大钟。"钟"乃是寺院中的重要法器,在名刹古寺里,高大的钟楼,往往增添了寺院的庄重威严。而圆润洪亮、深沉清远的钟声,也被注入了"惊醒世间名利客,唤回苦海迷路人"的特殊含义。无论是召集僧人上殿、诵经做功课,还是日常的起床、睡觉、吃饭等,无不以钟为号。清晨的钟声是先急后缓,提醒大家,长夜已过,勿再肆意沉睡,要早起抓紧时间修行;而夜晚的钟声是先缓后急,提醒修行人觉昏衢、疏冥昧。寺院一天的作息,始于钟声,止于钟声。

因此,这口大钟对于新建的慈化寺而言非常重要,绝不能等闲视之。普庵和几个徒弟遍寻匠人以铸造大钟,但石里乡附近的铁匠和铜匠手艺疏浅,像刘金伢这样的铁匠,平时只能锻造一些农具和铁锅之类,接不下这个"大活"。这事儿只能一直搁置,直到钟楼封顶,这挂钟的位置还空缺在那儿。

"慈化寺缺钟"可不是一件小事,没过多久,就传出石里乡,传遍了袁州。有一天,萍乡县遵化乡田心堡的李昭文员外听说此事后,一拍大腿道:"哎呀,这个普庵师父,寺里缺钟,怎么不跟我说?"原来,这李昭文也是普庵禅师的方外故交。多年来,二人就禅修佛理及寺院杂务多有书信往来。李昭文也与刘汝明、彭彦远、李仓监等本地乡绅一样,自来乐善好施、接济贫民。听到缺钟之事,他立即召集周边的匠人,炼下千斤精铁。萍乡县内既产铁矿,又有煤炭,炼铁之事并不难为。萍乡县的铁匠手艺也更为精湛,没过多久,便铸造出一口千斤洪钟。

只见此钟外形雄伟厚重,花纹字迹清晰美观,钟声悠扬、悦耳、绵长,确是一口上等的好钟。李昭文看到也十分满意,就打算派人把这口钟送去慈化寺。

可问题来了:田心堡距离慈化寺逾百里,并且山路崎岖难行,骡马车辆无法通过。光靠人力,这口千斤重的钟怎么能运得过去?

李昭文不惜出重金,请来村里十几名精壮后生。众人好不容易将大钟扛起,走不到百步,就一个个气喘吁吁、汗流浃背,再也无法往前行进。李昭文又想了很多办法,但都无济于事。他毕竟是个凡夫俗子,不像普庵那般能用古井运木头,再者说来,这铁钟也不像木头一样,能通过水路运送。眼看大钟铸好却不能运走,只能眼睁睁地看着它放在原地生锈,李昭文一阵揪心。平日里随性洒脱的他,不由得眉头都结起了疙瘩,只好每天烧香拜佛,请求神灵相助。

也许是李昭文其心志诚,感动上苍,没过多久,真的盼来了一个神仙。他,就是道教史上最富魅力、传说最多的"活神仙","八仙"的核心人物——吕洞宾。

话说吕洞宾原名吕岩,字洞宾,道号纯阳子,乃全真派五阳祖师之一。传说他出生当天,异香满室,有白鹤飞入帐中继而消失。吕洞宾自幼聪颖,十岁能文,十五岁能武,精通百家经籍。他在襁褓中时,马祖禅师见到他就说:"此儿骨相不凡,自市风尘物处。他时遇庐则居,见钟则扣,留心记取。"

年轻时,吕洞宾曾经多次应考不第,后隐居山林修道。传说吕洞宾在修炼过程中,巧遇仙人钟离权,并拜他为师。修仙成功之后,下山云游四方。在民间传说中,吕洞宾不仅为平民百姓治病解难、除害灭妖,而且外貌潇洒、性格幽默,经常游戏人生,不拘小节,也留下了诸如"三戏白牡丹""狗咬吕洞宾"等故事,算得上是最有人情味儿的神仙了。

这天,吕洞宾驭剑云游,偶然听得地面有人求神拜佛,便下来一看究竟。吕洞宾走到了李昭文家门口,看见李昭文在屋里眉头紧锁、唉声叹气,不由得问道:"施主,看你忧心忡忡,印堂发黑,不知有何为难之事?"

李昭文虽然不认识吕洞宾,但一看他是一位仙风道骨、风度翩翩的道人,心中自然有亲近尊敬之意,于是连忙将他引进大厅,二话不说,先请他饮酒用餐。吕洞宾倒也不客气,有酒便饮,有菜便吃。待酒过三巡,二人微醺之时,李昭文才将为慈化寺铸了一口大钟却无法运送之事,告诉吕洞宾。

吕洞宾原本还担心李员外有什么难事相求,自己吃了他家的酒菜又不好推却。谁知只是运一口铁钟,这对于一个得道的神仙来说跟运一个酒杯差不多。不过就这样帮他办了,便显不出神仙的本事来,于是吕洞宾捋了捋长须,问道:"李施主,运一口钟也算不得什么大事,你怎么整日求神拜佛,一副心事重重的样子?"

李昭文长叹一声,回道:"道长,你有所不知,这钟是为南泉山慈化寺所铸,寺中住持普庵师父多年前曾为我治好了难疾,救过我的性命。我本想铸好这口大钟,为普庵师父分忧,也为新建的慈化寺送上一份贺礼。谁知我费尽积蓄练就千斤精铁,遍请能工巧匠铸成的这口钟竟然没法运到慈化寺去,这让我如何向普庵师父交代?唉!"

吕洞宾心想这李昭文虽然诚心有余,但智慧明显不足。这口钟这么重,又没法分割成几块,靠人来抬就算累死,也运不出一里路。此地到南泉山的山路,崎岖蜿蜒,荆棘丛生,别说马车骡车了,行人想空着手走过去都不太容易,这口钟又怎能凭人力运送到慈化寺呢?想这么办的都是从没抬过重物的官吏财主。

可不管怎么说,这李昭文也是一片好心,再说千斤大钟不放进寺庙里,也是偌大的浪费。吕洞宾想了想，接着摆出一副神仙姿态，先"哈哈哈"大笑三声，随即说道："施主不必犯愁，待贫道与你送去！"

李昭文对这风度翩翩的道士颇有好感，但他此时并不知道这道士就是大名鼎鼎的吕洞宾。听吕洞宾一通大笑后轻描淡写地说着要帮自己运钟，他心里起了疑心：别是惹来了一个江湖骗子。这年头，真菩萨难见，假神仙遍地都是。可毕竟自己也没别的好办法了，只能死马当成活马医，请这道士来出出主意也好。

于是李昭文把吕洞宾带到放钟的地方。只见十几个精壮后生正用铁棍撬动大钟，又铺上了粗圆木，想通过圆木滚动，将大钟运走。这是搬运石墩、铜像等重物时通常使用的法子，可用在这铁钟上，却徒劳无功。铁钟巨大且中空，重心不稳，靠圆木运送很难施得上力。只听为首的挑夫一声吆喝，众人大喊三声一齐用力，好不容易才移动了半步，可大钟又停了下来。李昭文怕这个搬法不仅难以行远，还有可能损坏钟体，连忙喊道："别搬了，别搬了！不要把我的钟给撬坏了！"

吕洞宾见此时人多，自己的本事不能再藏着掖着了，必须在众人面前露两手，让大家见识一下神仙的手段。于是他大步走上前去，高声喊了一句"让开"，随即取下随身带来的雨伞，念了一句口诀，用伞柄指向大钟。说来也神奇，那千斤大钟竟变得轻如鸿毛，稳稳地立在伞柄之上。吕洞宾握着伞把，像表演"担幢"杂技一般，将大钟顶住，大步流星地向前走去。

众人哪里见识过这等本事，李昭文更是惊得嘴都合不上。之听得一个后生喊道："这是神仙下凡啊！"李昭文这才反应过来，心知自己的祷告感动了神仙，神仙下凡来帮助自己解决运钟难题。于是他带着众人连忙跪在地上，连磕好几个响头。

话说吕洞宾挑着大钟，先是在路上大步行走，趁自己还没远离众人视线，又腾云驾雾飞上天空驭剑而行，再次让众人啧啧称叹。田心堡到慈化寺这百里之程，对于吕洞宾而言就如百步。没过多久，吕洞宾便来到了慈化寺。

谁知一到慈化寺山门之前，就看见普庵禅师早早地站在那里等候迎接，吕洞宾略感诧异：这和尚怎么知道我今天会来送这口钟呢？当然，诧异归诧异,神仙的姿态不能不摆。只见吕洞宾收起纯阳剑,用伞挑着那口千斤大钟,潇洒地挥一挥道袍,飘然移向山门前的普庵。

普庵见吕洞宾摆足了神仙架子,微微笑道:"吕仙人别来无恙啊。这口大钟是你送给我们寺里的吗?"

吕洞宾干咳了两声,他将钟送来,本意就是想送普庵一个人情,可就算脸皮再厚,也不能把铸钟之功揽在自己身上,只得如实道来:"这钟是萍乡县的李昭文员外攒下千斤精铁,请来能工巧匠所铸,我只是帮忙跑个腿送过来。"

普庵双手合十道:"寺里正缺一口合适的大钟。李施主如此乐善好施,果然是陇西李氏传人,颇有先祖之风。吕仙人不辞辛劳,亲自送千斤洪钟至此,也是劳苦功高。"

吕洞宾心想:"这普庵和尚啰唆一通,也不请自己进去喝杯茶,这佛家子弟果然不通人情世故。既然这样,我就把钟放在这山门前,看你们怎么弄进去。"于是他对普庵说道:"普庵和尚,这口钟我是送来了,等一会儿我还有别的事情要办,这口钟你们就拿去吧!"

话音刚落,吕洞宾就把伞柄往外一抽,眼见那口大钟就要落在地上。跟在普庵身后的圆通和尚心中陡然一惊,这大钟要是落了下来,肯定是一声震天巨响,地面说不定都会被砸出一个大坑。

说时迟那时快,普庵手中正好拿着一个拂尘,见那大钟落下,随手将拂尘尾一挥,那钟竟似毫无重量般被卷了起来。这拂尘又称拂子,乃是佛家用以掸拭尘埃和驱赶蚊蝇的法器,尾端是软的丝状麻布。用拂尘卷起千斤重的铁钟,比用硬柄的伞托铁钟可难多了。

圆通见师父用拂尘轻松地接过钟,杀了杀那老道人的威风,不由得为师父的本领暗自得意。见这口洪钟雄伟厚重,做工却精致美观,圆通心里已有八分喜欢,忍不住用手中的禅杖轻轻地叩了一下。"当——"一声清脆绵长的钟响,随风悠然地传向四方。这一天,南泉山的百姓听见了如磬钟声,就像有梵乐在空中回荡,不由得感到一阵暖意从心头涌起,仿佛人世间所有的悲伤已远离。

可有个神仙明显没那么愉快。吕洞宾见普庵不仅没请他进寺中喝茶,

67

还用那拂尘扫了他的面子,随即脸色一沉,转眼就要发作。别看吕洞宾平时幽默诙谐,酷爱炫耀,脾气却很火爆,一言不合就拔剑相向。想当年,他在诗中就曾写道:"欲整锋芒敢惮劳,凌晨开匣玉龙嗥。手中气概冰三尺,石上精神蛇一条。"既豪气干云,又杀气腾腾。道上的神仙都知道,吕洞宾腰间的这把纯阳剑,可不是吃素的。

只听得吕洞宾怒道:"好你个普庵和尚,我好意送这口洪钟过来,却被你如此怠慢,我倒要用个法子,叫你的钟百年不响。"他刚想拔出纯阳剑,却感到有些不妥:这可是佛门禁地,若是刀剑相向,惹恼了如来佛祖,那可不是闹着玩的。于是他摁着宝剑不让宝剑出鞘,转而用手中的伞柄对着大钟一敲。

圆通等诸位和尚只听得"咚"的一声刺耳锐响,如同破锣被铁棒敲碎,又似琵琶诸弦同时断裂,震得众人心头如被小刀绞过一般。这声音初时尖锐刺耳,随后却越来越闷、越来越小,到最后几不可闻。原来,吕洞宾发动了内力,这一敲非同小可,这精铁洪钟坚虽然固无比,但也被敲开了一条斜斜的裂缝。这钟有了裂缝,就再也没法敲出之前那样洪亮动听的声音来。就算能勉强敲响,也与破铜烂铁无异。

圆通年少气盛,虽知吕洞宾法力高强,可见他故意敲坏了李员外好心铸成的大钟,心中不由升起无名之火,忍不住怒吼道:"你敲坏了我们的钟,不快快赔来就别想走!"

吕洞宾虽心中有愧,但嘴里还是冷笑两声道:"哼哼,贫道就是要看看,你普庵和尚有多大道行,胆敢如此怠慢!"

圆通的脸气得通红,他刚要继续呵斥,却被普庵使了个眼色拦住了。只听普庵对吕洞宾正色道:"吕仙人,你知道这一伞柄,必然把钟敲破,却不知,这钟本来就是碎铁所炼,又何妨你这一敲?你知道这钟有了裂缝,就再也没法敲响,却不知这声色本为空境,有声无声,只在于一心之念。所谓钟虽含响,假玄悬击以方通;声色全真,非色非空而廓彻。"

吕洞宾心想:我是个道家的神仙,你给我讲佛理,我也听不进去呀。就在这时,普庵的鼻子里"仆"的一声喷出一线白色的鼻涕,吕洞宾正感到恶心,却见普庵将鼻涕往钟上裂缝处一抹。说来神奇,那裂缝竟渐渐合拢,只留下一道若隐若现的白色痕迹。普庵用拂尘柄轻轻敲了一下,"当——"这口洪钟又恢复了之前清澈动听的响声。

吕洞宾目瞪口呆，却也不得不服这用鼻涕补钟的法子。他知道这普庵也并非善茬，再闹下去，说不定会落个"扰乱佛门"的罪过，有损自己"八仙之首"的名声。于是他什么都没说，转身就驭剑远去，只留下一个落寞的背影，在空中渐行渐远。

普庵命圆通将这口洪钟悬挂在钟楼之上。此后的两百年里，这口洪钟每个清晨都会被敲响，其深沉、浑厚、洪亮的声音回荡于暮色苍茫的深山幽林中，警醒世人时刻不忘修行，免于堕落。

后来，李昭文之孙也在慈化寺出家，即为元代国师慈昱明照大师，也是慈化寺历史上最为杰出的大师之一，此为后话。

因为这个典故，慈化寺的那口洪钟被世人称为"鼻涕钟"。朝钟身望去，至今上面还有一道鼻涕模样的白色痕迹。

彭莹玉三人已来到了位于普光明殿与大雄宝殿之间的钟楼之上。

钟楼依然保持了往昔的雄伟模样，但历经岁月洗礼，四周墙面已经斑驳脱落。由于多年无人清扫，钟楼上面积满了灰尘和鸟粪，屋檐上还赫然驻着几处鸟窝。钟亭的廊柱上，有一副对联，上面写道："金质所对时，佛法妙仙术元，一划补痕彰显迹。华亭岩护处，天神卫，地祗捧，万年古器镇名山。"

彭莹玉不禁叹道："转眼沧海桑田，纵然普庵祖师法力无边，也不能阻挡时间的流逝。"

况普天和赵普胜也感慨不已。那口"鼻涕钟"依然悬挂在钟楼之上，只是敲钟用的钟杵已不知去向，这钟估计已多年未发出响声。赵普胜好奇地用刀背轻轻地敲了一下，只听得"嘣"的一声闷响，那声音与敲击普通的铁器差不多，远没有传说中那样洪亮悠扬。他摸摸脑袋，说道："这钟似乎也没什么稀奇的呀。"

彭莹玉若有所思地回道："我幼时在寺中，每日清晨都能听见钟响，提醒僧人用粥饭、做早课。虽然记忆已经模糊，不过我依稀还能想起那钟声的确非常好听，并且传播悠远，附近山里的百姓如果遇上灾年吃不饱饭，听见钟声也会来寺里盛碗粥喝。在许多饿着肚子的百姓耳朵里，这钟声就是世界上最美妙的声音。"

况普天有些神往,说道:"看来这慈化寺正如普庵祖师所愿,两百年来已成为普济四方穷苦百姓的庙堂。只是不知这'鼻涕钟'为何如今敲来声音沉闷?是不是铁钟多年无人保养,生锈所至?还是因为用普通器物无法敲响?抑或传说也有穿凿附会之处,将此钟夸大了?"

"是不是穿凿附会,我们看看那条'鼻涕'就知道了!"赵普胜收起了刀,拍了拍那口钟,手中的确感到分量不轻。

三人就着火把的光芒,在古钟之上找寻传说中那道被鼻涕修补过的裂缝痕迹。那钟果然巨大,三人都无法合抱钟身。古钟像一位饱经沧桑的老者,浑身遍布岁月留下的锈斑。转了一圈,他们果然在古钟的腰身之处看见了一条白色痕迹。说是鼻涕吧,的确有些牵强。可从颜色和质地来看,又不可能是石灰或白膏泥,也不像是铅、锡的焊纹,不知寺里的和尚当年究竟用了什么法子,将这条裂缝修补如初,而且还没有影响到洪钟的音效。

赵普胜刚想用手去触摸一下那条痕迹,被彭莹玉拍了一下手,只好缩了回去。彭莹玉斥道:"勘察古迹与行医同理,亦要做到'望闻问切',不可贸然行事。你都还没看清这痕迹,便伸手去摸,如果因此造成不可挽回的破坏怎么办?"

赵普胜被说得有点儿惭愧,尴尬地搓了搓双手。彭莹玉看着这口钟,觉得这钟虽是宋代所铸,但其外形古朴典雅,没有太过花哨的装饰,更像是北朝时期的风格。只见其钟首为龙,肩表浮印莲花八瓣。钮下饰有一圈覆莲,钟身铸有钟铭,以线条分隔成方格。特别是葵形口沿,更具北方特色。据说李昭文乃是陇西李氏后代,想必铸钟之法也依照家传祖制。这条裂缝如果不像传说中那样,是吕洞宾所为,那就必然是铸钟时匠人失误造成的。可不知普庵禅师究竟使用了何等方法进行补修,这道白色痕迹不仅没有破坏钟体的美感,反倒为这口洪钟增添了几分神秘的色彩。

况普天也站着端详了一会儿,突然有所发现,喊道:"师尊,你们不觉得这道痕迹,像在摆一个什么形状?"

赵普胜又左看右看地看了半天,疑惑地说道:"普天,我怎么什么都看不出来?"

彭莹玉倒是心头一惊，心想这况普天不开口则已，开口必有三分准头。何况这白色痕迹本来就来得蹊跷，以此钟的硬度，除非真像传说中那样是神仙所为，否则就算是刀刻斧凿都不容易造成这么明显的裂痕。他不由得仔细看去，却依然看不出什么形状，于是问道："普天，依你之见，这道裂痕像什么形状？"

况普天没有脱口而出，而是绕着铁钟再看了一圈，这才说道："在弟子看来，这裂痕前深后浅，顺着钟腰向上蜿蜒而去，倒像是一个指明方向的箭头。弟子刚才还不是很有把握，直到看见了这个，才大概猜到普庵祖师当年留下这道痕迹的用意所在。"

彭莹玉和赵普胜顺着白色痕迹渐渐消失的方向望去，只见在钟体上端不远处，有一个像是用指甲抠出来的、不甚规则的小圆形刻痕。

赵普胜惊讶地问道："这……是谁在钟上面抠出来的？"问完他就觉得不太对劲，谁的指甲这么坚硬，能在铁铸大钟上抠出痕迹来。

况普天不关心这个刻痕的来历，只想知道这个刻痕究竟指向何方。"师尊，这到底是什么？"况普天的指尖绕着这个圆形刻痕转了一圈。

彭莹玉紧盯刻痕，好像要用目光将它的真身从古钟上面逼出来。过了许久，他才长吁一口气，说道："我知道它是什么了。"

"是什么？"两位徒弟异口同声地问道。

"一口锅，"彭莹玉平静地说道，"一口很普通的锅。"

欲知后事如何，请看下回分解。

第六章　千人铁锅

"一口锅?"赵普胜看了半天,虽然这个圆形刻痕的确有点儿像锅,但说它是个饼、铜板或者其他圆形的东西,也未尝不可。不知彭莹玉为何这么肯定地说它就是一口锅。

况普天却皱起了眉头,问道:"师尊所说的锅,莫不是……"

彭莹玉点了点头,说道:"没错,正是那口千人锅。"

"千人锅?"赵普胜又问道,"是能供一千人吃饭的锅吗?这得多大啊。"

"我幼时见过那口锅,其实也不算太大。"彭莹玉的思绪,仿佛回到了四十年前的寺庙中,眼前似乎又浮现出香积厨里升起的袅袅炊烟、五观堂外端着碗吃饭的僧人和穷苦百姓,他们衣衫褴褛,脸上却都带着满足的笑容。那口看上去不算太大的铁锅里面的粥饭似乎总也盛不完,无论有多少人前来寺里吃饭,那口锅总能让大家适时地填饱肚子。钟声和铁锅,共同成为那个年代里人们心中的希望所寄。

如今,那些饥饿的、悲伤的、痛苦的人们,眼里的希望又在哪里?

"一千人吃饭,一顿大概要用上三百斤米,"况普天默默地计算着,"如果每餐都要煮这么多米饭,那锅至少也得高三尺、径八尺,重逾千斤才行。另外寺中还需准备足够的柴火和粮食,这些都从何而来?"

彭莹玉回道:"我说过,普庵祖师重建慈化寺,本意就是想借此寺之宝地,普济四方百姓。慈化寺化缘、筹集到的银钱,大多用于囤积食物,这也帮助当年南泉山的百姓,走过了一段灾荒年景。如果不是普庵祖师,南泉山当年不知又要饿死多少人……"

赵普胜想起来这些年黄河决堤三次,两淮、江浙、陕南等地连年遭遇水灾、旱灾、蝗灾、地震、瘟疫,四处饿殍遍野、赤地千里。面对规模如此庞大的灾民和受灾区域,朝廷虽有蠲免、赈济、调粟、开放山泽之禁等措施,但架不住地方官员渎职舞弊、中饱私囊,赈粜粮多被豪强嗜利之徒用计巧取,朝廷根本无法赈济所有贫民。

　　于是,部分官员、地主大发国难财,但灾民一个接一个地饿死。据说仅杭州就有遗骸枯骷数十万,镇江农民甚至死亡过半。他还听说,前几年,在淮右濠州有个小和尚名叫朱重八,他有四个亲人在一个月内饿死,逼得没办法,只好跟着白莲教一起造反。

　　就算是孝宗中兴、乾淳之治时,一旦遇上了灾年,普庵祖师要面对的依然是饥肠辘辘的穷苦百姓。官府只会在意钱粮税赋的多少,不会在意贫民的死活。想到这里,赵普胜不禁问道:"师尊,那普庵祖师究竟用了什么法子,帮助百姓度过灾年?他在这口'鼻涕钟'上留下的印记,又在向后人暗示些什么?"

　　彭莹玉没有立即回答赵普胜,而是再次仔细看了看那道"鼻涕"和那个圆形印痕,又环顾了一下钟楼周边的地势,说道:"普天、普胜,你们看,按照我们之前的判断,想必当初修建钟楼之人,在在此处留下了厉害的手段,这可能就是我们在钟楼上找不到撞杆的原因。说不定那撞杆,就是关键所在。"

　　况普天若有所思地说道:"这么看来,'鼻涕钟'上的印痕就是指向香积厨中的那口'千人锅'了。要想知道究竟为何要在'鼻涕钟'上标记出'千人锅',就只能去香积厨一探究竟。"

　　香积厨是寺僧的斋堂,位于大雄宝殿的右侧,从钟楼过去也就数十步之遥。此时已近三更,时间不容三人犹豫。赵普胜二话没说,径直往钟楼下面走去,彭莹玉和况普天随即也一前一后地走下了钟楼。在月光下,三人如同三个黑色的皮偶。

　　彭莹玉在向香积厨走去时,回想起当年,寺里的和尚向他讲起的那段往事……

　　慈化寺建成的那年,袁州大旱,河水断流,水井见底。大地被太阳烤成赤铜色,龟裂的田野像是历经风霜的老人脸上的皱纹。土地里的庄稼也被炙烤得蔫头耷脑,和焦急的人们一起等待大雨的到来。

　　当时江南西路农民所种早稻皆为从交趾(今越南北部)引进的占城稻。

占城稻原本耐旱、早熟,生长期短,不择地而生。可就算是这种好种好养的稻谷,也没能扛过这场大旱,田地里几乎颗粒无收。如果再不下雨,百姓就连晚稻也没有指望了。

南宋时期赋税极为繁重,对江南西路摊派尤多,名目繁杂且数额巨大。绍兴二年(1132年),韩世忠驻军建康,由江东漕司每月拨饷十万缗以供军需,百姓负担之重可见一斑。在这种严酷的盘剥下,即使在正常年景,普通百姓也只能艰难度日,一遇天灾自不必说。

"一春种一粒粟,秋收万颗子。四海无闲田,农夫犹饿死。"即使是在"乾淳之治"的盛世年景,在鱼米之乡的江南西路,在物产丰饶的袁州,遇上了这场大旱,农民也丝毫没有办法。倘若如此旱下去,袁州境内将饿殍遍野、新坟林立。

袁州府内虽然设有救荒备用的义仓和常平仓,也储备了不少赈灾粮。但粮仓位于袁州城邑,对乡村的农民帮助极其有限。特别南泉山地处偏远,等到州里运来救济粮,恐怕乡民都饿死得差不多了。

知州嵇琬也不是心中不急,但相较于治下老表们的生命,他考虑得更多的还是自己的乌纱帽。"荒政"是朝廷对地方官的一项重要考核内容,灾民的数量、赈灾的措施、社会的秩序都是朝廷关注的重点。因此,大多官僚通常会选择适当地隐瞒灾情,适当地夸大赈灾政绩。嵇琬曾在多地任知州,早已深谙其中门道,知道应对灾情,不能光凭一腔热血,还是得沉得住气。眼下最重要的事,还是老天赏脸下点儿雨,如果近期能下场及时雨,那么一切问题就迎刃而解了。

为此,嵇琬想到了一个法子,管它有用没用,先写篇祈雨文再说。一来向百姓表明自己"爱民如子""与民同心"的态度,二来向上官展示自己的文采,三来即使没有求来一滴雨,也不会给朝廷和百姓带来任何损失。有宋以来,各地官员留下祈雨文章六百多篇,其中最有名的就是欧阳修在宝元元年(1038年)所作的《祭五龙祈雨文》,被京西南路乾德县(今属湖北光化)的百姓传为佳话。再者说来,唐代的韩愈在袁州任刺史期间,也曾写下过《祈雨告仰山神》的祭文,并且成功地祈得雨水,得到世人称颂。

因此,嵇琬也择日沐浴斋戒,诚惶诚恐地摊开宣纸,洋洋洒洒地写下一篇祈雨文：

"本路所统十有一州五十六县之人厥任尤重,方将邀福于神。百城之广入秋以来雨泽久缺,宜降以泽,使得粒食蚴入秋叙五旬于兹,早稼登场,所收既薄,晚禾栖亩行尽稿,神宜赦吏之惩恤民之苦矣! 吸雷雹降霖甘雨,丰凶之期决在信宿!"

这篇祈雨文被送到了仰山正祠前焚烧。可结果不如人意,天空依然一滴雨都没下,袁州大地依然干旱如斯。

南泉山的村民一看这也不是办法呀,于是彭有根、刘金伢带着二十余位村民,三步一拜地来到慈化寺敬献香烛,求普庵禅师向上天祈雨。村民中有一个虔诚的信士名叫李邦民,更是叩拜在普庵面前,大哭道:"普庵禅师,你既然能降服泉怪、运木出井、鼻涕补钟,那就再施展施展法力,替我们求一场大雨吧! 再不下雨,今年南泉山上一定会添很多坟!"

普庵自己也是余坊村的穷苦人家出身,看见南泉山的村民们一个个心急如焚,不由得心生悲悯,只听他肃然双手合十道:"天旱已久,求雨确非贫僧所长。你们可以前往南边的仰山栖隐禅寺,去求龙树医王菩萨,诚心而去必得风雨。"

李邦民将信将疑道:"路途遥远,且无凭证,我们也不认识那菩萨,到时岂不是白跑一趟? 还是请你禅师发发善心,替我们求来风雨,何必让我们舍近求远呢?"

普庵略带歉意地说道:"求雨之事,普庵的确无能为力,你们只能去求仰山神。仰山神曾与众神佛用过斋,他袈裟的左下角有一个红点。寺中走出的第四个和尚就是他,你们见到便可立刻跪地拜求。他看在苍生的分上,必会应允。"

彭有根知道普庵从不打诳语,向来说一是一、说二是二,于是扶起了李邦民,按照普庵的指引,向南行去。他们一路翻山越岭、日夜兼程,大约走了一百多里,终于在次日抵达了仰山。

仰山位于袁州城南五十里处,坐落于武功山脉的一条支脉上,因山势"高耸万仞,仰不可攀"而得名,历来被视为"州之镇山"。这里山水奇胜,石径萦回,飞瀑湍奔,春天杜鹃花盛开,红云漫山,蔚为壮观;夏日流泉飞泻,群峰氤氲,宛若仙境;秋季层林尽染,山野间流光溢彩,令人陶醉。一进入冬天,仰山微阴即雪,直到孟春、仲春也有下雪现象。每当雪霁云开,山顶的集云山峰一带,白雪晶莹,经久不化,形成高山瑰丽的雪景,令人赏心悦目。这一胜景被文人骚客称为"仰山积雪",也是袁州古八景之一。

东汉以降,仰山就以祭拜山神著称。唐会昌五年(845年),沩仰宗的开山祖师慧寂禅师行至仰山一处幽谷之中,见四周山峰环峙,由近而远层层叠叠,形似莲花,是禅隐修真的好地方,于是在此诛茅立庵。大中年间,慧寂在此聚徒说法,构建寺宇,唐宣宗亲笔题"栖隐寺",赐予仰山道场作为寺额。

虽然相比于南泉山,仰山的名头更大,但到了南宋时期,沩仰宗日渐式微,普庵禅师所传承的临济宗更为繁盛。不过沩仰宗和临济宗都是发自南岳怀让一系,彼此宗法相近,只是沩仰宗教化学徒较为温和轻松,临济宗则单刀直入、机锋峻烈,更得信众认可追随。据普庵说,龙树医王菩萨此时正在栖隐寺隐修,村民们去求他,没有不应。于是李邦民、彭有根、刘金伢带着一干乡亲,不顾疲劳,一大早就来到栖隐寺的斋房门口守候,搜寻着袈裟下左角一点红的标记。

一个、两个、三个和尚走过去了,没有发现。第四个和尚走了出来,只见他满面金光,一副福相,袈裟下左角有个红点标记!正如普庵禅师所指,他就是龙树医王菩萨!

李邦民等人二话没说,"扑通"一声跪倒在菩萨面前,说道:"拜见菩萨。小民乃石里乡南泉山人氏,特来求菩萨降雨。只因家乡久旱无雨,河水断流,水井见底,上半年颗粒无收,百姓濒临生死边缘。请菩萨大发慈悲,喜降甘霖,普救众生!"说罢,"咚,咚,咚",众人连磕三个响头。只见李邦民的额头上,已有隐隐血痕,显然异常激动和紧张,生怕这一趟仰山之行徒劳无功,南泉山的百姓只能坐地等死。

龙树医王菩萨没料到有人知道自己在此清修,倒有点儿手足无措,一边试图扶起众人,一边说道:"你们求雨也不必行此大礼,快快请起。"

李邦民咬咬牙关,说道:"菩萨不答应降雨,我们就算跪死在这里,也不起来!"

菩萨笑道:"你们不必多虑。佛门子弟以慈悲为怀,岂有见死不救之理?

我在寺中清修,对外界之事不甚了解。要不是你们今天来,我还不知道袁州已经久旱多时。你们放心,我必将极力相助,不日便可天降大雨。"

李邦民等人知道菩萨一言九鼎,这才放下心来,慢慢地站起身,一一谢过菩萨。正当他们转身准备下山回家之时,突然听见龙树医王菩萨喊道:"等等,你们从南泉山来?"

李邦民等人皆点头称是,却不明其意。

菩萨又笑了笑,说道:"哎,我就知道是南泉山的普庵和尚给你们出的主意。要不然,你们怎么知道如何找到我?"

李邦民心头一凛,生怕菩萨心有不悦,另生枝节,影响降雨一事。这每一滴雨水都是老百姓的命啊,可不能出什么差池。

只听菩萨接着说道:"南泉山久日不雨,想必普庵和尚寺中的泉池也快干涸了。你们回去之后,尽快禀报普庵和尚,请他放心,也代我向他问声好。"

李邦民长舒一口气,提到嗓子眼儿的心又落了下去。原来这龙树医王菩萨与普庵禅师是故交,菩萨想必也是看在普庵禅师的面子上,才这么爽快地答应帮忙求雨。

诸位村民刚一回到家,就见天气大变,乌云密布,转眼间一场倾盆大雨降临大地。大雨落得田湿土透,塘满河流,正所谓久旱逢甘霖,到处现生机。男女老少无不冲到雨中,任凭雨水从头顶冲落,像欢度盛大的节日一般,热烈地庆祝这场及时雨。家家户户都点燃香烛、鸣放鞭炮,朝着南边仰山的方向,向龙树医王菩萨拜谢。有诗赞曰:"宗共祖震西天,法脉遐舒化万贤。谁悟圣人巍峻境,当明真性绛红莲。普庵指示民惊悟,龙树慈悲雨润涟。且上禅宫观晓旭,黎元长庆奏瑶弦。"

知州嵇琬见天降甘霖,也异常高兴,以为是他之前所写的祈雨文终于感动了上天,虽然雨来得迟了一点儿,但总算没让百姓失望。他连忙书写信笺,向上禀报自己因为灾情忧心忡忡、寝食难安,自己是如何想办法赈济灾民、恢复生产的,又是如何虔诚祈雨、感动上天,最终求来大雨,完美应对这场灾情的。

正当他准备如此向上禀报时,突然听到下人的传言。原来,那场雨根本就不是自己的那篇文采斐然的祈雨文章之功，而是那南泉山的普庵禅师指引村民前往仰山寺，找到龙树医王菩萨求来的。

这个消息带给嵇琬的震惊程度，不亚于那天下雨前的几声霹雳。嵇琬的脸色顿时变得非常难看，因为在袁州地界，如果有人的声望凌驾于官府之上，绝不是一件让人心安的事。在嵇琬看来，政敌很容易将此事与巫术惑众、妖僧为乱联系在一起。虽然在不久之前，他还为了重修慈化寺一事，特地让丁骥去请普庵出山，但此时他似乎忘记了普庵为建寺付出的一切，只知道这个和尚在老百姓面前，抢了他的风头。

嵇琬再次找来丁骥，下了一道简单的命令："缉拿普庵！"

丁骥吓了一大跳，以为自己听错了，连忙问道："知州大人，恕属下没听清，能否请您再说一遍？"

嵇琬冷冷地说道："不，你听清了，就是四个字——缉拿普庵！"

"属下不知，普庵师父何罪之有？"丁骥的心里，似乎隐隐知道了原因，但他还是不明白为什么嵇知州下了这个决心。

"妖言惑众，巫术欺民！你这个四县巡检，没有责任抓他回来吗？"嵇琬厉声道。

丁骥见知州是要把"巫蛊"的罪名往普庵头上扣了。单说求雨一事，上至朝廷命官，下至黎民百姓，都在向上天祈雨，总不能说谁求来了雨，谁就在行巫术吧。但普庵会法术的事，民间知晓的人实在太多了。正所谓欲加之罪，何患无辞，知州为了朝廷的统治稳定考虑，下令缉拿普庵也在情理之中。宋朝对民间巫术巫言极为敏感，处罚非常严酷，北宋时禁止"夜聚晓散"，南宋时禁止"食菜事魔"。一旦被扣上"涉巫"的帽子，纵然是普庵这样的得道高僧，也难逃徒刑之祸。

想到这里，丁骥只好小心翼翼地提醒道："嵇知州，据说普庵与皇后娘娘、国舅爷一家相交甚厚，抓了普庵和尚，皇后娘娘面上会不好看，恐怕……"

"皇后娘娘？"嵇琬冷笑一声，"哼，我听宫里传来的消息，皇后娘娘凤体欠佳，未必熬得过这个年关。她要是不在了，不就没人保得了这个普庵和尚了吗？"

丁骥这才恍然大悟，原来嵇琬之前是要依靠普庵建成慈化寺，以巴结夏皇后。可如果夏皇后不在了,夏家必将失势,普庵也就失去了利用价值,留在袁州境内说不定会牵扯出更多麻烦,不如找个借口将他办了。

正当丁骥思前想后,盘算着怎么帮普庵开脱之时,嵇琬补充道:"普庵与你算是故交,你如此犹豫不决,看来是不愿替本官缉拿他归案了。也罢,本官另外差遣得力之人去办理此事,不过普庵一旦归案,安抚使司那里,你恐怕要自己去解释一二。"

丁骥就算再驽钝,也听出了知州对自己的威胁。他知道知州主意已定,此时再做推辞已经于事无补,只会落个"顶撞上官"的罪名,如果知州再心狠手辣一点儿,说不定还会给他定个"私通妖僧"之罪。从知州对普庵这"过河拆桥"的手段上来看,一切皆有可能,绝不能心存侥幸。

丁骥擦了擦额头上冒出的冷汗,抱拳道:"属下岂敢抗命,只不过事关重大,不由得多问了几句。属下即刻出发前往石里乡,将普庵和尚缉拿归案!"

虽然口中应承了下来,可丁骥心中还是在暗暗叫苦。普庵禅师在石里乡的百姓眼里与神仙无异,近来又助百姓求雨,更是声誉日隆。若是硬要带人去缉捕他,只怕立时激起民变,自己连性命都难保。

丁骥思来想去没有办法,身边只有冯五一个心腹跟着,只好把其中的难处跟冯五说道一番。冯五这人虽然行事鲁莽,却有几分小聪明。听到丁骥左右为难,冯五不禁笑道:"丁巡检,论起缉拿江洋大盗、护一方平安,你是我们的师父。可论起这推脱应付、浑水摸鱼的本事,恕小的无礼,你还得跟我们这些底下干活的人学着点儿。"

丁骥眼睛一亮,并不介意冯五的言语,只是问道:"冯五,你有什么好办法?"

冯五朝嘴里扔了一片梅子姜,嚼了两下,一边哈着辣气一边说道:"不就是知州说要抓普庵和尚吗?咱们还是依着命令去石里乡,到了那里之后……"

丁骥将信将疑地问道:"那回来之后,嵇知州如何不会怪罪于我?"

冯五拍了拍额头,说道:"我的巡检大人,那知州跟普庵哪有什么血海深仇,面子上能过得去就差不多得了。要是一定要硬来,激起了民变,到时上面第一个问罪的就是他!"

丁骥此时也没别的好办法,只好听冯五的,死马当成活马医。二人即日启程奔赴石里乡黄圃寨,到了寨子里,也不去抓人,也不见客,就待在黄圃寨喝了三天酒,又风尘仆仆地返回了袁州城,向嵇琬复命。

嵇琬一见丁骥,惊讶地问道:"怎么就你一个? 要你抓的人呢?"

丁骥抱拳回道:"回禀知州,属下带着黄圃寨的弟兄,三日前在南泉山缉拿了普庵。当天本是晴空万里,可我们一拿下普庵,就乌云翻滚如墨,九天云端隆隆之声不绝于耳,转眼就有黄豆大的雨点儿狠狠地砸下来,打在身上都隐隐作痛。我们赶紧放开普庵,跑到佛堂屋檐下躲雨。此时,我们忽见天边仿佛有一条巨龙,长数里,头角峥嵘、神光显赫,正在云层中翻滚。说来奇怪,我们一放开他,雨就停了下来,太阳一下子又出来了,天又渐渐放晴了。"

嵇琬的脸色也如丁骥口中的天气一样变得阴晴不定,问道:"那又如何?"

丁骥定了定神,接着说道:"南泉山的百姓都说普庵多年来修桥补路、治病救人,绝非妖僧,实乃圣僧。若是官府硬要将他缉拿,只怕上天会降罪于袁州,又会带来旱涝之灾。"

嵇琬这才明白丁骥的意思:捉拿普庵未见得有多大的功劳,可如果日后袁州地界上再遭个天灾,百姓一定会怪罪到下令缉拿普庵的官员头上。一旦造成饥荒或激起民变,上面定不会轻饶自己。眼下好不容易下了一场雨,挽救了自己的仕途,此时不可因小失大,再次将它葬送掉。

丁骥的话还在继续:"那皇后娘娘虽然凤体欠安,但我听说官家对夏家还是厚爱有加,国舅爷也深得官家信任,此时若是将普庵禅师抓起来,恐怕夏家会……"

嵇琬虽然心中仍有些不悦,知道丁骥的意思就是普庵抓不得。不过这些话虽然不中听,但也算是中肯有理。再说,假如普庵真像传说中那样法力通天,光凭州里这些虾兵蟹将,又怎能把他抓进监牢? 于是他只得就坡下驴,说道:"罢了,也就是听你丁巡检说的在理,要不然,十个普庵也要抓来问刑!"

丁骥总算舒了一口气。古今官员别无二致,这嵇知州虽然城府极深,肚量不大,但晓以利害,还是会尽量规避风险。出了衙门,丁骥回去抓了一把钱,请冯五和几个弟兄一起去喝酒逛勾栏瓦舍,且按下不表。

话分两头。普庵指引村民赴仰山求得雨后,南泉山的晚稻长势喜人,但因早稻歉收,一些孩子较多的人家余粮不足,只得上山摘些野菜、地菇聊以充饥。可这野菜并无太多营养,根本填不饱肚子。孩子们一个个饿得面露菜色、皮包骨头,一开始还在号啕大哭,到后来连哭都哭不动了,只能坐在门前目光呆滞地嚼着手里的野菜根。

刘汝明、彭彦远、李仓监等乡绅富户纷纷捐出家中存放的余粮,乡里也建了义仓赈济饥民,可架不住人口众多,义仓里的粮食根本不够分发。州里的救济粮又迟迟未到,据说运在路上就被城邑附近的村民抢光了。彭有根、刘金伢带着几个后生到邻近的醴陵、浏阳等地想办法买粮,可这一年各地早稻收成都欠佳,市场上能买到的粮食寥寥无几。他们奔走多地,冤枉钱倒是花了不少,可几乎一无所获。

大家没有别的办法,又不能眼睁睁地看着那些穷苦人家的孩子活活饿死,只能把目光投向他们唯一的希望——慈化寺。

其实自旱灾开始时,寺中的圆通、圆契就开始到处化缘求粮,并将寺中存粮分发给周边百姓。只是一来粮食毕竟有限,普庵禅师法力再高,也不能凭空变出稻米来;二来寺中人手也有限,就算全部派出去背粮食,一天也走不了太多人家,常常顾此失彼。听见村里孩子们的哭声,两个和尚的心里都一阵酸楚,恨自己只生了两条腿、两只手,不能一下子把粮食背到千家万户。

普庵禅师的心中也非常焦急,寺中的粮食再过几天就要分发殆尽,百姓家的孩子要吃饭,寺中的这些小和尚也要吃饭,说什么也要想办法扛到晚稻成熟丰收之时。否则,当初自己发下的"建成慈化寺普济四方百姓"的善愿,就成了一句空谈。此时,周边相熟的居士大都已经尽力捐了粮食,再去他们家化缘就有些不合适了。普庵想起了一人,心想他一定有办法,于是取来纸笔,写下一封书信:

"达空为实,触境即心,方能个里接群迷,始堪表作如来用。古寺香花,住持无数,今日道场瞬目,法指灯笼,风幡不动。仁者之心,了针锋而法身具足,乃得高檀。儒风满腹,语默全通。肯信无言,如空入理。睹山庵四来风合,渔鼓难鸣。欲得一饱忘千饥,须会庐陵真米价。求字与目,共作缘驰。莫令相遇本色人,一檐须弥檐下动。切希珍重。"

普庵将信交给了圆契,命他到城里找丁骥,让丁骥安排步卒即日快马送至临安。圆契一看那信中不仅称赞那人"儒风满腹,语默全通,肯信无言,如空入理",还委婉地告之慈化寺面临无米入炊之窘境,提出"求字与目,共作缘驰"。全篇看似在谈禅理,其实皆为卑微祈求之言。想到师父这个如神仙般的人物,为了替百姓求粮,姿态放得如此之低,圆契忍不住有些心酸。普庵似乎看出了他心中在想些什么,拍了拍他的肩头,说道:"圆契,我们都是出家人,所做的一切出于慈悲之心即可,何必在意那些世俗的羁绊?"

圆契听到师父这么说,再不多言,立即将信带到城中交给了丁骥,并转达了普庵的话。丁骥见信笺是送给临安府中那人,更不敢怠慢,立即安排得力下属,按紧急公文处理,走官府的驿传路线,务必尽快将信送达。袁州距离临安不算太远,铺兵快马加鞭,最快三日之内可以送到。若一切顺利,七日之内就会有回音。

圆契返回寺中,只得耐心地等待。一天、两天、三天……寺中的粮食一天比一天少,寺外的饥民却一天比一天多。有些饥民带着孩子、老人躺在慈化寺的山门前,等着寺里放粮。此时刚入伏天,山门外烈日炎炎,酷暑难耐,饥民围躲在树荫下,身上的汗臭味散发在空气中,似乌云般萦绕在寺外。粮食不够,和尚们只得从出木古井中打来一桶桶清凉的井水,送给寺外的饥民解解暑气。

转眼十天过去了,慈化寺的饭头僧告诉圆通,今日再没有粮食来,米缸就要见底了。

圆通已经做了最坏的打算:如果寺中断粮,那么一部分僧人就跟着他回寿隆院,那里还能勉强再坚持一段时间;另一部分僧人拿起钵盂和木杖,往荆湖南路那边去化缘求生。若是这样,新建的慈化寺就成为一座空寺,还未等到香火兴盛的那天,就要再次陷入破败之中。

就在圆通一筹莫展,准备昭告饥民、遣散寺僧的时候,忽然寺外传来一阵喧哗声。他三步并作两步地冲出寺门,只见一袋袋粮食在寺门前摞得老高,村民们纷纷前来围观,一个个喊道:"粮食来了!粮食来了!"

原来,普庵的那封信正是写给当朝国舅夏执中的。夏执中也不含糊,一见到普庵的信,就立马派人从洪州、饶州等地的常平仓中调来存粮,带着他的手书直接运往袁州。赈济粮很快到了袁州，嵇琬一见国舅爷的手书，不敢有丝毫怠慢，立即安排丁骥带人将粮食运送到南泉山慈化寺中。这趟运粮赈灾的差事对于丁骥来说，可比"缉拿普庵"舒心多了。他二话没说，就带着冯五等一干人等，找来十几台骡车，把粮食直接送到了慈化寺的寺门前。

圆通见赈济粮已到，一颗悬着的心总算落了地。他原来只知道师父法力高深，没想到面子还这么大，短短一封百字信笺，就说动了朝中国舅爷，调来了这么多粮食，解决了慈化寺无米入炊的大难题。可另一个问题又随之而来：这么多粮食是直接分发到村民家中，还是让村民到寺中开饭？

自古以来，赈灾就是一门技术活。如果将赈灾想得十分简单，那后果可能会很严重。官府的普遍做法是划定一个地方，设立一个救灾点，然后让灾民到这里来集中。可是，大量灾民聚集可能会引发很多问题，比如赈灾的物资跟不上，赈灾的人员不够，灾民的卫生状况不佳。不得法的赈灾会让灾民受到二次伤害，名为赈灾，实为杀人。司马光编著的《资治通鉴》中就曾写道："皆聚民城郭中，煮粥食之，饥民聚为疾疫及相蹈藉死。或待次数日不食，得粥皆僵仆，名为救人，而实杀之。"

如果现在说把粮分了，村民们可不会老老实实地待在家里等着寺庙送粮，说不定会一拥而上，把粮食哄抢一空。到时避免不了冲撞抢夺，说不定又会引发宗族械斗。如果让大家一起来慈化寺吃饭，寺里怎么做得了这么多人的饭？如果一大堆的饥民每天守在寺里等着吃饭，寺里的僧人又如何清修念佛？

真是没粮有没粮的烦，足粮有足粮的难啊。

正当圆通为此苦恼之时，普庵来到他的身边，对他说："圆通，不必烦恼，所谓车到山前必有路。依为师看来，不如让这些村民平常各自回家劳作，到了斋点，敲响铁钟，以钟声为信，请周边饥民来寺中吃饭。"

"可是，"圆通不解地问道，"咱们寺里最多只能做上百位僧人的饭食，寺外饥民逾千人之众，如何能烹制这么多米饭？"

"说来说去，就是差一口大锅。"普庵笑道，"你放心，马上就会有人送一口能供千人用膳的大锅来。"

圆通还是有点儿不信，上次那口"鼻涕钟"是吕洞宾送来的，这次难不成又有神仙朋友来帮忙？

　　就在此时，门外突然闯进一个人。那人衣着讲究、相貌堂堂，却慌慌张张的，像有什么紧急之事，差点儿打了一个趔趄，跌倒在地。普庵伸手一托，扶住了他。看清那人的样子后，普庵立刻双手合十道："原来是株潭的卢员外，有失远迎！卢员外莅临小寺，是为送锅而来的吗？"

　　原来，萍乡的李昭文员外向慈化寺敬献洪钟之后，善名远扬，人人皆知，两路四县无不传送他的功德。俗话说："佛争一炉香，人争一口气。"万载株潭的卢员外，听到了李昭文献钟之事，很不服气，心想："李氏献钟，虽为善举，不过是锦上添花。我听说慈化寺每天要赈济南泉山的饥民，斋阁中每天要不停地做饭，不如我送给慈化寺一口大铁锅，定能解寺庙燃眉之急。"

　　主意已定，卢员外立马请来工匠，雇来劳役，烧炭千车，购铁万担，开始造锅。这铁锅的制作工艺相对洪钟来说简单多了，不需要太多花纹装饰。没过多久，一口大铁锅就铸好了。可他也遇上了当时李昭文那样的问题：怎么将这口锅运到慈化寺去？

　　虽然卢员外也像李昭文那样求神拜佛，但吕洞宾也不是每天都在这一带晃悠，不能总是指望神仙帮忙。好在株潭离南泉山路途不远，卢员外立马赶来慈化寺拜谒普庵禅师，请他想办法将锅运来。

　　像上次收到洪钟时一样，普庵其实早就算到今天有人会送锅来，因此提前让香积厨的火头僧做好了准备。只听普庵念了一个口诀，那个火头僧犹如金刚附体，跟着卢员外赶到株潭，没花多大力气就扛起了那口大锅，一路小跑着回到寺中，他那举重若轻的样子不亚于当日的吕洞宾。众村民这下看傻了眼，都在想：吕洞宾用伞担铁钟固然是惊人之举，但毕竟他是个神仙，所以大家并不感到意外。可这个火头僧是肉体凡胎，普庵和尚念了一句诀，就让他神力加持，这是何等法力？

　　火头僧将那口锅放入香积厨中。只见那锅直径八尺，高约三尺，厚一寸余。锅底平而不尖，能稳稳地放于平地。沿宽三寸有余，能容人在上面平卧或行走。据说，这口锅能煮熟三担大米，供千人食用。

　　自此，寺中用这口大锅烹制斋饭。每当钟楼的钟声响起，四周的灾民听见后就自行前往寺中用餐。在普庵禅师的感召下，大家井然有序，从没发生过任何纷争。后人有诗为证:"普庵大士开山祖,山色泉声似西土。……修廊夜点万枝灯,斋厨日办千人供。"

彭莹玉三人走到香积厨前,只见门外还贴着一页泛黄的符咒,上面写着四行字:"监斋使者在眼前,守护普庵无罅缝。针劄不入起磬香,十八元来佛不共。"厨房中放着那口传说中的大锅,上面已布满一层厚厚的灰尘,锅中似刻有铭文,被铁锈覆盖,几不可辨。赵普胜不由得啧啧称奇,没想到世上真有如此大的一口锅,能供千人用饭。

彭莹玉用手指在锅沿轻拭一下,说道:"遥想当年,这口锅养活了南泉山数千饥民。如果没有它,又怎能留下慈化寺两百年善名?"

况普天觉得,如果按照之前的判断,香积厨这里应该还会留下指向下一处地点的信息。只是这铁锅上的铭文已经无法辨认,厨房四周的墙壁上都是黑色的烟灰和油垢,除了门前的那道符咒外,再看不到别的有用的信息。难道那道符咒上的字,就是一处提示?他看着那四行字,又暗中读了几遍,脑子里怎么也想不出这到底指向何处。

赵普胜平生最不爱进厨房,闻到这香积厨里残留的油烟味都不太舒服。他无聊地四处看看,又敲了敲那口铁锅。突然,他发现墙壁的一角,似乎隐隐约约画着一幅人像。他走到近前用刀柄小心翼翼地将四周的烟灰、油垢刮开,发现那人像的面目已经很难看出是什么样子,只能看出那人头上并未带着佛冠僧帽,而是布满了像田螺一样的东西。他忙喊道:"师尊、普天,你们来这儿看看!"

彭莹玉走过来一看,便知这是"火头菩萨"的画像。他告诉两位徒弟:这火头菩萨原是香积厨的管事,当年曾被普庵赋予神力,将"千人锅"扛回寺中,立下大功,从此得来名号"火头将军"。平日里,他兢兢业业、尽心尽力,带着一众火头僧辛苦劳作,每天都要做上千人的饭食,常常累得筋疲力尽。传说有一天,他挑着一担箩筐去田埂上摘菜,由于年事已高,身体不太好,不慎摔了一跤跌到田里被水淹死了,田螺爬满了他的头。

香积厨的火头僧们等了半天不见他回来,就四处寻找,到处呼叫却不见回音,后来才发现他跌倒在田里,一摸鼻孔已经没有气了。众僧把他抬回寺院,禀报普庵。普庵双目含泪,不禁双手合十道:"善哉! 善哉!"为了表彰"火头将军"数十年来尽职尽责,为众僧和灾民做饭之功,普庵便为他念经超度,并封他为"火头菩萨",将他供奉在寺内万佛殿之中。

况普天似乎明白了什么,问道:"师尊,你适才说,这火头菩萨在寺中亦享香火?"

彭莹玉回道:"正是。普天,依你的意思……"

"师尊,这香积厨我们已经四下看过,别无其他信息,恐怕这'火头菩萨'的画像,就是指向下一处线索的关键所在。"况普天冷静地分析道,"依我看来,我们要去那'火头菩萨'的塑像前一探究竟,估计那菩萨定会为我们指点迷津!"

预知后事如何,请看下回分解。

第七章　万人床榻

三人来到寺中万佛殿中。万佛殿位于大雄宝殿后侧,供奉一些得道高僧的塑像。此时已经三更天了,民间有俗语云:一更人,二更锣,三更鬼,四更贼,五更鸡。三更在子时,这是十二时辰的第一个时辰,也是夜色最深重的一个时辰。这无疑是一夜中最为黑暗的时刻,这时的黑暗足以吞噬一切。在民间的传说中,三更也是鬼魅最为活跃的时刻,深夜的空气中都弥漫着一股萧瑟的气息。有诗为证:"三更月晕合,定知明日雨。开门已萧飒,寒气侵庭宇。"

三人看着那竖立在万佛殿西侧的"火头菩萨"塑像,正如传说中那样,"火头菩萨"头上没带冠帽,而是顶着一堆田螺,暗示他淹死在水田里。他的脸上没有其他佛像那般庄严肃穆的表情,而是带着几分嘲讽的笑意,似乎在向世人诉说着什么。

赵普胜盯着"火头菩萨"看了半天,没发现什么端倪,对彭莹玉说道:"师尊,我看这'火头菩萨'也没什么稀奇的,倒不如转回香积厨,看看那口铁锅下面是不是有密道入口?"

彭莹玉摇了摇头,说道:"那口铁锅重逾万斤,就算下面藏着通道入口,凭我们三人之力也不可能移开。"

况普天仔细观察了一下那"火头菩萨"的表情和他头上的那堆田螺,有些奇怪地问道:"师尊,你说这'火头菩萨'是跌入田里淹死的,可为什么他不从田里爬出来?田里的水不会很深,他死之前都还在做上千人的饭菜,又被人称为'火头将军',看这塑像的手臂肌肉结实、面目轻松诙谐,不像是生前身体很差的样子。再说,为什么他淹死在水田里之后,头顶上会爬满田螺?"

彭莹玉虽然自幼听说"火头将军"的传闻,却也未曾细想这故事的真伪。听况普天这么一说,这"火头菩萨"的传说的确有很多纰漏,要么这火头僧死得确实蹊跷,要么后人牵强附会。可是,不管怎么说,这塑像竖立在万佛殿后侧已有两百年之久,若是以讹传讹,当初又怎么会将他立在殿中享用香火?

只听赵普胜不太赞同地说道:"普天,我觉得你有点儿吹毛求疵了。头上爬满田螺,是因为他是火头僧,头上有油水,引来了水中的田螺。之所以会跌落水田淹死,是因为这'火头将军'年事已高,又挑着重担,一时肝阳上亢导致中风,这不是平日里常见的病状吗?"

况普天也不服气,正要出言反驳,彭莹玉一摆手制止了他,并指给他们看那"火头菩萨"的右手,问二人道:"你们看,'火头将军'的右拳空握,之前是不是抓着什么东西?"

况普天还没来得及答话,就听到赵普胜抢着喊道:"他是个火头僧,手里握着的一定是锅铲!"

"锅铲如果是木柄的,那维持不了两百年,早就朽断了,"况普天补充道,"所以现在我们只能看见他的右拳空握着……"

彭莹玉又问道:"那为什么他都已经是'火头菩萨'了,手里还要拿着锅铲?为什么不拿着经书宝瓶之类?"

况普天突然明白了些什么,一个想法如电光火石般闪现在脑海中,他立即回道:"那是因为……他要用锅铲指向某处!"

三人顺着那支看不见的锅铲向前望去,只见不远处的墙壁上有一段已经脱色的壁画。壁画上有一条长数尺的坑道,坑道的墙壁上画着唐僧西天取经的各种图案,卧坑里密密麻麻地躺满了人,有僧侣、香客,也有普通村民。赵普胜结结巴巴地问道:"师尊,那……那是什么?看上去挺瘆人的。"

彭莹玉若有所思,隔了一阵才慢慢地回答:"这,应该就是传说中的'万人床'了。"

"万人床?"赵普胜诧异地问道,"从哪儿看出来那是一张床啊?我还以为是……"

况普天怕他说出什么不太吉利的话来,惹得师尊不高兴,连忙捂住了他的嘴巴。

彭莹玉笑了笑,并没太在意赵普胜的话,而是开始给两位徒弟说起有关"万人床"的往事……

慈化寺落成之后,因普庵盛名远扬,四方礼谒之众络绎不绝,行人摩肩接踵,可以说是车水马龙、门庭若市。其中,挂单的行脚僧、打尖的朝拜客甚多,加上一些受灾的饥民、过路的行旅也偶尔要住在寺里,慈化寺渐渐不堪重负,难以容下这么多人同时居住。

圆通处理寺中事务如同他的法号一般,大多能做得面面俱到。客房住不下,他就让云游僧侣挂单于长廊,让朝拜者打尖于斋阁,让灾民睡在钟楼之下,让行旅住在经阁之前。即便如此,寺中还是一天比一天拥挤。再这样下去,恐怕连大雄宝殿、普光明殿和万佛殿都得住人了。虽说普庵禅师建寺的初衷就是为了普济众生,可这毕竟是个寺庙而非旅店啊,总不能让无家可归的人都住进寺里吧!

另有一桩难事也迫在眉睫,纵然圆通这般能干,也毫无主意,只得去找普庵师父求救。原来,自从普庵用一封信求来了粮食,每天在寺庙用斋的人近四千人之多。每天煮的米、炒的菜都是寺里自备的,可这烧的柴成了一个大问题。附近山上的柴很快就烧得差不多了,再要多砍点儿,邻近的百姓就不乐意了。可没有柴火怎么煮饭,怎么喂饱这四千张口?普庵听到圆通的诉苦,也不答话,只让他去找来火头将军,再做打算。

圆通听从师父的话,跑到香积厨找到了火头将军,却听他说到一件奇事。

原来,火头将军昨晚做了一个梦,他梦见一个满头银丝的老头对他说:"南泉山的木头都快被你们砍光了。山上一光,田里转眼就要荒,百姓没饭吃,那怎么得了!赶紧住手,别再砍柴了。"

火头将军在梦中不解地问道:"可没有柴火,烧不了饭,寺里的几千人不也得挨饿吗?"

只听梦中的老头笑道:"你们可以烧纸做饭,只要有三张纸,就能煮熟一锅饭。"

听到这里,火头将军立刻惊醒过来,刚要去找普庵禅师,就跟圆通撞了个满怀。

圆通听得火头将军如此一说,感到十分诧异:这火头将军的梦来得不早不晚,正当寺院断了柴薪,自己不得已去找普庵诉苦时,这梦就来到他脑海里了。听着火头将军的描述,梦中那老头如果没有那满头银发,倒像普庵本尊。换成是别人,定会笑话那火头将军的梦境荒诞不经,可圆通是见过大世面的和尚,丝毫不敢怠慢,连忙带着火头将军去见普庵。

不出二人所料,普庵禅师一听此事,随即合十道:"此乃天意,那你们就烧纸做饭吧!"

听到普庵的吩咐,圆通立马找来了三张抄经文用的宣纸,交给了火头将军。火头在香积厨里点燃了一支香烛,合掌三拜,一边用香烛火点燃了那三张纸,放在那口"千人锅"下,一边口里念念有词……

圆通听了一会儿,奈何那火头将军念得太快,实在没听清,只得问道:"我说火头将军,你嘴里在念叨些什么呢?"

火头将军憨厚一笑,回道:"我之前见普庵师父施法时,常会念几句口诀。我也学着随便念几句,有用没用先试试。"

说来也神奇,只见那三张纸竟然烧了大半个时辰都没熄灭,并且烈焰熊熊,比起干柴来也毫不逊色,圆通和围观的其他僧众都不禁齐声叫好。没过多时,锅中的三担大米都煮成了熟饭,色泽清白油亮,香味浓郁不散,不仅比烧柴熟得更快,而且味道上似乎也更胜一筹。

圆通有些惊呆了,忙缠着火头将军,让他将刚才的口诀再念一遍。火头将军被缠得没法,只得念道:"菩萨保佑,烧起白纸,煮好米饭,填饱肚子,百姓欢喜……"

"你这念得好像跟刚才不一样啊!"圆通一边用笔抄着,一边有些疑惑地问道。

"要不然我再念一遍?"火头将军摸了摸自己的光头,接着念道,"菩萨显灵,烧纸做饭,米饭喷香,大家吃饱……"只听他连念了三次,每一次念的词儿都不一样。

不管怎么说,这烧柴的问题总算是解决了。可填饱的肚子越多,这寺中住宿的难题就越大。眼见即将入秋,几场秋雨一下,天气马上就要转凉,到时那些露宿在山门前、空地上的行脚僧和穷人家,不就得遭罪了吗?要是到了冬天,说不定还会冻死人。到时慈化寺不仅没成为穷人的庇护所,反倒成了一处人间地狱!

正当圆通与普庵在禅房商议此事时,突然听见门外传来一个清朗的声音:"安得广厦千万间,大庇天下寒士俱欢颜!普庵师父,你这慈化寺,真成了四方穷人的庙堂了!"

普庵一看,原来是李仓监李大善人进山朝佛,顺便来看望故友。这慈化寺能够顺利建成,与李仓监的施地、监造之功分不开,因此寺中上下对他都非常尊重。李仓监一来到寺中,就看见云游僧、朝拜者以及周边的村民、行旅横七竖八地坐卧于长廊、斋阁之间,一方面心中甚是感叹,另一方面也有心置床敬献于山寺。可寺中居者逾千人之众,区区几张床无异于杯水车薪,又怎能替寺里解决难题呢?

幸好慈化寺由李仓监亲自监造,他对寺中楼阁布局了然于胸。他知道就在普庵禅房的后院,有一块较大的空地,可以向下深挖,砌出一条卧坑,上面盖起雨棚,下面铺上被褥,就可以作为临时的床铺,供挂单的行脚僧和过往的商旅歇脚,也可以让暂时无家可归的乡民有个躲避严寒和风雨的地方。

李仓监将这个想法对普庵和圆通一说,二人皆表示赞同。次日,他便请来工匠,在这空地上砌出一条长达数丈、宽约八尺的卧坑。这个工程并不复杂,工匠几日便将卧坑砌成。这卧坑为砖石所砌,形状单调,不甚雅观,与慈化寺巍巍壮阔的格局有些不搭。李仓监左看右看,也不是很满意,于是又想了个办法,请来石里乡有名的画匠,在坑沿上绘制各色佛经故事,又绘上古井传木、白牛踩泥、神仙运钟、仰山求雨、火头扛锅等寺中掌故。那画匠使出浑身解数,绘出的图案栩栩如生、活灵活现。若是有人躺在这卧坑里,那些故事里的人物就像在自己身边一样。这条本不起眼的卧坑,竟成了寺中一道新的景致。

李仓监建好卧坑之后,特地请普庵一观。普庵算是见过大世面的人,见

91

此卧坑充满创意一时赞不绝口,双手合十道:"此卧坑竟然如此精美,比起红木万工床也不遑多让。李施主一片善心,来日定将添福加寿。"

李仓监听到普庵的表扬,心中也不由得有些得意,心想萍乡的李员外、株潭的卢员外敬献洪钟铁锅都有功德,但不比自己因地制宜、奇思妙想,利用寺中现有的闲地,砌出这样一条卧坑,为寺中再添光彩的功劳大。不过,这也不能一直称为"卧坑"吧。李仓监恭恭敬敬地说道:"昔日洪钟巨锅,皆有佛号,都将流传千秋,为世人所熟知。今日这条卧坑,也请普庵师父赐名为盼。"

普庵思索了一阵,笑着说道:"钟曰'鼻涕钟',锅曰'千人锅',你敬献的卧坑,就叫'万人床'吧。"

李仓监不听则已,一听脸色大变,不由得蹙眉,不解道:"普庵师父,你这赐名虽好,可这卧坑最多只能睡数十人,怎能称为'万人床'? 如果担了这么大一个名字,恐怕言过其实,反倒遭世人讥讽。请普庵师父三思,另拟他名。"

"无妨,无妨,"普庵听出了李仓监的担心,宽慰道,"依贫僧看,这卧坑甚是宽敞,睡上一万人绰绰有余。李施主适才也说到,大庇天下寒士俱欢颜嘛。来寺里投宿的要么是囊中羞涩的行旅,要么是云游四方的苦行僧,要么是无家可归的灾民,但凡有点儿办法的人,都不愿意挤在寺里睡。因此,我们不能狠心把他们推出山门之外,得给他们一处容身之所。"

"普庵师父,你的话是没错,可问题在于:怎样的睡法,能容得下上万人?"李仓监虽然知道普庵佛法无边,但这卧坑就这么大,称为"万人床"实在有点儿言过其实,他总不能把这地盘变成几百倍大吧? 要是真有这能耐,为何不把寺庙变大再多造几座禅房?

普庵沿着那卧坑走了几步,回道:"依贫僧之见,投宿者只要遵守'三不得'的规矩,则此卧坑宽敞无边,可容之人多多益善。"

"哪'三不得'?"

"一不得点灯燃烛,二不得笑语喧哗,三不得争位拥挤。"普庵掰着指头说道。

圆通在一旁听着,突然心头感到有一阵寒意:不能点灯燃烛,那卧坑中就是漆黑一片;不能笑语喧哗,那卧坑里就是死一般的沉寂;不能争位拥挤,那怎么知道身边睡的是人还是其他的什么?为什么只要遵守这三个"不得",这"万人床"就能容下无数人?它到底占据了哪里的空间?

李仓监也困惑不解,问道:"如果有人争抢位子,或者发出了声音,那会怎么样?"

普庵正色道:"若是有人不遵守这三个'不得',则此卧坑窄小,不能复卧。"

圆通大喘了一口气,觉得刚才是自己想太多了。看来,违反三个"不得"的后果最多也就是卧坑恢复原状,不能再容下更多的人同睡。李仓监似乎心领神会,对普庵说道:"那就依普庵师父说的,就叫作'万人床'。只是以后要给来投宿打尖的人立好规矩,晚上到了寺里,只管找到地方闷头就睡,不准点灯,不准出声,也不准挤开他人。要想聊天就去住客栈,这里是个只供睡觉的地方。"

圆通心想:这寺里每天人来人往,投宿者良莠不齐,想让他们不说话不拥挤,就只管闷头睡觉,可不太容易。见普庵禅师一副胸有成竹的样子,他也不好再多说,只能想着日后多安排僧侣看守这"万人床",共同维护投宿纪律。

说来也奇怪,自"万人床"修起,凡来投宿的过往僧人、百姓,如同签下了缄默契约一般,都不会发出任何声音,走到卧坑里盖上被褥倒头就睡,也不四处张望、挤占铺位。那卧坑真的变得十分宽敞,无论来多少人,都不用担心睡不下。

"师尊,那这卧坑现在何处?"听完彭莹玉的讲述,赵普胜不禁问道。

彭莹玉摇了摇头,回道:"我当初在寺中之时,也只是听说'万人床'的传说,没亲眼见过,不知道它到底在哪儿。宋、元两朝,慈化寺经历三次火灾,又多次修复重建,最多时有二十多座殿堂庵阁、两千多间房屋,容纳上千僧人,是江南最大的寺院。估计当年那个卧坑,上面已建起了禅堂,再也没人能找到了。"

况普天也附和道："是啊，我也听说慈化寺后来建了长库，并改立南泉、拱北、朝宗三关，又建了德星堂、慈氏阁、四斋阁、库院，专门解决来往香客的投宿问题，那'万人床'怕是自那以后再也用不上了。"

赵普胜还是有些不甘心，问道："可刚才师尊那个故事讲得有鼻子有眼，'火头菩萨'的锅铲又指向卧坑的壁画。依我看，说不定那'万人床'就是地宫的一处重要入口。"

"话虽如此，可我听到这故事，总感觉有些不对劲。"况普天不自觉地紧了紧身上的衣服，语气中透着几分凉意，"一开始看见那壁画，我就觉得所谓'万人床'，更像是'万人坑'。那些人不像是睡在坑道里，倒像是葬在里面！"

赵普胜也觉得有点儿问题，不由得说道："是啊，普庵祖师说不得点灯，不得喧哗，不得拥挤，这跟睡在坟墓里有什么区别？"

况普天接着说道："可普庵祖师素来慈悲为怀，又怎会害了这些投宿者的性命？也没听说哪个投宿的客人在寺中丧命。听起来似乎大家只要遵守规矩，就能保证相安无事。'万人床'也一直被传为善举，这说明它可能跟我们想象的的确不太一样。"

彭莹玉听到这两个徒弟胡乱猜测，心里有些不太高兴，但没有立时发作，只是沉着脸说道："这寺中所有的建筑、器物都是光明正大的，'万人床'也不例外。你可知这卧坑为何能住得下这么多人？又究竟为何不能照明、喧哗和拥挤？"

不等他们二人答话，彭莹玉顾自说道："因为传说中，这卧坑是普庵祖师发大善愿，向山神借地，又怕坏了规矩惹恼上苍，才要求投宿客人不要亮灯、不要发声、不要乱动，免得山神为难，收走土地。为了答谢诸方神明相助，普庵祖师日后还写下了……"

"写下了什么？"赵普胜见彭莹玉欲言又止，忍不住问道。

彭莹玉长叹一口气，说道："唉，你们以后会知道的。"

况普天没敢继续问下去，而是提起了另一件往事："师尊，我听说后来在寺院里借宿的客人里，还出了一个状元？"

“没错。如此想来，他也算是沾了‘万人床’的吉祥之气。”彭莹玉有些感慨地说道。

赵普胜笑道：“怎么？在卧坑里躺一宿，还能中个状元？等下如果找到了，也让我老赵躺一躺，看我大字不识几个，能中个秀才不！”

彭莹玉和况普天忍俊不禁，本来略微紧张的气氛也有所缓解。这一晚上他们三人虽不像在真正的战场上一样直面敌人，但也像在打一场看不见刀光的仗。每一声更鼓，每一分月晕，都似乎在与他们为敌。彭莹玉心里清楚，这些两百年前的往事看似玄而又玄，其实每一桩都在用特殊的方式诉说着真相。他们必须从中寻找到那个隐藏的线索，才能顺藤摸瓜找到答案所在。

“师尊，这‘万人床’当真如此神奇，睡过它就能考状元?”赵普胜的声音将彭莹玉的思绪拉了回来。

彭莹玉微笑道：“别人我不知道，你老赵肯定能考上。只可惜我不是普庵禅师，不能点化你，让你三花聚顶，一举夺魁。”

况普天也有些好奇，问道：“师尊，你能不能说说那客人中状元之事？我们现在肯定已经找不到‘万人床’了，说不定在这故事中，能寻到一些端倪。”

彭莹玉理了理思绪，开始给弟子二人讲述那段“红日正照”的往事……

乾道二年（1166 年）的春天，石里乡有个叫淳子云的读书人，通过乡试中了举人，准备上京赶考。通过乡试的平民子弟不在少数，但家境窘迫者，即使成绩优秀，也未必能够进京赶考，因为这一路需要的花费实在不少，而且到了京城还要食、宿、交游等，处处都需要用钱。为缓解举人进京考试的经济困难，宋太祖曾下诏印行专用的“官券”，举子凭券可在进京沿途得到各级官府的招待。宋徽宗时期，又下令各级政府承担所有进京赶考举人的费用。但北宋灭亡之后，南宋朝廷经济不景气，无法再持续以往让所有赶考学子“公费”进京的优惠政策，所以当时有许多已通过乡试的举人，由于经济原因最终不得不放弃进京参加省试。

淳子云家境贫寒，多亏乡里有“义约”资助，方能进京赴考。原来，这种

"义约"往往由当地的乡绅或者在外做官的贤达发起,宗族成员、地方官员以及应考的士子家庭都会或多或少地捐助钱物,通过"义约"的形式来资助本乡举人赴京赶考。袁州这个地方素来崇文重教,石里乡也建立了一套约定俗成的"义约"管理制度,如赴京参加省试的学人可得到"义约"补贴;如果有人考中进士,日后显达也需出资回馈家乡。因此,即使举人的家里穷得揭不开锅,也能靠"义约"的资助,赴临安府赶考。不过袁州到临安路途遥远坎坷,穷苦的学子一路上不能贪图安逸投宿客栈馆舍,为了省钱,很多时候只能在沿途的寺庙投宿。淳子云出发的第二天路过慈化寺,就在这儿住下了。他早就听说过普庵禅师的大名,还没放下行囊,就来到禅房,一见到普庵倒头就拜,并央求普庵禅师给他指点迷津。

普庵见这个年轻的读书人衣衫褴褛,面带风霜,知道他也是个寒门学子,能中举已是不易。跟淳子云交谈几句,发现他谈吐不俗,虽然穿着朴素,但言语风雅犹如魏晋先贤,由内而外地散发着一股贵气,远胜那些官宦富家子弟,普庵心中不由得暗自称奇:石里乡虽地处僻远,却也不乏风流人物,眼前这个年轻人虽是农家子弟,说不定未来也能成就一番大业。

淳子云满腹经纶、胸有韬略,但毕竟出生寒门,因此对此次省试仍旧缺乏信心。虽然普庵再三鼓励,但他依然有些提不起精神:"普庵师父,我这一辈子只有这一次机会,如果这次没考中,我就得回家种地,过着和父辈同样的生活。"

普庵心知淳子云所说之事,乃是天下最无解的难题,任凭佛法再高深,也没办法消弭这人世间的阶层之隔。得道高僧尚且做不到高低贵贱一视同仁,更何况凡夫俗子?

普庵想安慰这年轻人几句,却又不知从何说起。如果是平日里给弟子讲经说法,普庵就是讲上两三个时辰也不会累。可此时的他却觉得心中似乎有什么东西堵着,话到嘴边又咽了下去。

淳子云也是个知书达理、懂得分寸的书生,一见普庵脸上露出的神色,心中倒有几分愧疚:"普庵师父,来慈化寺投宿已经给你添麻烦了,还让你听我发一堆牢骚,着实是我的不对。请师父放心,无论这次赶考路程有多艰难,我都会全力以赴、尽我所能,绝不负石里乡的众乡亲所托,不辱袁州莘莘学子之名。"

普庵见他脸上不再有颓靡之色,稍做调整后反而是一副满怀信心、不畏前路艰险的样子,不由得赞道:"所谓'天行健,君子以自强不息',寒门子弟未必就不能金榜题名,我朝取士历来不问家世,多有布衣入仕者。张雍曾是乞丐,太祖时官至尚书右丞;杜衍也是流浪儿,仁宗时官至宰相。还有陈升之、汪洙等人都出身寒门,靠'义学'资助方取得功名。进京之路固然崎岖坎坷,不过一旦进入考场,每个学子面前都是一副纸笔,没人会问你是步行到的京城,还是坐车骑马来的。所以你根本不必妄自菲薄,只需在我寺中的'万人床'好好地睡上一觉,养精蓄锐,踏上征程。"

淳子云得到普庵一番开导,心中的一点儿阴郁之气被扫空。他抱拳道:"多谢普庵师父教导,久闻'万人床'大名,那就要在寺中叨扰一晚了。"说完背上行囊,向禅房外的"万人床"走去。

"子云,你且等等,"普庵喊住了淳子云,并取来纸笔,写了几句偈语,密封之后交给了他:"你到京后,烧香将此供养,于考前那晚叫我三声,次日早晨,定有奇遇。"

淳子云疑惑地看着那封信笺,犹豫了一会儿,并没有接受,说道:"普庵师父,我知道你神通广大,能未卜先知。但如果里面写的是考题,我是绝不会打开看一眼的。孔夫子有云:'言忠信,行笃敬,虽蛮貊之邦,行矣。言不忠信,行不笃敬,虽州里,行乎哉?'我久读圣贤之书,绝不会为了区区功名,违背了做人的道理。"

普庵笑道:"果然是我石里乡的好男儿、真君子。子云,你这一番话,尽显我们袁州学子之风骨。不过你看轻了贫僧,贫僧怎会将考题泄露给你,平白污你清名?你若是信得过贫僧,依计行事即可。"

普庵在石里乡的声望,容不得淳子云信不过他。于是淳子云接下信封,道了声谢,就去"万人床"歇息去了。

淳子云依着那"三不得"的规矩,钻进卧坑不发一言,也不管身边有人没人,用行囊当枕头,倒头就睡。果然像众人所传那样,这"万人床"里温暖舒

97

适,毫不拥挤,像平日在自家床上休息一样。

第二天清早,淳子云睡醒后,发现周围一片雾气腾腾,也看不见身边还躺着多少人。他严格遵守规矩,既不出声,也不四处张望,背上行囊一股脑儿地从卧坑中爬出。眼前只见杏黄色的院墙、青灰色的殿脊、苍绿色的参天古木,全都沐浴在玫瑰色的朝霞之中,淳子云感到一种无以言传的神清气爽。这"万人床"里的一晚,竟是他求学多年来,睡得最香的一晚。

淳子云道辞别普庵,踏上了赴京赶考的旅程。到达临安后的一日晚上,他做了一个梦,梦见一棵铁树开了花,花上有一轮红日照耀,还有一副马鞍。次日醒来,淳子云想到今日正是普庵师父嘱咐他开封信笺之时,于是取出那信笺,打开一看,只见纸上大书一个"日"字,上面还画了一株开花的铁树!这不正是昨晚做的那个梦吗?

淳子云突然明白普庵禅师想借此信笺告诉自己什么。原来,他给了自己比考题重要百倍的东西,那就是——信心。

看见这株铁树,看到那个"日"字,淳子云心里便有了底。他不再是那个为出身而自卑的寒门书生,而成了一个有足够勇气面对眼前一切困难的意气风发之人。于是淳子云整冠叩首,大呼三声"普庵师父佑我",然后满怀信心和勇气,走进了那个未知的考场。

在考场中,淳子云笔下生花,尽展胸中所学,一篇文章写得行云流水,令当科考官赞叹不已。放榜之日,他竟然"鲤鱼跃龙门",一举夺魁,在朝野一时传为佳话。

之后,淳子云又参加了殿试中了进士,留在朝中做官。他一直不忘普庵禅师的恩典,常有书信往来不说,还多次向慈化寺布施钱粮。

听到这里,赵普胜不由感叹道:"可惜我老赵晚生了二百年,不然也去那'万人床'里睡一晚,转身就去京城考状元,还用得着出生入死吗?"

彭莹玉既好气又好笑,骂道:"好你个赵双刀,跟着我出生入死受委屈了吗?再说人家淳子云本来就满腹经纶,你却胸无点墨,就是让你天天睡在'万人床'里,估计最后你还是要凭刀枪吃饭!"

赵普胜摸了摸头,被彭莹玉说得有些不好意思,只得应道:"师尊,你也知道我不是读书的料,我就是发发牢骚,图图嘴上快活。"

况普天的注意力,却放在故事里普庵禅师交给淳子云的那封信笺上,说道:"师尊,普庵祖师所写的那个字和画的那棵树,除了印证淳子云的梦境、坚定他的信心之外,是否另有所指?"

彭莹玉沉思片刻,回道:"以前和尚们说起此事时,提到过普庵祖师只是借此寓意'红日高照'和'铁树开花',表示寒门亦能出高士。我也觉得,他似乎还在向淳子云暗示点儿什么。"

"我觉得普庵祖师虽然向淳子云介绍了那么多布衣入仕的例子,但那些人都距离他太远,缺乏实际的意义,"况普天的眼神中透露出一丝光芒,"只有用身边最熟悉的人和事,才能起到最好的激励作用。"

"身边最熟悉的人和事? 你说的就是……"赵普胜似乎也想到了什么。

况普天点了点头,说道:"没错,我说的就是普庵祖师本人的身世!"

彭莹玉的脑海里,迅速地描绘出一棵大树的模样。只是这棵树,有时像松柏,有时又变成一棵叶大荫浓的梓树……

预知后事如何,请看下回分解。

第八章　倒栽松柏

"普庵祖师本人？他跟他画的那棵树有什么关系？"赵普胜还是有些摸不着头脑。

"这个……我就不太清楚了,我倒是听说过,慈化寺里有棵柏树挺神奇的,貌似刚才在万佛殿旁边还看到了……"听况普天的语气,他对自己的判断似乎也没有十足的把握。

"那棵树有个名头,叫倒栽柏。"彭莹玉接过况普天的话头,说道,"附近的村民都知道它,据说是当年普庵禅师的旧友刘汝明送给寺里的。"

"好好的一棵柏树,为什么叫作'倒栽柏'？"赵普胜这一晚上总是有问题,他快被慈化寺中这些神奇古怪的花草树木、古井钟楼弄得头皮发胀了。

彭莹玉说道:"那自然是有缘由的,只不过……"

没等赵普胜开口,况普天已抢先问道:"只不过什么？"

"只不过,我觉得普庵所画之树,不一定与那棵'倒栽柏'相关……也罢,我且将这棵柏树之事讲给你们二人听听,你们好好思考一番。"彭莹玉在万佛殿内的一个破蒲团上坐下,向他们二人娓娓道来。

慈化寺落成后,两路四县供奉敬品的善男信女接踵而来,不绝于途。普庵禅师的旧友刘汝明,一看萍乡的李员外送了"鼻涕钟",万载的卢员外送了"千人锅",本地的李大善人又造了"万人床",倒是自己这个重建慈化寺的发起人只是捐献了钱粮和土地,并没有送给寺里什么有名头的物什。百年之后,老百姓说不定只记得"鼻涕钟""千人锅""万人床"的捐赠者,谁还会记得南泉山的老刘家为建寺做出的贡献？

刘家的那伙后生也都嚷嚷着:偌大的慈化寺里没有姓刘的器物。素来低调谦逊的刘汝明坐不住了,开始寻思自己该送点儿什么。想来想去,寺里似乎什么都不缺,他家也没什么特别的礼物可送的。正在烦恼之际,他踱步走出院外一看，心里突然有了主意。

原来，刘汝明灵机一动，看见自家院中有一棵碗口粗的翠柏，已有百岁树龄，生得巍峨挺拔、雄伟苍劲，其枝如铁、干如钢，嫩绿的叶子在阳光的照耀下泛着珠光，煞是好看。那柏树的皮，长着如刀凿般的万千斑纹，显得倔强苍劲。有禅诗为证："庭前柏树子，不是祖师心。莫执一时见，便忘千古音。"刘汝明心想："听说柏树可活上万年之久，黄帝陵前的那棵已有四千年之久，若是将这棵郁郁葱葱的古树移栽到慈化寺山门前，那后世前来烧香礼佛的信徒都能看见它，这比洪钟、铁锅、卧坑那些死物要强得多。到时老刘家和自己的名头，可就远超李员外、卢员外、李大善人了。"

说干就干，刘汝明立刻请人把这棵翠柏挖了出来，敬献到慈化寺中。老朋友送来一点心意，普庵禅师没有拒绝之礼，何况柏树本身四季常青，木质芳香，经久不朽，这棵树的古朴形态又与寺庙的禅境相得益彰，植在山门之前，更添古寺风采。古人有云：先有树，后有寺。所以普庵禅师没跟老朋友太过客气，便笑纳了，将树暂时放置在山门外，等待栽植。

可意外总是难以避免。这时寺里的主体工程虽已落成，可后院处还在陆续建造一些房屋，仍有很多工匠在此劳作。有个木匠因干活时少了檐料，到外面四处寻找。一看山门外放着一棵粗大的柏树，还以为是附近老表送给寺里盖屋用的木料，他举起斧子便砍。幸好守门的僧人看见了，立刻跑来制止，但紧赶慢赶，还是晚了一步，那木匠把柏树苑砍了两寸多深。

守门僧别提多心疼了，忍不住呵斥那木匠："这柏树是百岁古木，刘汝明员外特地从自家院子里挖出来送给普庵师父，准备种在山门外迎客。你倒好，抄起斧头就砍。你看，把树砍坏了，如何是好？"

木匠知道自己闯了祸，吓得满头是汗：自己辛苦劳作一天也没几个钱，万一寺里要自己赔这棵树，那该怎么办，岂不是一年到头的活都白干了？一家老小说不定都只能喝西北风。守门僧找来了普庵禅师，告诉他此事。普庵看到那木匠战战兢兢，再看那柏树被砍出的豁口，笑着摆手说道："不必担心，贫僧自有办法。不过此树已不宜种在山门之外。这样吧，你们二人把这棵树搬到西房后山处，再做打算。"

那守门僧与木匠一起，把柏树搬到了西房后山处，又挖了一个树洞。普庵亲自动手,与他俩一起,令树根朝上、树梢朝下,将柏树倒植于树洞之中。一番劳作之后,木匠有些不安地问道:"普庵师父,这样倒着种下去,柏树如何能活?"

普庵掸了掸身上的泥土,回道:"南泉净土,滋养生灵。昔日慈化寺东七里之处,生长着许多苦楝树,都有五尺围、数丈高,树有苦味,白蚁不蛀,是做屋的好材料。贫僧带着僧人、樵夫去砍伐,以备制作神龛之用。可大家发现,砍下的树第二天又长回原样,一个个吓得不轻。贫僧亦觉此事神奇,以为有妖孽作怪,于是手写一道法书——'千秋苦炼得成精,宋许皇家几代孙,万叶千枝从此断,与吾同证涅槃门',让人贴在山中的大树上。之后被砍掉的树,第二天没再恢复原样。由此看来,南泉山这个地方,倒很适合万物生长。贫僧只需略施小术,定能让这棵'倒栽柏'重新生长如初。"

只听普庵念了一句口诀,用钵盂洒下几滴清水,那柏树之前被砍出的豁口,竟然慢慢地愈合了,不仔细看都看不出有斧凿留下的痕迹。

没过多久,那棵柏树果然萌发新芽,至今依然枝繁叶茂,常年绿荫如盖。

"树倒是好树,就是没听出来这跟普庵祖师送给淳子云的画有什么关系……"赵普胜若有所思道。

彭莹玉依然坐在那个破蒲团上,缓缓说道:"是啊,所以我说,这棵'倒栽柏'虽然名头很大,但未必与普庵祖师所画之树相关。"

"师尊,我还是觉得,普庵写的字与画的树,都是在向淳子云暗示些什么,"况普天皱起了眉头,"想必与他自己身上发生过的往事,有莫大的关联。"

对于况普天的推断能力,彭莹玉向来相当欣赏,虽然有时觉得他不如赵普胜耿直爽利,但他比赵普胜更理智敏锐。这一次,彭莹玉又对况普天的说法表示赞同:"没错,因此我想起了另一棵树,虽然名头没有这棵柏树响亮,又没在慈化寺中,但与普庵祖师的身世息息相关。"

"师尊,我们在寺里转了大半夜,你还从没给我们讲起过普庵祖师的身世呢!"赵普胜又嚷嚷起来。

况普天则问道:"没在慈化寺中?那与普庵祖师有什么关联?"

"这就要从普庵祖师出生的那个村落说起了……"

普庵俗家姓余，名印肃，于宋徽宗政和五年（1115年）十一月二十七日，出生在石里乡南泉山的余家坊。余氏自唐末迁徙于此，至印肃已传承九世。据说，印肃出生时，天空惊现祥瑞，天空似有莲花若隐若现，又有异香远馥。还在襁褓中时，印肃即善世言。六岁那年，他曾梦到一位僧人在他胸前点了一下，说"他日当自省"。当小印肃睡醒之后，父亲余琢和母亲黄氏都看到他的胸前有如樱桃一般的印记，又听到他亲口说出的梦境，恍然悟到小印肃与佛门有缘，便做好了将他舍予寺院的打算。

印肃十一岁那年，北宋遭遇"靖康之变"，金朝南下攻破首都东京（今开封），掳走了徽、钦二帝。不过国家的动荡不安，并未给生于南方边远山村的印肃带来太大影响。十九岁那年，也就是南宋绍兴四年（1134年），他终于如儿时之愿进入寿隆院，拜正贤禅师为师。绍兴十一年（1141年），二十六岁的普庵正式填牒为僧，次年在袁州府城的开元寺受戒。据说，正贤禅师在教授他《法华经》时，普庵说出四句偈语：诸佛玄旨，贵悟于心，数墨循行，何益乎道。正贤禅师大吃一惊，将普庵当成大器培养。

普庵虽然出家为僧，但并没有与父母断绝往来，依然尽着做儿子的孝道，照顾年迈的双亲，正如《梵网经》中所云："孝顺父母，师僧三宝。孝顺，至道之法。"他也曾告诉其他僧侣，不要以学佛为由不承担孝敬父母的责任，身为佛门弟子更应孝敬父母。

普庵的父母去世后，葬在余氏老祠堂不远处的山岗上。普庵伤心欲绝，吃不好也睡不好，做什么都打不起精神，经常走到父母的坟前去看一看，每次都是两眼汪汪，泪水满面，让人看了倍感心酸。他坐在坟前，哭喊着爹娘，有时哭着喊着就睡着了。在梦里，他会跟着爹娘像儿时一样玩耍，常常笑得咯咯响，可醒来才知道，那是在做梦，于是哭得更加伤心。像这样的情况发生了好多次，有时邻居长辈发现了，好心劝他回到寺里。族里的人们都说："印肃这个伢仔孝心蛮重，真是难得啊！"

第二年的清明节，普庵从寺里出来，到黄圃市上买好了"荤敬"和香烛、鞭炮、纸钱，扛着锄头去为父母挂青。他在父母的坟前摆好"荤敬"，上好酒，点燃香烛,燃烧纸钱,与平常子女无异;跪拜之后,请父母用餐;然后,拿着锄头除去坟边的杂草,修好四周淤塞的水沟,在坟上铺上一层厚厚的草皮,以防坟墓垮塌。"哀哀父母,生我劬劳。……欲报之德,昊天罔极。"可如今阴阳两隔,子欲孝而亲不在。纵然修得圆满,也无法换回父母。普庵放下锄头,擦了擦脸上的汗水和眼泪,坐在坟前休息。

突然,普庵仿佛想到了什么,突然站起身来,向山中走去,在山里转来转去,挖出一棵小梓树,栽在坟头上。

周围众人见了连忙喊道:"树栽倒了!"

普庵没有理会,继续栽树,接着在坟上加了一层土坯。

结果,那棵梓树真的倒栽倒长,不仅没有枯死,反倒愈发枝繁叶茂。多年之后,梓树上依然长满青绿的叶子,为古墓遮风挡雨。

几年,又到了清明节。普庵又如往年一样,上山为父母扫墓。照旧摆好酒菜、点燃香烛、放鞭炮、烧纸钱、铲杂草、打草皮、修水沟,忙完这些事之后,普庵又呆坐在坟前,看着那棵梓树的枝叶随风轻舞,如同母亲当年在村口向自己招手。那时,顽皮的他总是摔得满身泥水,可母亲从没打骂过他,只是默默地准备好他最爱吃的方竹笋、蕨菜和藠头,等待着他回家……

这时,有几个儿时的伙伴也来到山上挂青,看见普庵呆坐在那儿擦眼泪,心中不忍,便邀请他一同到茶山上去摘"茶苞"。原来,那茶苞是由最嫩的油茶叶变成的。清明前后,油茶树长势最好。在春风吹、春雨淋的作用下,刚发出的嫩茶芽,有极少数变成了茶苞。茶苞悬在树冠的中央和边缘的枝头之上,大小不一,呈灰白色和白绿色。果实中间是空的,可以生吃,口感异常清新松脆,而且没有苦涩味。

普庵此时没心情跟着他们去摘什么茶苞,不耐烦地说道:"要去你们去,我不想去。"可伙伴们怎肯留他一人在此? 大家生拉硬拽,愣是把普庵拉起来,往茶山走去。

南泉山里多产野生油茶树。每到霜降前后,村民们便会到山里摘茶籽,榨油自食或拿去黄圃市上卖,以贴补家用。乡下人称摘茶籽为"捡茶籽",一个"捡"字,写满了故事。

普庵还记得母亲黄氏曾多次说过,山上的油茶果是山神爷赐予的"神仙果",什么时候都不能得罪山神爷。每年上山捡茶籽时,母亲都会在进山的路口点上几炷香,洒上几滴酒,口中还喃喃自语着什么。母亲那模样很是虔诚,她是在感恩山神爷,在祈求来年风调雨顺、五谷丰登呢。

捡茶籽是一项危险的体力活。很多油茶树都生长在灌木丛中,荆棘遍地。一不留神,身上就会"挂彩"。茶树上藏着毛毛虫,那些毛虫灰落到身上,人会感觉特别痒,若是用手抓会抓出一个个红疱来。因此,上山前,务必做好充分的防护准备:要穿上干净的旧衣裤,戴上帽子,把自己包装得严严实实,然后携带篓子、箩筐、赶路棍等工具,俨然一个全副武装、奔赴战场的战士。在一些边界地带的"插花地",少数村民在油茶果还未成熟时就进山采摘,有些地方甚至因此发生过宗族间的械斗事件。

一边回忆着儿时"捡茶籽"的往事,一边跟随着伙伴们在山里转转,普庵的心情好了不少。你摘几颗、他摘几颗,集中起来已经摘了不少茶苞,摞在一起也有一大堆了。大伙坐在地上,一边吃着清香可口的茶苞,一边有说有笑,真像回到了童年。往事历历在目,心情放松之余,又多了几分酸楚。

普庵吃了一个茶苞,随手捡到一根不知谁扔下的筷子,在地上写着什么。大家凑过来看,可谁也不知道他在写什么,说是字吧,又形如蝌蚪;说是画吧,也没人认识。其实,他们不知道普庵其实写的是一段梵文偈语。下山前,普庵将这根筷子插在地里,方的一头在上,圆的一头在下。

一年之后的清明,大家再来山上摘茶苞时突然发现,那支筷子竟然长成了一根数丈长的方竹!

后来普庵为纪念母亲黄氏,还在余家坊辟支桥附近修建了一处佛庵,后人名之曰"佛母堂"。据说"佛母堂"后面那座茶山里的方竹,每年生长出一棵,人们称之为"扫坟竹"。随着年复一年的繁衍,这里竟长成了一片茂密的方竹林,正所谓"竹深树密虫鸣处,时有微凉不是风"。竹林中还有一条小溪,那清凉的泉水静静地流淌,像在诉说岁月里老去的回忆……

"原来普庵祖师这招倒栽树的本事,还不止用了一次。"赵普胜不禁有感而发。

"我小时候去过那片方竹林。"彭莹玉的思绪慢慢收回,"方竹只能生长在高山之上,其笋不发于春而茂于秋,笋肉丰味美,是吸大自然之灵气生长而成的稀有之物。方竹林在余家坊的名气很大,但知道普庵父母坟前那棵梓树的人倒不太多。"

况普天沉吟道:"梓树寓意故乡,看来普庵祖师对出家前的那段时光,还是弥足珍惜的;对父母双亲,始终保持孝道;对自己的故乡,也有一份特殊的感情。师尊,有没有可能那笔传说中的寺产,并没有放在慈化寺中,而藏于普庵祖师的老家——余家坊?或者说,那棵倒栽的梓树或者那片方竹林,有没有可能就是藏宝之地的标识?"

彭莹玉感觉况普天有点儿太过异想天开,说道:"普天,那宝藏放在寺中,才算是寺产;放在余家坊,不成了普庵族里的私产吗?这与普庵祖师重建慈化寺的初衷是背道而驰的啊!"

赵普胜也附和道:"是啊,依我看普庵祖师也不是这样的人!"

况普天为人素来坚毅执着,也是追随彭莹玉最久的一位徒弟。他谋定之事,不会因为旁人之言轻易改变,只听他说道:"师尊、普胜,你们看,寺中的线索到了'万人床'这处,可以说已经断了。我们只能另辟蹊径,从别的地方想办法。普庵祖师当年为淳子云画下的那棵树,原型极有可能就是他父母坟前的'倒栽梓',以此告诉淳子云,他自己也是普通农家出身,通过多年的修炼才成为一代名僧。因此,普庵亲手种下的这棵梓树意义非凡,就算他没有藏宝于树下,说不定也隐藏着下一个线索。"

"那你的意思是?"彭莹玉见况普天语气笃定,不由得问道。

"不如我们暂时先放弃慈化寺,直奔余家坊,去普庵父母的墓前看看那棵梓树,便知端倪!"况普天的双目闪烁着锐利的光芒。

赵普胜叫道:"你疯了,从这里到余家坊有多远?你以为咱们都是神行太保呢?"

彭莹玉见况普天一脸不服气的样子,没有立刻反驳他的话,而是从蒲团上站起身来,拍打了一下衣服,又整理了一下衣袖,这才说道:"从慈化寺到余家坊还有二十几里山路,等到我们到达时,天都要亮了。况且普庵祖师种树在先,建寺在后,没理由将寺产的线索安放在这棵梓树之上。不过普天的话也不是完全没有道理,他的想法打开了为师的一个思路,那就是我们不必拘泥于本寺之中,说不定能从普庵祖师的生平经历之中,找寻到一些重要的线索。"

彭莹玉的话语既委婉地否定了况普天的推断,同时也照顾到了两位徒弟的面子,让况普天和赵普胜都能心悦诚服。这是他多年来练就的一项重要本领,那就是掌控人心。从袁州首义以来的每次起事,彭莹玉都隐藏在幕后暗中操控,而让徒弟们轮番担任义军首领,以避免与元朝针锋相对,也便于留下斡旋的余地。因此,虽然"彭和尚"的名头天下皆知,却没人知道究竟哪几次起义是由他亲自策划的。这些下属之所以能为他赴汤蹈火,多少被他的驭心之术所折服。

赵普胜心直口快地说道:"师尊,我们肯定是听你的,你说怎样就怎样,你说去哪儿就去哪儿。"

况普天也觉得刚才的想法的确有点儿突兀,只得静下心来再多听听彭莹玉怎么说。

彭莹玉见二人别无他言,于是接着说出另一番话来,这番话直令他俩啧啧称叹。

欲知彭莹玉所言何事,请看下回分解。

第九章　拳打井开

"普庵祖师自住持慈化寺以来,曾将院务交给大弟子圆通,自己则潜隐南岭岩洞修行。"彭莹玉说道,"他在南岭入定多年,降龙伏虎,因此那里又叫天龙岩。寿隆院、天龙岩与慈化寺的渊源颇深,如果要留下线索,天龙岩显然比余家坊更适合。"

"听说普庵在天龙岩修行时,也留下了不少特别的传说,有这回事儿吗?"况普天问道。

"没错,这些传说,既与普庵的母亲黄氏多有关联,也跟日后慈化寺的布局有莫大的关系。"彭莹玉特地卖了个关子。

赵普胜又急了,说道:"都什么时候了,师尊你就快跟我们说说吧!"

"普胜,你不要急,以天龙岩的传说为线,我们说不定就能找到普庵当年禅修之时,对未来重建慈化寺进行了哪些谋划。"况普天倒是能沉得住气。

彭莹玉带着况普天、赵普胜走出了万佛殿,在月光下向二人讲述了那些发生在南岭天龙岩的往事……

话说普庵当年在南岭岩洞静修时,四县巡检丁骥和长者刘汝明来到石里乡寻他出山,重修慈化香花禅寺。此事传到了余家坊,普庵的母亲黄氏听闻后,心中不由为儿子担心起来:一来不知普庵这些年来在南岭岩洞里是否吃得饱、穿得暖,有没有什么病痛;二来不知官府找普庵有什么事情,是否会对他不利。虽然普庵已是当地名僧,可在母亲眼里,他依然是那个上山捡茶籽、下山玩泥巴的小印肃。黄氏越想越揪心,实在是放心不下,于是不顾自己年迈体弱,执意去南岭山找普庵,想亲眼看看他是否平安。

族里的亲戚都在劝黄氏:"你这么大年纪了,腿脚又不好,也不知道印肃在南岭哪个洞里修行,别到时没找到印肃,自己还迷了路下不了山!"

黄氏含着眼泪说道:"印肃十几岁就进了寺里,这些年来也难得见到他。

就是因为年纪大了,我再不去见见我的孩儿,以后说不定就再也见不着了!"

黄氏不顾亲人的劝阻,独自一人上山寻子。她年近古稀,腿脚不便,只能拄着竹杖,沿着陡峭的山路慢慢地前行,累了就坐在石头上歇歇脚,渴了就掬一捧山泉水喝,饿了就吃一点儿自己带的干粮,一边走一边呼喊着印肃的小名,那喊声如子规啼血,又如临济棒喝,一声声回荡在山谷之中,让山中的飞鸟走兽都忍不住悲鸣。

也许是母亲的声音穿透山林,也许是母子之间确有心灵感应,静坐在岩洞中修行的普庵,依稀听到山里有人在喊只有父母才知道的小名,心头为之大惊。以他此时的道行,纵然山崩地裂于眼前,他也会不动声色。可听到这声音,说什么也把持不住,他慌忙站起身来,便要冲出洞外去迎接。可起身太急,普庵一时忘记洞口低矮,光溜的脑袋一下子撞在石岩上,生生将那石岩撞出一个二三寸深的圆形石穴。那石穴至今清晰可见,被后人称作"佛顶岩"。

普庵终于与母亲相见。黄氏摸着儿子的脸颊,只见儿子虽然依旧身体健壮,可脸上已有风霜之色。普庵带着母亲来到岩洞之中,黄氏看见儿子多年来所住之地如此简陋,心头不由得一酸,眼泪又忍不住流了下来。

普庵笑道:"出家之人,本来就不讲究饮食住行,有饭吃、有水喝,有个山洞能遮风避雨,能安静地研习经文,不必为俗务劳心即可。母亲不必太过忧虑,孩儿在这岩洞里修行一天能抵外面十天哩!"

黄氏嗔道:"我不管你修行还是念经,我只要你吃得饱、穿得暖、睡得香,什么都平平安安的才好。"

普庵心中感到一阵暖意,出家多年,世人对他要么毕恭毕敬,要么冷眼相待,从没有人对他嘘寒问暖。人们总是问他未来是吉是凶,是否能求老天降雨,佛祖什么时候显灵,从没人问他有没有吃饱。只有在母亲面前,他不是普庵禅师,不是一寺住持,也不是什么神僧圣贤,只是当年那个还不知道照顾自己的小男孩。

黄氏跟着普庵,在岩洞中住了一段时间。这些日子里,黄氏帮普庵烧水做饭,缝衣收拾,照顾他的饮食起居。当普庵盘膝静坐在石板上静思冥想时,黄氏就坐在一旁,静静地看着儿子发呆。她何尝不知"儿大不由娘"的道理,可心中总是放心不下,不知道自己走后,儿子又将在这山中面壁苦修多久,又会面对多少风雨险阻。

普庵聆听着洞中清泉滴沥之声,心中一片空明宁静。与母亲相处的这段时光,倒让普庵对《华严经》等佛经的领悟,又抵达了一个新的境界。那空灵清净的泉水声,在普庵的心里慢慢地谱写出一段动听的梵音。他总在想:能否有这样一首禅咒,让没有修行过的普通百姓,也可以短暂地逃离世间烦扰,享受片刻的宁静与心安?

相聚时短别离长。过了一阵,普庵不忍母亲跟着自己在岩洞中受苦,执意要将她送下山去。黄氏拗不过他,说道:"要我下山可以,但以后我会时常来给你送饭,如果我来不了,也会让你的兄嫂来送!"普庵为了劝母亲下山,只得应允。

俗话说:"上山容易下山难"。这时已进入盛夏三伏,骄阳似火,地上冒烟,普庵带着母亲下山,生怕母亲跌倒,不敢走得快,一路走走停停,背来的茶水早已喝完。黄氏口渴难耐,又怕普庵担心,不敢开口跟他说。普庵一看母亲满头大汗、神色虚弱的样子,就知道她此时已经极度口干,如果再不喝上一口水,很可能会中暑。普庵虽然神通广大,但凭空变水的本事却没有,还是得去附近寻找水源。他对母亲说道:"母亲,你在此避荫休息片刻,我去找水,马上就回来!"

黄氏虽然又渴又累,却还是说道:"此处山林凶险,你不要到处乱跑,万一有野兽追你怎么办?我不渴,休息一下就能继续走……"

普庵扶着母亲坐在树荫下,笑道:"母亲,你放心,龙虎我都收服得了,其他猛兽更奈何不了我。你且休息一下,我去去就来!"

说罢,普庵提着空的竹茶桶,到附近的山林里找水。说来也奇怪,南泉山本来以山泉为名,可普庵爬山、穿林、越沟,找了许久,始终未找到水源。他提着竹茶桶失望地返回到母亲身边,只见母亲坐在石头上摇摇晃晃,嘴唇都已经干裂出血丝,额头也没了汗水,脸色显出几分煞白,这是中暑前兆,再不补充水分,很可能会有生命危险。

普庵有一身本领,平日里降妖除魔、扶弱济困,在徒弟和百姓面前简直就像菩萨一般无所不能,就算与九天神仙也能斗个短长。此刻面对自己的母亲干渴难捱,普庵也像凡夫俗子一样方寸大乱,慌了手脚。

普庵定了定神,心想这附近虽然找不到水,可这山中本就多泉,地下一定有水源。他轻轻地敲了敲身边的一块巨石,感觉有空空之声,随即握紧拳头,对着石头用力一打。这一击聚集内力,非同小可,只见巨石一下子被打出一个洞穴,汩汩清泉霎时从洞穴中涌出,形成了一口拳形水井。普庵喜出望外,来不及用茶桶装水,直接用双手掬了一捧水,送到母亲的嘴边。黄氏喝了一口泉水,顿时感到一阵清凉之气从喉间传遍全身,将暑气一下子全部逼出体外,似乎从未喝过如此清澈甘甜之水。

据说,自那以后此水四时不枯,世人因此名之曰"拳打井",有诗为证:"郁郁摩岩字,潺潺卓锡泉。更有奇穴栽,岩半方容拳。不盈亦不竭,亘古润龙涎。仙踪穷造化,天工费雕镌。"

送别母亲下山,普庵回到岩洞里,日夜精进修行,对禅道的理解又有了新的感悟。只是这段时间母亲一直在身边,替他洗衣做饭,照顾他的饮食起居,让他感到凡俗家庭的温暖。将母亲送下山后,普庵心中难免有些惆怅。虽然他的佛法修为已大有成就,但毕竟食用五谷杂粮,难断人间亲情,每到深夜,银白色的月光洒在岩洞门口时,以往独坐数年都未曾感到过的孤独,一丝一缕地涌上心头,让他辗转反侧,难以入眠,人也日渐消瘦憔悴。

一天夜里,在迷迷糊糊之间,普庵突然看见一个个子不高、满头白发、脸色红润、手持木杖的老人,来到岩洞门前,对他说道:"印肃啊,我见你独自一人在这深山里,又是开荒种地,又是学法修炼,古来先贤也无非如此。也好,让我有一个伴,省得我一个人寂寞。"

普庵听到那老人竟然知道自己的俗姓,疑惑地问道:"老丈,敢问你是何人?"

那老人没有回答,只是继续说道:"从前,有一些自称和尚的人,也像你一样来这荒山野岭里生活,没过多久就下山了,从此隔了很多年,再也没有人来这里。你上山之后,我天天在看,你修行诚心、学经聚神,劳作也很吃得苦,未来必有大成,管的地方肯定比我更大。我这个小山神,只需管好山里的这些松树林子。我听说你喜欢种树,明天你可以把后面山上那棵树苗挖来,栽到你的岩洞前,给你做伴,免得你孤单。你看着它,就像看见你的亲人一样。"

普庵这才知道,眼前的老人乃是南岭的山神。听他一番好意,普庵倒也不忍推却,说道:"多谢山神赐树,只是不知你说的是哪种树,贫僧能不能种?"

山神笑道:"能种,能种,再适合不过了。我送你的树,名叫罗汉松,正是佛门之树,四季常青,能活数千年之久,是有名的长寿树。树长大了,枝头上还会长出青的、红的小罗汉果来,能引百鸟前来啄食,到时你这岩洞门前就生机勃勃喽!"

普庵双手合十道:"多谢山神,既容贫僧在此地修行,又送罗汉松树与贫僧做伴。"

那山神"哈哈哈"大笑三声,突然在门前消失不见。普庵大吃一惊,想追出去,却差点儿从石床上滚落,原来,只是酣梦一场。

普庵起身擦了擦脸,在泉水的映照下,觉得神色已无昨日那般憔悴。趁着晨曦初照,他背上锄头,按照梦境中山神的指引,来到后山的一处石岩下,果然看见一株小罗汉松在岩缝中,迎着山间的微风傲然屹立,好似向普庵招手。普庵见那株小树,心中不由生出一种亲近感,连忙将它挖出,带回居住的岩洞前栽下。那小树从后山移植至此,竟完全适应,没过一两天,又生发出若干新芽,如同远行的游子回到故乡一般。

自此,这株罗汉松就像亲人一样陪伴在普庵身边,无论严寒酷暑,普庵都不再感到孤单无助。

"又是一棵树,"赵普胜感觉有些乏味,"怎么普庵祖师到哪儿都种树?"

彭莹玉出身佛门,对佛家的规矩了然于胸,向赵普胜解释道:"植树造林,与修桥补路一样,在佛门子弟看来,都是莫大功德。自古寺院古木参天、华叶蔽日,皆得益于僧众的栽种维护。植树造林之功德多见于佛经之中,佛家说有七种'福田',一者兴立佛图僧房堂阁,二者果园浴池树木清凉,三者常施医药疗救众病,四者作牢坚船济度人民,五者安设桥梁过度羸弱,六者近道作井渴乏得饮,七者造作圊厕施便利处。你看,种植树木使人得清凉正是佛门七'福田'之一。"

况普天叹道："听师尊这样说来,普庵祖师兴修禅寺、多种树木、治病救人、修桥补路,乃至拳打井开,都是应了佛家的广种'福田'之举。怪不得周边的百姓都念着他的好。"

彭莹玉赞道："普天,你能想到这一层,足见这一晚时间没有浪费,见识境界又上了一个台阶。不过我前面的话还没有说完。那棵罗汉松历经两百年始终挺立在天龙岩上,我听说曾经也有外乡的财主想买去镇宅,可当地的百姓视之如普庵真身,不肯将它出卖。于是它便与那龙虎二力士一起,永远守护在普庵曾经坐禅修行的岩洞前。"

赵普天听到这儿忽然想到了些什么,问道："师尊,你是说那天龙岩与慈化寺的普光明殿一样,也有龙虎二力士守护?"

况普天心中同样想到此事。

"不错,"彭莹玉说道,"天龙岩与慈化寺渊源颇深,互为对应,甚至可以说,天龙岩也是慈化寺的一部分。当年慈化寺建成之时,即有信士来捐赠山门下之金刚,普庵祖师说'我寺中不用金刚,自有天龙守护',并随即在柱上题道:'自心正直无私,安惧邪魔作乱,法海不留死尸,悟刹岂容癫汉。'因此,慈化寺不立金刚,只用龙虎力士守护,天龙岩也同样如此。"

"要是这样,普庵祖师有没有可能将寺产安放在天龙岩? 那里非常隐蔽,倒是一个合适的藏宝之地,"况普天的头脑转得很快,"并且,我以前好像听说过一件事……"

彭莹玉似乎看出了况普天的想法,盯着他的眼睛,问道:"你听过的,是不是那个传说?"

况普天打了一个寒噤,身上突然感到有一股无法言说的凉意。他定了定神,说道:"第一次听说那个故事时,我有些不相信那是我所知道的普庵祖师。"

彭莹玉带着几分嘲讽的语气说道:"普庵祖师也是肉身凡胎,纵然道法深厚,但终究还是脱离不了内心的束缚,因为每个人都不可能如塑像般完美无缺。正如你们眼里的我,似乎总是能运筹帷幄、冷静处事,可那些藏在深处、不见天日的心魔,你们谁又能知晓?"

赵普胜见到二人又在打机锋,有些不耐烦地问道:"师尊、普天师兄,你们就别让我猜哑谜了。到底又是什么故事？普庵祖师是干过什么见不得人的坏事吗？"

况普天摇头道："那倒不至于……只不过……"

"又只不过什么啊？"赵普胜实在看不下去他那欲言又止的模样。

"普天，你就把你听过的故事说与普胜听听，"彭莹玉倒不心急，"我也听听，看是否跟我脑子里的回忆有出入。"

况普天抱了抱拳，向二人说起了那桩自己听过的奇事……

送母亲下山之后，普庵禅师继续在天龙岩面壁修行。黄氏心中牵挂，于是经常与普庵的哥哥、嫂子轮流给他送饭。走多了山路，黄氏的腿脚吃不消。普庵的嫂子见状，就对黄氏说道："母亲，你腿脚不便，山路难走，今日就让我去给叔叔送饭吧。"

黄氏也知儿媳素来踏实能干，便放心地点了点头。

嫂子在家吃过早饭，就一个人提着篮子向天龙岩走去。普庵见到嫂子前来送饭，心中感到一阵暖意。只是这南岭一带山高林密，常有野兽出没，普庵担心嫂子给自己送饭遭遇危险。于是他用过斋饭，还没到晌午时分就早早地送嫂子下了山，道了别后就转身回到岩洞里静修去了。

可令普庵没想到的是，嫂子一直到傍晚时分，都没回到家中。

普庵的长兄仰肃在家里等了半天，没见媳妇回来，心中十分诧异，又感到几分担忧。母亲黄氏也十分着急，连忙催仰肃上山去找人。仰肃风风火火地跑到山上，一问普庵，方知他早已送嫂子下山。普庵听说嫂子还没有到家，心中惊道："不好！"说完连忙和哥哥兵分两路，一个往回家的路上去找，一个向慈化寺方向的小路去找。

普庵途经楼竿窝村口时，看到一位老人坐在路边的土坡上晒太阳。普庵心想，老人看样子在这儿坐了很久，如果嫂子路经此地，那老人必会见到她。于是普庵上前一步，急问道："老丈，请问你有没有看见一个提着篮子的陌生女子从此路过？"

那老人摇了摇头，表示并未见着。

普庵一阵失望，正准备继续向前找去，却听那老人开口说道："不过今天上午，我看到一男一女从这里路过，女的走在前，男的走在后。"

普庵心中一凛，心想此地平时极少有行人来往，如果一对陌生男女经过，却不是并排而行，必有几分蹊跷。他心中产生了一些不祥的预感，不由得问道："敢问老丈，那女子手中有没有提着一个篮子？"

老人又摇了摇头。

普庵长舒一口气，心想也许只是一对过路的普通男女，只不过女人脚步稍微快一点儿而已。南宋时期虽然女性缠足已经风靡一时，可在农村并不多见，村妇大多穿着平底大鞋，有时脚步比男人还要轻快。普庵双手合十称谢，正当返身继续往前走时，又听见那老人的声音："那女的身穿一身鱼白色粗布衣服，中等个头；男的穿一身金黄色衣服，年纪不大，长得倒挺清秀。"

普庵不听则已，一听不由得大惊失色，那老人所说的女子，正是自己的嫂子！那男子又是何人？普通百姓谁会穿上一身金黄色的衣服呢？其中定有古怪！

普庵再多问了几句两人的相貌和行踪，那老人说记不太清了。普庵就此谢过老人，又一路向前找去。路上，他不断询问路人。路人所说的情况与老人所描绘的大抵相似，普庵心中也大致猜到发生了什么。他不动声色，继续顺着路人指引的方向，一路走到了"观音洞"前。

"观音洞"位于慈化寺后山三里处，是一处商周时代形成的天然洞穴，在江南西路独一无二。此洞穴高出地表约十丈，纵深五十余丈，系岩溶洞穴，东西贯通，皆有洞口。溶洞中的石灰岩被流水溶蚀，形成了井、石柱子、七层楼、水田、半边猪等景观，令人啧啧称奇。相传有人在洞中祈祷，亲见观音菩萨现身，故此洞名"观音洞"。

这时，日头已快下山，普庵坐在观音洞前，一边歇歇腿脚，一边仔细思索。突然，洞中传来一阵争吵和叫骂的声音，普庵立即警觉起来，循着声音往洞中走去。原来，观音洞内又有一个小洞，里面传来一个女子的喝骂声："你这个该死的精怪，竟敢打劫民女，该当何罪！等我叔叔找来，看他怎么收拾你！"

又听得一个男子狞笑几声，说道："本仙修炼多年，一向行事稳当，这个地方你的叔叔找都找不到，别想他来救你。就算他能找到这里，也奈何不了本仙！现在懒得与你多吵，且把你压在石头下。等本仙休息片刻，再吃了你。"

普庵心想此怪不明来历，不能掉以轻心。等听到洞中再无响动，他才悄悄地闪身进去，看见在洞的底层，有一块数张桌子那么大的地方，横着一条几尺长的石板，石板上睡着一物，却是一个原形毕露的黄鳝精！只见此怪外形似蛇，尾部渐细而侧扁，体表光滑多黏液，头略呈锥形，吻长而突出，果然是一条适合打洞穴居的千年黄鳝。普庵这才明白，怪不得那老人与路人所见男子身着金黄色衣服，原来正是此怪之天然伪装。

普庵又见到嫂子被压在那石板之下，头发蓬乱，满身泥灰，双目含泪，发出一阵阵痛苦的声音。她一见到普庵进入洞中，就挣扎着想叫喊。普庵连忙挥手示意嫂子暂且忍耐，不要喊叫，以免惊醒那精怪，随即又用拂尘轻轻地掀起压在嫂子身上的石板，将她慢慢地扶起。

普庵见那精怪还在睡觉，心中有了主意。他念了一句口诀，生出一副无形绳索，将那精怪绑在石板上，随即怒喝一声："畜生，快快醒来服罪！"

那精怪白天行路太久，到底有点儿累得吃不消，正当在石板上做着升入仙班的美梦之时，耳边却听到雷霆般的一声怒吼，吓得从石板上滚了下来，准备就近抽取兵刃，却发现全身被绑住，动弹不得。他抬眼一看，只见自己抓来的女子已被救出，身前站着一个和尚，正是大名鼎鼎的普庵禅师。

那精怪就算再没眼力见儿，普庵他还是认识的，连忙跪在地上说道："小妖我有眼不识泰山，未识得这是普庵佛爷的亲嫂，罪该万死！还请佛爷高抬贵手，看在小妖修行不易的分上，饶小妖一命，从此不敢害人了！"

普庵虽然平日慈悲为怀，一副菩萨心肠，但那是对待乡亲百姓。面对这害人的妖孽，普庵就成了金刚模样。听见那黄鳝精求饶，普庵没有丝毫动容，冷冰冰地说道："如果她不是贫僧的嫂子，又该当如何？"

黄鳝精顿时语塞，不知该如何接话。只听普庵继续说道："我也知道业难成。但你路劫民女，罪不可恕。贫僧身负黎民百姓所托，断不能放过你。"

黄鳝精一听普庵这话，嗔怒道："也罢，你既然不肯放过我，我也不能坐以待毙，那就只能拼个你死我活了！"

话音刚落，那黄鳝精身上便生出无数滑腻的黏液，通体变得滑溜无比，普庵用来捆住他的无形绳索顿时滑落至地。摆脱束缚之后，那黄鳝精立刻变大数倍，如蛇一般吐出舌信，露出尖锐的獠牙，冲向普庵，想一口气将他和他嫂子吞下肚去。

普庵倒也不敢怠慢，只听他长叹一声，手举拂尘，口念咒语："一直乾坤大，横担日月长。南蛇转北斗，右灭鬼神王。普庵来到此，万煞尽归藏。"只见那黄鳝精中了咒语，疼得缩成一团，在地上不停地翻滚，大声嚎叫着。普庵举起拂尘向他打去，一击致死，二击魂破，三击成灰。

嫂子已经吓得说不出一句话。普庵解下身上的袈裟，披在嫂子身上，送嫂子回到了家中。

后有无知村民听说观音洞中除妖之事，在每年的五月初五端午节这天，都会来洞中取水带回家喝，以辟邪去病。

"不过是除掉了一个妖精而已，"赵普胜不屑地说道，"我还以为干了什么坏事儿呢。普庵祖师也是替天行道嘛！像这样为民除害的事，我们这些年干得还少吗？"

况普天急忙说道："普胜，你没明白。普庵祖师能与我们一样吗？他是得道高僧！之前我们说了那么多他的传说，他有没有杀过生？"

赵普胜挠了挠头，说道："之前……不是收服了那泉怪吗？"

"那泉怪只是被收服成了寺中的桩基，至少明面上，普庵祖师没有杀他，"彭莹玉接过话头，说道，"可普天所说的故事中，普庵祖师的的确确杀死了一个生灵。"

"更何况，所谓'杀人偿命'，那黄鳝精并未害人性命，按说罪不至死。"况普天一直对这一点感到不解，索性说了出来，"普庵祖师若是废了他千年道行，也足以惩罚他了。可普庵祖师却完全不给他机会，直接要了他的性命。难道普庵祖师是因为至亲受辱而动了嗔怒之心，不惜以最严酷的私刑对黄鳝精给予报复？"

赵普胜听到此处，不由得说道："按你这么说，普庵在观音洞干掉了黄鳝精，那所谓的'死门'，应该就在观音洞里了！"

彭莹玉却不以为然，说道："普天，你对佛门中杀戒的理解有些偏颇。其实,为民除害、自卫防身,应该都不算犯'杀戒'。况且……"

"况且什么呀?"赵普胜忍不住插了一句。

只听彭莹玉继续说道:"况且,我所听到的传说中,那怪物并非黄鳝精,而是蛇精。并且,是蛇精首先步步逼近,欲吃掉普庵祖师。祖师见状,用咒降服了他。如果是这样,普庵不但没有犯'杀戒',还帮助当地百姓除去了一个大害,乃是金刚雷霆之举。"

况普天听到彭莹玉的话,觉得有点儿不对,说道:"可是我听过的故事中,的确有鳝鳅之说,并非我所杜撰。如果除掉的是蛇精,那观音洞正是藏宝的绝佳之地,因为没人敢来这里。"

彭莹玉还是不同意况普天的看法,说道:"你所说的有关普庵祖师的鳝鳅之事,其实另有一个传说。"

赵普胜被这些亦真亦假的传说弄得稀里糊涂:"师尊,我的头有点儿发晕,你们先聊,我出去透会儿气。"

彭莹玉心知这徒弟性格直爽,不惧困难危险,只怕多费心神,因此也不强求他在这里听下去:"你去透会儿气吧,我给普天讲讲鳝鳅之事。"

赵普胜只是嘴上这样说,脚并没移动半分,还是站在原处,听完了彭莹玉所讲的这段故事……

当年,石里乡有一位寡妇严氏,一直听说普庵禅师神通广大,想到慈化寺去朝敬他。可是,她家境贫寒,身上穿的都是打满补丁的破衣烂衫,做不起一件体面的衣服,因此不敢进入慈化寺这个庄严肃穆之地。于是多年以来,这个心愿一直埋在她心里,总是没法实现。

她的儿子看在眼里,记在心头,心想自己长大后一定要替母亲实现这个心愿。

某年阳春三月、春暖花开之时,正是鱼儿产卵的时节,也是泥鳅、黄鳝出泥之时。严氏之子一天在街上卖柴,看到泥鳅、黄鳝的价钱蛮好,就生出念头:卖柴得钱不多,何不到田里去捉一些泥鳅、黄鳝来卖钱,再为母亲买布做一件好衣衫?

说干就干,摸泥鳅、捉黄鳝是农村孩子天生的本领。那崽伢子看好了泥鳅、黄鳝多的地方，把水放干后，提一只鱼篓，卷起裤子，下去翻泥，一连捉了几十条泥鳅、黄鳝，越捉越起劲，都不记得回家吃午饭了，一直捉到鱼篓装不下、太阳下山了才回去。

回到家中一过秤，竟有十几斤。严氏看着那些泥鳅、黄鳝在鱼篓里翻滚挣扎，不知怎的，似乎动了恻隐之心。看着满身泥泞的儿子兴高采烈的样子，感动于他的这份孝心，不忍斥责他，于是严氏盖好鱼篓，笑了起来。

第二天一大清早，崑伢子就担着鱼篓去了黄圃集市。这天正好当圩，过往的商贩难得看到这么多鲜活肥大的泥鳅、黄鳝，一下子就抢购一空。崑伢子手里抓着一大把铜板，乐得合不拢嘴，来不及给自己买串糖葫芦，先跑到集市上的布店里，给母亲扯了一块又厚实又好看的布料。他小心翼翼地将布料包好，像捧着稀世珍宝一般，将这块布料捧回了家。

崑伢子一进门，高声喊道："娘，我回来了，你看我给你带来了什么？"

严氏接过包袱，轻轻地将它打开一看，两行热泪不由自主地夺眶而出。儿子真的长大了，懂事了，他那瘦弱的身躯，在她的眼里，就像真正的男子汉一般高大伟岸。再看那块布料，虽是价格较为低廉的印染麻布，但手感柔软，质地厚实，边上还绣有淡雅的花纹，显得既朴素又得体。严氏突然觉得，自己这一生中都没见过这么好看的布料。她对儿子说道："崑伢子，你买的布料，娘很喜欢。你下次挣了钱，也给自己买块布，做身新衣服吧！"

崑伢子咧嘴笑道："我要什么新衣服？！穿上身，没两天就弄得一身泥，还不如打赤膊舒服！"

严氏拿着那块布，请村里的裁缝做了一身对襟长袍。在天气晴朗的一天，她穿着新衣裳，和儿子一起带着香烛，前往慈化寺去朝敬普庵禅师。

母子俩走到山门前，门头僧一看，就端着一个水盆，迎了过来，说道："普庵住持有旨，请你把新衣服脱下，放入此盆中洗净，再上殿敬香。"

母子俩都觉得非常诧异：普庵禅师怎么认识我们？他怎么知道严氏今天穿的是新衣服？为什么要把崭新的衣服脱下来洗净呢？这慈化寺怎会有如此古怪的规矩？

母子俩一直生活在偏远的山村里，本来走到慈化寺的山门前，看见面前这些肃穆庄严的建筑，心里就有点儿犯怵，再加上从没见过这种阵仗，不由

119

更加恐惧，既不敢说话，也不敢向前走。那门头僧见母子俩怯生生的样子，语气略微缓和地说道："你们不要怕，住持这般吩咐，必然有他的道理。你们要是信得过，只管照做就是。"

崽伢子大起胆子问道："村里人都说普庵和尚是个菩萨似的人物，我们自然信得过。只不过我娘今天身上穿的是新衣服，第一天穿上身，又不脏，为什么要洗干净才让进去？"

门头僧双手合十以示歉意，却不再多言。

严氏拉了拉自己的儿子，让他别再跟门头僧争执了，随后慢慢地将外衣脱下，放进门头僧的水盆里。门头僧倒也没用力去搓洗，只是稍微浸泡了一下，就将衣服还给了严氏。母子二人煞是心疼，赶紧将衣服拧干，把衣服晒在树杈上，应该不用多久就能干。

正当母子俩忙着晾晒衣服的时候，那门头僧将水盆端到他们面前。严氏母子不看则已，一看差点儿吓得直接坐倒在地上。只见那水盆里赫然游动着许多小泥鳅和黄鳝，一条条在水里蠕动着，母子二人看得全身起鸡皮疙瘩，顿时有种毛骨悚然的感觉。

二人连忙跪倒在地上，"咚咚咚"地连磕几个响头，严氏哭道："我的衣服的确是卖泥鳅、黄鳝的钱买的，但这不关我儿子的事，都怪我死要面子，没有好衣服就不敢来寺里拜见普庵菩萨……菩萨若要责怪，就责怪我好了！"

那崽伢子也吓得直打哆嗦，但还是鼓起勇气说道："禅师，不关我娘的事，这些泥鳅、黄鳝都是我去捉的！"

就在这时，有一人站到了母子二人面前，并轻轻地将二人扶起。严氏擦了擦眼泪，看到站在眼前的是一位身着破旧袈裟、手持九锡禅杖的瘦高和尚。母子正疑惑时，只听那门头僧说道："这就是我们的普庵住持！"

母子一听，又准备跪下磕头，可双膝间似乎被什么东西卡住了，再也跪不下去。严氏急道："菩萨，菩萨，那衣服我们不要了，不要了！那天我看见这些泥鳅、黄鳝，就有些于心不忍。用这上百条生命换成的衣服，以后我穿在身上也睡不着觉！"

普庵将那件衣服从树杈上取下，迎风掸了几下，那衣服很快就变得干燥平整。他将衣服重新披在严氏身上，说道："念你恻隐之心未曾泯灭，如今已有忏悔之意,又念你家崽伢子一片孝心,贫僧不会怪罪于你们,只希望你们以后以此为戒,不要为了一己私利,损害其他生灵性命。"

严氏母子虽然经历了一番波折,但总算了却了一桩心愿。母子二人回到家中之后,修心行善,再也不做无故损害生灵之事。

彭莹玉讲完这段故事,况普天和赵普胜都没作声。他们三人这些年来水里来火里去,手上没少沾鲜血。听到这段故事里的普庵连泥鳅和黄鳝的命都要保,况、赵二人反倒没有之前那种对祖师的亲近感了。赵普胜心想:如果要自己来选,他情愿选那个在观音洞中杀伐决断的普庵,也不要选这个山门前迂腐愚善的普庵。

彭莹玉看出了两位徒弟的心思,说道:"这个故事中的普庵是不是让你们有点儿失望?"

二人还是没吱声,但从赵普胜的表情上看,至少是默认了。

"唉,毕竟已经过去了两百年,究竟哪一个普庵才是真正的普庵,其实没人能说得清,"彭莹玉感叹道,"我们也只能凭借这些零乱的传说故事,去探寻当年的普庵祖师心中到底藏着什么样的秘密。"

况普天开口说道:"师尊,其实普庵祖师究竟是什么样的人,对于我们来说并不重要。重要的是,我们至少知道了一点,观音洞不太可能通往地宫。"

赵普胜惊奇地问道:"普天,你怎么知道?刚才你还肯定地说,观音洞就是藏宝的绝佳之地呢!"

彭莹玉看了看天边的月色,估摸着时间离四更已经很近了。不过,多年来他养成了一个习惯,越到时间紧迫之时,越要冷静地思索处事,绝不可慌乱。他在原地踱了几步,说道:"线索还有很多,关键我们不要想着一下就找到关键所在,而是要顺着次序一点一点地靠近。"

况普天也是个沉得住气的人,说:"师尊,我倒有个想法。如果可行的话,我们可以从另一条途径,探知普庵祖师当年的心境。"

随后况普天说出的一番话,直让彭莹玉、赵普胜师徒二人心悦诚服。

预知普天所说何事,请看下回分解。

第十章　洞宾问道

　　"适才我们说道,普庵祖师佛道兼修,从天龙岩的种种传说中也能看出,普庵祖师与道家缘分匪浅,"况普天将心中的想法说了出来,"你看这慈化寺没有天王殿,只用在天龙岩处收服的龙虎力士守护,这与其他寺院完全不同。有没有一种可能,就是普庵禅师借此向后人暗示什么。"

　　彭莹玉仔细听着况普天的话,自己也想到了一点,说道:"不止南泉山有慈化寺,供奉普庵祖师的庙宇散布各地,布局大抵一致。如早年我曾去过的万载县双虹桥、高城、仙源、鹅峰等地有供奉普庵神像的庙宇,名为'普庵前''普庵堂'等;闽、晋、鄂、鲁、湘、浙等地,都有名为'慈化寺''庆惠寺'和'普庵寺'的寺庙。我甚至听说,远在隔海相望的琉球岛上,也有供奉普庵祖师的'南泉寺''普庵坛'等。看来,普庵祖师的确是一代名僧。"

　　况普天赞同道:"没错,普庵祖师虽出身佛家,但是与道家修行密不可分。听说很多普庵的弟子,都会主动向道教靠拢,到龙虎山去受箓,并强调自己是佛门道士。我们一开始只是从慈化寺、寿隆院、天龙岩、观音洞这条线上摸索,可能忽略了普庵祖师与道家之间的关联。"

　　"那我们还等什么? 再去普光明殿看看那两尊龙虎力士,说不定普庵祖师在他俩身上隐藏了什么暗示呢!"赵普胜素来喜欢直截了当的表达方式。

　　"对啊,不仅要看龙虎力士,也要去看看普光明殿上的那四个大字,听说那几个字是道家的吕洞宾亲笔题写的!"况普天也附和道。

　　彭莹玉看着两位徒弟,说道:"也罢,绕着慈化寺转了一大圈,又回到了我们来时的起点。也许所有的答案,还是要从普光明殿中才能找到。"

　　三人从万佛殿出发,向普光明殿快速走去。一路上,彭莹玉又给两位徒弟讲述了普光明殿的门楣上,那"海阔天空"四个鎏金大字的来历……

　　在新建的慈化寺即将竣工之际,有一天,油漆工和装修工来到寿隆院的禅堂，找到普庵禅师，说道："寺庙就快完工了，可是普光明殿的牌楼上空着一大块地方，最好能写几个大字嵌在上面，方显得美观大气。"

普庵禅师点头赞同道："你们言之有理。"圆通和尚听到后也觉得工匠师傅说得没错，心想：普光明殿的门楣位置非常重要，到时一定要请一位本地大儒来泼墨展毫，题出慈化寺的辽阔气象来。

圆通、圆契皆与地方上的名士、儒生相交甚密，几天后果然请了许多文人墨客来到寺里，一起商议如何为普光明殿的牌楼题词之事。用过斋饭后，大家一起来到普光明殿的大门前，望着牌楼上的那一块空白墙面，左右指点议论。

圆通本以为请了这么多本地名士来，题几个字应该不成什么问题。谁知大家都只是远远地看着，不敢贸然上去题字。原来，大家都担心：这字一题上去，可能就将千古流传。万一字没写好，或者内容不合适，到时惹得后人笑话，就有失体面了。再说这么多人在场，谁又敢说自己的书法是本地第一，能厚着脸皮代表袁州的文士上前题字呢？

圆契见大家指指点点，却无人敢写，急忙说道："各位施主怎么光说不写呀？要不然大家各题几字，我们一起来挑选一下？"

众人你看我，我看你，只是尴尬地微笑，依然没人动笔。有的人说道："圆契师父，我只会写小字，从没写过这么大的字，你就别逼我献丑了。"

有的人说道："我们袁州府内，没有写大字的行家，正所谓'大字难妙'，或许是因为在行笔与结体上，很少有人能够写出大字的境界。这几个大字关乎慈化寺的脸面，非同小可，最好到外面去请高手来写。"

"你就得了吧，值此书法末世，外面哪有什么很厉害的高手啊？"

"陆放翁、吴云壑难道不算高手？"

"他俩都在临安当大官，怎么会来我们这个小地方题字？"

"依我看，张孝祥的字就不错，兼具颜、米所长，一手字如枯竹折松、驾雪凌霜，又曾在抚州为官，说不定能念乡里旧情，愿为慈化寺题字。"

"张孝祥的字好，范成大就不好吗？依我看，这寺里还是得用文人之字！"

"龙延之写得也不错啊，为什么不请他来写……"

圆通一看,这一会儿工夫,众人就吵成一团,大字倒是没写一个。正所谓"文无第一,武无第二",请来的人多了,反倒不好选谁来代表大家题字。正当众人左右为难之际,天色突然变得阴暗,仿佛阳光一下子被什么东西遮住了。接着一阵香风吹过,似有太清乐声在云间响起,只见一大张白色的东西从空中缓缓飘下,似是白云飘落人间。

等到那东西落在地上,众人围过来一看,竟是一张硕大的白纸,上面空白一片,什么都看不见。正当大家感到诧异之际,白纸上隐隐约约地透出一丝淡淡的墨迹。慢慢地,那墨迹变得越来越深、越来越清晰,最终凝成四个草书大字——"海阔天空"。

众人一看那字,既气势恢宏,又飘逸脱俗,用"翩若惊鸿,婉若游龙"都不足以形容其神韵。"海阔天空"四字题在此处,恰如其分地彰显了慈化寺海纳百川、兼容并蓄的磅礴气象,众人皆赞不绝口地说道:"题得好,写得好!"

就在这时,天边的云层慢慢散去,阳光又透过云层洒满大地,普光明殿上如同披上一层金色的薄纱。众人抬头望向天空,只见一人乘云而去,只留下一个仙风道骨的背影。大家惊得说不出话来,不知那是何方神圣,已有几个文士磕头膜拜。

就在此时,普庵禅师走了出来,看着这四个大字忍不住微笑起来。圆通连忙走上前去,问道:"师父,你可知是何方神仙为本寺题下这四个大字?"

"你想,送四个字都要特地摆出这么大阵仗的神仙,还能有谁?"普庵笑道。

圆通还没来得及回答,圆契已经抢先说道:"那还用说? 定是师父的老朋友——纯阳子吕洞宾!"

师徒三人皆会心一笑。吕洞宾虽然好面子,但这几个字写得大气潇洒,不愧是神仙手笔。普庵也认为这题词与本寺相契,一挥拂尘,就将那四个大字嵌于牌楼之上,竟然不大不小,正好合适。普庵再一挥拂尘,"海阔天空"四字铺上一层鎏金装饰,更显大气磅礴。

后又有文士为慈化寺撰写楹联,题于普光明殿廊柱之上:"盛迹纪南泉,天下名山推第一;圆音嗣西竺,宣阳法旨阐无双。"

"师尊,怎么我听过的传说中,这吕洞宾并没帮慈化寺什么忙,反倒给普庵祖师捣乱?"况普天听了这段"天空来书"的逸事,不禁问道。

彭莹玉向前望去,只见普光明殿就在眼前。他放慢了脚步,回道:"世人多穿凿附会,以讹传讹,很难说哪个故事更为可信。"

赵普胜问道:"我听说普庵祖师骂过吕洞宾呢? 他俩不是关系挺好的吗? 要说起来,吕洞宾运钟在前,题字在后,也帮了寺里不少忙啊。"

彭莹玉笑道:"其中另有故事。"

况普天得到彭莹玉的许可,又开始向赵普胜讲述起来。

当年修建慈化寺时,南泉山周边的老表常来帮忙搬运木料、砖瓦。有一天,几个老表正在搬运一根大梁。木料很重,大家只能慢慢地往前抬。只见一位云游道士远远地走了过来,头戴黄冠,身穿黄袍,满面笑容,风度翩翩。他见众人搬得吃力,热心地说道:"各位施主,待贫道来帮你们!"

只见那道士一挥拂尘,大家顿时觉得木料轻了许多,没几下就搬到了殿堂门前。众人放下木料歇了一口气,正准备将木料搬进殿里,却见那道士一屁股坐在那木头上,跷起二郎腿优哉游哉,仿佛把那根梁木当成了自家的躺椅。

那道士一副惫懒的样子,跟刚才热心帮忙的模样大为不同,一个个忍不住喊道:"道长,请你让一让,我们要把木头搬进大殿里去上梁哩!"

那道士却不说话,只是拍打了两下道袍,屁股还是坐在木头上没挪位置。

南泉山的老表没那么好的脾气,见那道士存心捣乱,也不再跟他啰唆,心想这道士瘦骨嶙峋,浑身上下也没几斤肉,干脆连人带木头一起扛进去得了。他们摆好架势,跟刚才一样用力向上抬起木头,却发现那木料似有千斤重,无论如何用力,那木头都纹丝不动,像长在地上一般。

那几人也不是傻子,知道是那道士在暗中使坏,也不跟他多话,一齐朝外面大声喊道:"这梁木好重,搬不动,多来几个人帮忙!"

外面正在干活的伙计们一听,都觉得有些蹊跷:他们几个有力气把梁木抬到殿堂前,怎么会扛不进大门去?是不是遇上什么麻烦了?南泉山的老表本就团结,几十人一下子跑来帮忙。大家一看那道士端坐在木料上的样子,便知遇上高人了。众人不知那道士的底细,更不知他到底有什么妖法傍身,不敢贸然对付他,只得想办法搬动木料,别让它堵在殿堂门口碍事。可几十人费尽了全身力气,那根木料还是与刚才一样,没移动半分。

那道士见众人汗流浃背、精疲力竭的狼狈模样,仍旧不动声色,索性躺在木头上闭目养神起来。众人有喝骂的,有说好话的,有苦苦哀求的,他都像没听见似的爱答不理。

见此情景,有和尚立即跑去禀报普庵禅师。普庵一听,都不用去看,心里就知道是谁在捣乱了。普庵禅师心想:"虽然吕洞宾先是送来洪钟,后又为禅寺题字,在暗中帮了不少忙。可他总是觉得慈化寺修得这么好,抢了他这个道家神仙的风头。加上他那次运钟过来时,在众人面前失了一点面子,他总得想办法找个机会弄出点儿幺蛾子来。眼见普光明殿就要上梁,俗话说得好:上梁有如人之加冠。他此时特地赶来坐在木头上,给伙计们出了不大不小的难题,也让大家见识了他的本事。"

普庵微微一笑,也不说话,只取来一条竹篦,用油纸包好,交给徒弟圆通和尚,令他用此竹篦朝那道士打去。原来,宋代寺庙中常备有竹篦,那是用竹片扎制的,一头完好,另一头则划破成数十条的工具。若有和尚破戒、吃肉、饮酒,就用此竹篦击打,并赶出寺去。竹篦本是用来惩罚和尚的,今天普庵破例用此物来对付道士。

圆通拿着那纸包竹篦,心中有点儿惴惴不安,毕竟自己面对的是天下闻名、道法高深的纯阳子,用个竹篦去打他,未免太过轻率。万一惹恼了吕洞宾,他一怒之下拔出那把纯阳剑大开杀戒,这寺里的几十条人命可得交代在普光明殿前了。传说吕洞宾的脾气和他的天遁剑法一样火爆,有记载如是云:"关中逸人吕洞宾,年百余岁,而状貌如婴儿,世传有剑术。"民间皆传,吕洞宾可飞剑取人首级于千里之外。

对于一个能飞剑千里取人首级的神仙,最好还是别随便用东西去打,这是圆通二十多年来朴素的生活经验。不过,他还有另一条屡试不爽的经验,那就是"听师父的"。

圆通战战兢兢地走到吕洞宾面前,拿着竹篦的手有些颤抖,感到手心里已经沁满了冷汗。吕洞宾倒是没把走近自己的圆通放在眼里,依旧斜躺在那儿没有动弹,心想:除非普庵和尚亲自过来说句好话,否则谁也别想让自己挪窝。可说时迟、那时快,圆通抄起那纸包竹篾,对准吕洞宾扔了出去。由于他心中有几分怯意,竹篾扔得不太准,但那竹篾还是朝着吕洞宾的道袍飞了过去。

躺在木料上的吕洞宾起初没把圆通当回事儿,可突然瞥见他手臂一挥,一个白色的物件朝自己飞来。那物件虽小,却隐隐暗携风雷之声,如同数十把利剑合在一起破空而来。吕洞宾惊出一身冷汗,哪还敢躺在原地!他立刻翻身,架起纯阳剑向外飞去,瞬间在众人眼前消失不见。

大家直看得目瞪口呆,有胆大的伙计捡起地上那纸包一看,里面只包着一把普普通通的竹篾,难道这神通广大的道士还怕被这竹篾打屁股不成?众人围在圆通身边,连连夸他本领高强,说得他的脸都红了。

就在这时,普庵禅师走进大殿,对大家说道:"现在这木头已经能抬得动了。大家加把劲,把它运进去吧!"

众人三下五除二就把木头抬进了殿里。待良辰吉日一到,就可举行上梁大典。

大家喘着气,坐在殿前歇息。有人问普庵:"普庵师父,刚才那道士究竟是谁呀?"

普庵只朝着天边说了十个字:"千年守尸鬼,飞过洞庭湖。"大伙一听还是云里雾里,却见普庵与圆通师徒二人,已走出大殿,渐渐消失在大家的视线里……

"师尊,这'飞过洞庭湖'又有什么说法?"赵普胜总是弄不清这些佛门高僧为什么总是说些玄而又玄的偈语。

"传说吕洞宾在君山朗吟亭遇到了汉钟离,得了仙诀,尔后在君山修炼成仙,所谓'渴饮洞庭水,眠枕君山石',可见他与洞庭湖的渊源极深。"彭莹玉耐心地解释道,"他曾三醉岳阳楼度得柳树精成仙,又在洞庭湖收服了兴风作浪的白脸蛇精、黄脸蟒,点化了跳龙门的洞庭鲤。古籍中就有记载:'俗说鱼跃龙门,过而为龙,唯鲤或然。是以仙人乘龙,亦为骑鲤。'现在到岳阳楼,还能看到旁边有一座三醉亭,里面刻有吕洞宾写下的那首诗:'朝游北越暮苍梧,袖里青蛇胆气粗。三人岳阳人不识,朗吟飞过洞庭湖。'所谓'飞过洞庭湖',正来源于此。"

况普天赞道:"师尊文武兼修、博闻强记,真乃我辈典范。"

赵普胜心想这况普天倒挺会拍马屁,不过不敢直说,嘴里附和道:"正是,正是。"

彭莹玉笑道:"你们不必恭维我,眼下最重要的,还是从这些典故中找到一些蛛丝马迹。"

三人说着说着,已经走进了普光明殿中,只见殿前供奉的普庵塑像两边,正是龙虎二力士。这几尊塑像,彭莹玉不知看过多少回,以前从未有过什么特别的发现。赵普胜特地走到殿门前去看看门楣上那四个鎏金大字,况普天就着火把的微光远远地看了一眼屋顶的那根中梁,都没有看出什么与众不同之处。

不过,况普天总觉得普光明殿的整个布局,似乎有些不太自然。但具体哪里不自然,他又说不上来。他想起刚刚彭莹玉所说的吕洞宾的典故,问道:"师尊,听说吕洞宾后来又来过这普光明殿,向普庵祖师问道。是否真有此事?"

彭莹玉看着况普天,他的眼神中似乎有东西在闪烁,却难以捕捉到确定的信息。彭莹玉知道他可能想到了什么,只是一下子说不出来。彭莹玉沉吟片刻,回道:"吕洞宾在传说中本就极其自负,他在与南岳衡山的智玄和尚的论道中,用《华严经》中的典故将其说服,并留下一首诗——'得道纯阳七百秋,五湖四海任风流。此身已出三千界,一日须游数十州。醉倒清风明月夜,踏翻红蓼白苹州。禅门衲子休相笑,我在华严最上头。'你看,他从未将佛门禅宗放在眼里。可是,普庵祖师就在我们现今所处的普光明殿中,用精深的佛学令他折服,令我等后辈为之神往。"

"师尊,不瞒你说,我总觉得这普光明殿的内外布局,和普通的佛殿有些不一样,但一下子又说不出所以然来。"况普天将心中的疑惑说了出来,"还是请师尊讲一讲当年吕洞宾向普庵祖师问道之事,也许我能从中得到一些启示也未可知。"

赵普胜这时还站在殿外端详"海阔天空"四个大字,彭莹玉没等他进来,就对况普天说:"这段典故,寺里的老和尚当年说过很多次,我估计都能背得出来。不过……"

　　"师尊,不过什么?"况普天急切地问道。

　　"不过就算是寺里的和尚,也没能解释清楚,普庵祖师当年所说偈语中的真意到底是什么。也罢,你去叫普胜进来,我说与你们听,我们一起来参详参详。"

　　况普天将赵普胜拉进殿内,二人一起听彭莹玉徐徐道来。此时普光明殿里的画面是如此熟悉,仿佛回到了当年圆通、圆契坐在普庵身边,听他讲述《法华经》的场景。

　　"一日,普庵祖师正在佛殿里念经,吕洞宾化成乐师,领数童子,携弦管而来。你们看,这吕洞宾每次到来,都排场十足,惹人注目。他进入大殿之后,一不进香,二不礼佛,劈头就说:'久仰普庵和尚大名,来此请教,道行如何才能得到?'"

　　赵普胜忍不住插嘴道:"吕洞宾已经位列仙班了,还问别人怎么得到道行?"

　　彭莹玉没理会他,接着说道:"普庵祖师双手合十说道,'莫将金果子,换却苦葫芦'。"

　　赵普胜没听明白,又想插话,却见况普天给他使了个眼色,这才没敢作声,继续耐住性子听彭莹玉说下去。

　　"吕洞宾问道:'如何成佛?'祖师曰:'人变一朝西地锦,天回一心感黄恩。'吕洞宾又问:'何是法?'祖师曰:'镂镂骨董降黄龙,五音六律迎仙客。'吕洞宾没有停下来的意思,接着问道:'何是僧?'祖师云:'夜静天空秋月现,金襕挂体御阶行。'不愧为普庵祖师,连用三句偈语,应答吕洞宾关于佛、法、僧的三问,答得行云流水,意味隽永深长,着实精彩至极。"彭莹玉感叹道。

　　听到这些文绉绉的对话,赵普胜忍不住打了一个哈欠,心想幸好自己不是普庵的弟子。况普天却听得津津有味,恨不得拿出一支笔将普庵的这几句偈语给记下来。

　　赵普胜有些不耐烦地说道:"师尊,我们讲了半天禅理,可是这跟找寻宝藏有什么关系呢？我在这殿里殿外转悠半天了，也没看见什么特别之处啊！"

还没等彭莹玉回话，况普天急忙说道："普胜，怎么跟寻找宝藏没关系？弄懂了普庵祖师的想法，自然能循着他的思路找到线索。师尊讲的这个传说，正好印证了我之前的一个想法。"

"什么想法？"

"你们看，这普光明殿的布局，虽然有着佛家特有的庄严肃穆，但其实与我们所常见的寺院并不太一样。与其说它像一座佛堂，不如说更像民间的祠堂，"况普天冷静地分析道，"普庵祖师的诸多故事，其实都发生在老百姓身边，与世俗毫无隔阂。"

赵普胜想了想，附和道："没错，普庵祖师好像每天都在跟当地的老表打交道，他的佛法大多用来帮助老百姓求雨、种树以及解决吃饭、住宿等问题。不像吕洞宾，什么三入岳阳、飞过洞庭，本事都用来在人前显摆了。"

"这座普光明殿如此接地气，却用了吕洞宾的题字，似乎与整体布局不是很搭配。"况普天推测道，"是不是普庵祖师有意为之，在向后人暗示一些什么呢？"

赵普胜又跑到大殿门口，盯着那四个大字看了一会儿，然后喊道："我刚才就觉得这四个字有点儿不对劲。可惜没有云梯，要不然我非得爬上去看个究竟！"

彭莹玉和况普天也来到了门口，抬头向上望去，只见那"海阔天空"四个字的金色装饰物有的已脱落，但笔锋依然犀利遒劲。

"海阔天空，海阔天空，"赵普胜喃喃地念了几句，突然似乎想到了什么，说道，"刚才我记得师尊讲的那段故事里，普庵祖师说过一句'龙在水中不知水'。那这'海阔天空'四个字，是不是有困龙入海、飞龙在天的意思？如果是这样，那是不是说，我们要寻找的答案其实就在我们所在的普光明殿里，而我们却不自知？"

赵普胜虽然只是粗通文墨，但看人见事向来有七分准头，彭莹玉一听，也觉得颇有道理，于是问道："普胜，那你觉得，普庵祖师是不是把寺产藏在了普光明殿之下？"

赵普胜却不认同他这个说法:"如果普庵祖师的寺产的确是为周济百姓而准备的,那肯定会放在一处比较容易取到的地方。总不能让后人为了挖出宝藏,而把普光明殿给毁了吧。"

况普天一直没说话,心中却已有了想法:"师尊,我倒有个想法。"

"快讲。"

"普庵祖师流传于世最有名的是什么?"况普天问道。

"自然是那首《普庵咒》了,这还用说?"彭莹玉不假思索地答道。

况普天接过话头,说道:"对呀,我们身在普光明殿内,却一直没谈论到这首《普庵咒》。说不定普庵祖师早已将答案隐藏在《普庵咒》当中。"

"我在江湖行走时,也曾听人说起过《普庵咒》。"赵普胜说道,"各地的信徒把《普庵咒》传得神乎其神,听他们说,此咒可普安十方、驱除虫蚁……"

况普天也说:"是啊,我也听一些和尚说,《楞严经》里写道:八地菩萨以上乃可自说咒语。本土佛门自来有'一经一咒'之说,'一经'乃是六祖慧能禅师的《坛经》,这'一咒'说的就是普庵祖师的《普庵咒》了。这说明普庵祖师的修为,已经达到了八地菩萨以上的级别。"

彭莹玉此时也想到了这一点:既然一夜之间兜兜转转又回到了普光明殿中,那就静下心来仔细研究一下《普庵咒》,说不定能打开那扇藏宝之门,找到他们想要的东西。于是,他对两位徒弟说道:"普庵祖师当年能悟出这首神咒,一方面是源于在天龙岩的多年静修,另一方面是因为在人间的诸般历练。有降妖除魔之功,有度化众生之德,方可达到'灵源明皎洁'的境界,写出这首神咒。"

"降妖除魔? 难道指的就是那黄鳝精的传说?"赵普胜将信将疑地问道。

"那倒不一定,"彭莹玉又回想起当年在南泉山流传甚广的一些往事,"其实,普庵祖师降服妖魔的传说,还有好几个。而这些,可能都与日后他自创《普庵咒》,有着莫大的关系……"

预知后事如何,请看下回分解。

第十一章　肃字迎亲

况普天问道:"师尊,听说本地姑娘出嫁坐的花轿门上,不贴吉庆祥瑞的'喜'字,而要用红纸写一个'肃'字,是否与普庵神咒有关?"

"据我所知,这个习俗不仅在石里乡流行,西至萍乡桐木一带,东至万载、上高一带,也很流行。"彭莹玉回道,"至于这个习俗是否与普庵神咒有关,需要你们一起来分析,我把当年的传说讲给你们俩听一下。"

赵普胜看了看门外,估摸了一下现在的时辰。他多年来在沙场出生入死,对时间的感知比其他人更为敏感。虽然没听见外面的更鼓声,但从北斗七星的位置来看,此时应该已经过了四更天,再过大约一个小时,就到了卯时。现在是冬天,以他对官府的了解,那些负责追缉他们的捕快、衙役会在卯时到衙门里报到。完成"点卯"之后,他们就会领命从袁州城内出发,若是快马加鞭,大概能在辰时与巳时之间抵达南泉山。这意味着留给他们的时间只有三个多小时。等到太阳升起的时候,他们就得马上从慈化寺中撤出,一刻也不能停留。

当然,还有一个办法,就是三人凭借武力,与那些捕快、衙役硬拼。这些官府之中的普通衙役,即使人数再多,也未必能奈何得了赵普胜手里的双刀,但这样会惊动周边的县衙。到时周边的县衙凑齐了人马,四面合围,三人在南泉山里插翅难飞。躲在山里一两天可以,如果时间一长,光是这隆冬的寒气就足以将他们三人冻死在山中。赵普胜觉得从传说故事里找寻线索实在太慢,于是对彭莹玉说道:"师尊,我们时间不多,恐怕来不及听你讲完那些故事。不如我们把殿中那龙虎二力士的塑像敲开来,看看下面有没有密道什么的?"

彭莹玉摇了摇头,说道:"普天,千万不可造次。普庵祖师在当地百姓心中与菩萨无异,如果破坏了这座古刹,弄倒了普庵祖师身边的龙虎二力士,南泉山的老百姓肯定不会原谅我们。我们绝不能做出任何得罪百姓的事情!"

况普天也说:"是啊,即使官府来剿,我们也可以依靠百姓的帮助,与官兵周旋。可是如果百姓知道我们为了找寻宝藏,不惜毁坏寺庙、亵渎祖师,恐怕我们想活着走出南泉山都不容易。所以,我们还是静下心来,尽力参研破解普庵祖师留下的谜题为上,绝不能贸然使用蛮力。"

见师父和师兄都不支持自己的主意,赵普胜只得悻悻地说道:"我也只是提个建议。听你们这么说,的确不能操之过急,还是得设法破解普庵祖师布下的这个局,想办法探寻点儿线索。"

彭莹玉拍了拍赵普胜的肩膀,说道:"普胜,其实经过前面的探寻,我们已经慢慢地接近那个答案了。只要再多一点点耐心,从《普庵咒》着手,相信在天亮之前,祖师能指引我们找到他留下的秘密。"

听到"普庵咒"这几个字,况普天说道:"师尊,你还是先给我们讲讲那'肃'字迎亲的来历吧。也许这段故事里,隐藏着那首神咒的来历……"

那是一个冬天。

在宋代的乡下,最适合成亲的时间是九月至来年的三月。因此,正值农闲时节的冬日,就成了婚嫁的"旺季"。乾道二年(1166 年)的正月并不太冷,南泉山一个相貌姣好的妹子正要嫁到模塘村。只见她坐上八抬大红花轿,妹子的娘家人以净茶、四色糕点供"轿神",放铳、放鞭炮,大红灯笼开路,沿途吹吹打打,引来村里乡亲都出门观看。还有不少小孩跟在后面跑跑跳跳,一路捡拾着没有炸响的鞭炮,好不热闹。

每次村里有喜事,花轿路过慈化寺时,普庵禅师总是会身披袈裟、手捻佛珠,站在山门之前,为新人诵经祈福,这次也不例外。一听见爆竹声响,普庵就带着圆通、圆契来到门口,双手合十,朗声贺道:"讨亲嫁女,凡人幸事,恭喜恭喜!"

花轿渐近,普庵却感到不太对劲。不知怎的,他总觉得那轿子里面有种奇怪的气息,不同于通常花轿中新娘子的脂粉香味,倒像是一种莫名的妖气。他透过轿缝,定睛往里一看,顿时不禁大惊失色、头冒冷汗。原来,那轿中竟然坐着两个一模一样的新娘,既似孪生姐妹,又似新娘魂魄出窍,说不出的诡异。在红色盖头下,那两个新娘脸上,似乎都涂抹着一层厚厚的脂粉,显得脸色煞白阴冷,可又偏偏带着一点儿似有似无的笑容,目光直直地望着前方,表情僵硬呆滞,再配上那一身鲜红的嫁衣,简直不像是真人,而像是两个精心打扮的人偶。

普庵自知,两个新娘当中,定有一个是妖怪。但他此时投鼠忌器,不能当着送亲队伍的面声张出去,否则惹急了那妖怪,它立刻就会对真正的新娘下毒手。可如果什么都不做,放任送亲队伍继续往新郎家走去,到时妖怪作怪,说不定会害死更多人。若是喜事变丧事,那他的罪过就更大了。不能放任妖孽害人,普庵略微思索片刻,转过头嘱咐了圆通、圆契几句,随即走出山门,悄悄地混在送亲队伍里,跟在花轿后面,一边保持着一定的距离,一边思考着既能妥善保护好新娘以及其他人的安全,又能除掉妖怪的办法。

送亲队伍一路吹吹打打,将花轿抬到了新郎家中,此时天已经黑了。前一天,娘家人已经先到男家挂好了帐子、铺好了被褥,这叫作"铺房"。按照娶亲的规矩,迎亲队伍来到男方家后,新娘不能立刻进门。有个老者手中拿着斗,斗里装着谷米、豆子、钱、果、草节等物,口中念念有词,随手把斗中之物往门内撒去,看热闹的小孩子们争先恐后地去抢拾,这叫作"撒谷豆"。撒完谷豆之后,新娘才可以下花轿、进家门。

南宋时,袁州一带的百姓认为如果有三煞在门,新人不得入门。三煞是指青羊、乌鸡、青牛三神。但是若用谷豆、草等物撒入门内,三煞神就会避开,新人就可以入门了。因此,民间大凡嫁娶之时,新娘下轿前都要撒谷豆,下轿后把放在门内的草捆踢开,方可进门。

同时,男方还得在轿前铺青布条。新娘下轿后,在娘家的两名使女的左右扶持下,走过青布条,双脚不能着地。厅堂的中门前,还特地准备了一个马鞍。新娘进入大厅,要先跨过马鞍,这也有祈求平安的意思。

可当老人撒完谷豆,牵新娘的使女掀起轿帘一看,吓得尖叫一声,随后瘫倒在地。客人们看到这种情形,都不知发生了什么事,纷纷围了过来。新郎官年轻气盛,大着胆子走近轿门前一看,只见轿子里面竟然有两个穿着打扮一模一样的新娘,都盖着红盖头,谁都不敢伸手掀开来看。

那新郎不愧为石里乡的后生,虽然心中有几分害怕,但在众亲友的簇拥下,倒也不露怯色,大声问道:"你们两个,到底哪个是新娘?"

不问则已,一问出来,那两个新娘顿时一改之前的沉默模样,互相指着对方骂道:"我是新娘,我才是新娘,她是妖精,她是妖精!我是……她是……"

究竟哪个是新娘,哪个是妖精?众人又没长着火眼金睛,谁能分得清楚?就算是送亲的娘家人,一下子也被搞蒙了:这上轿的时候,分明只有一个人,怎么下轿时变成了两个?更蹊跷的是,轿子根本就没变重,轿夫都完全感觉不到里面多了一个人!

大家连忙求助于那位老者,希望他能分辨出谁才是真正的新娘。可那老者只会在婚娶时帮忙撒谷豆,哪有本事分得清人和妖?见这轿内的诡异场景,他早吓得浑身发抖,话都说不出一句来。

就在众人一筹莫展之时,普庵从人群中走了出来,有认识他的客人立马喊道:"这是普庵师父!他来了一定有办法!"

新郎的父母一下子跪倒在普庵面前,急道:"普庵菩萨,请你帮帮我们!"

普庵扶起二人,说道:"施主不必心忧,贫僧自有主张。"他之所以选在这时走出来,也是有道理的。如果在途中就揭露轿中有两个新娘的事实,恐怕那妖怪会对真正的新娘不利。而此时新郎家中客人众多,即便那妖恐本事过人,估计也不敢贸然出手,也让普庵免去了投鼠忌器的后顾之忧。

普庵走近轿前,盯着那两个新娘,眼睛里似有精光闪烁。看了一会儿,他心中就有了主意,左手捏住佛珠,右手一指,口中念道:"一直乾坤大,横担日月长。南蛇转北斗,右灭鬼神王。普庵来到此,万煞尽归藏。"这几句咒语和那次诛灭黄鳝精时用的咒语一样,是普庵独自在天龙岩中修行时悟出的真言,虽只有寥寥几句,但威力无穷,用来降妖除魔可谓立竿见影。

可那两个新娘听见咒语后,却并没什么反应,与当日黄鳝精痛苦翻滚的场面截然不同。普庵心头一凛,知道这个妖精的道行远胜过黄鳝精,也在那个泉怪之上,绝不可小觑。但这个咒语素来灵验,他从未失手过。就算这妖怪道行再高,也不可能一点儿反应也没有啊,这到底是怎么回事儿呢?

普庵想了想,顿时便有了主意。只见他一挥拂尘,掀起一阵风,"唰"地一下,吹开了两个新娘的盖头。虽然看上去两个新娘都脸色煞白,但左边那个新娘明显白得更不对劲,简直可以用"惨白"来形容。普庵用拂尘指着她

135

大喝一声:"妖孽,怎敢冒充新娘,妄图害人!"他用目光紧盯左边那个新娘,又将六句咒语重新高声念了一遍。

那妖精被普庵的目光震慑,这次听见咒语后,再也扛不住了。它一头栽倒在地,像黄鳝精一样痛苦打滚,口中还发出"嚓嚓"的怪叫声,没过一会儿,就显出了原形——一只妖狐。众人见此场景,皆目瞪口呆,不敢上前一步。普庵伸出拂尘,对着妖狐用力一挥,那狐狸精就再也动弹不得了。这时,轿中真正的新娘"哇"地一声哭了出来,显然这番经历把她吓得不轻。

众人亲眼见到普庵禅师大显神通降服狐狸精,一个个高呼"普庵菩萨",就差一起跪下对他磕头称谢了。

不同于之前降服泉怪、诛杀鳝精,这一次目击者甚众,普庵除狐妖救新娘一事很快在当地传开了,普庵一时间深受周边百姓敬仰。此后,南泉山、株潭、模塘、桐木等地的老百姓家里讨亲嫁女时,都希望邀请普庵前来,以防再有妖孽作祟,发生冒充新娘的怪事。可是,当地嫁娶之事几乎天天都有,普庵就算不念经、不修行,也没法为这么多人家保驾护航。

这时,大善人李仓监给大家出了个主意:普庵禅师来不来都没关系,只要把他的名字贴在花轿上,估计那妖精也不敢作怪。大家一听,都觉得这个办法不错,既不用劳烦普庵禅师大驾,打扰他清修,又能震慑住妖精,保证婚礼顺利进行,以后就这么办。

"普庵"两字是法号,不太适合贴在花轿上。大家一想,还是贴上普庵的俗家名字"印肃"中的"肃"字比较合适,既体现出男婚女嫁是一件关乎新人终身幸福的严肃的大事,又能防止那些妖魔鬼怪前来捣乱。因此,石里乡一带的男方讨亲时,都会在花轿门上写半个不出头的"肃"字,免得被妖精识破后盯上;当花轿抬到新娘家,新娘上轿,关上轿门后,再由娘家请一位道人将另外半个"肃"字写齐,这样就再也没有妖精敢来捣乱了。

"如此看来,"况普天沉吟道,"这普庵神咒就是一种降妖除魔之法,颇具降服破坏之功。普庵祖师正是凭借此咒,先后降服黄鳝精和狐妖。"

彭莹玉这次却不认可况普天的看法,说道:"我倒不这么认为。虽然普庵祖师在传说中收服过泉怪、黄鳝精、蛇精、狐狸精,但普庵咒最大的功效并非'降服'，而是'守护'。普庵祖师以此咒为黎民百姓遮挡风雨、消除外邪，守护一片天地，这才与他修建慈化寺的初衷相契。"

赵普胜隐隐约约感到从这段故事中听出了点儿什么，不由得插嘴说道："师尊、普天，我刚才好像在哪儿看见过一个'肃'字……"

"就是在这普光明殿中吗？"况普天脱口问道。

"对呀，只是我一下子想不起来是在哪儿看见的……"赵普胜挠了挠头，苦苦地回忆着。

彭莹玉也感到赵普胜的这句话很重要。如果普庵禅师特地在普光明殿中留下一个字，结合这个传说来看，很可能在向后人指明寻宝的方向。三人又回到了殿内，四处寻找赵普胜无意中瞥见的那个"肃"字。

普光明殿说大不大，可在黑灯瞎火的情况下，要在殿中寻找一个"肃"字也着实不易。彭莹玉知道赵普胜的目光极其敏锐，在战场上是出了名的。他说瞥见了，就必然不会有假。不过赵普胜的记性实在不怎么样，就这一会儿的工夫，他却怎么都记不起自己在哪儿见过那个"肃"字。当然，这也不能完全怨他，谁让他之前没听过"肃字迎亲"的风俗呢？

三人就着火把的光芒，慢慢地寻找那个"肃"字，不敢漏过每一根柱子、每一处墙面，两侧的十八罗汉、二十诸天，以及经幡、长明灯、供养台、供具、钟鼓、木鱼、磬、烛檠、蒲团，甚至地面上的每一块莲花青砖都被他们看了个遍。赵普胜虽然目光锐利，但这种细活却不适合他，他找了一会儿就喊着"眼睛发花"。就在这时，况普天却发现了一处不太一样的地方，连忙叫彭莹玉、赵普胜过去端详。

这是普庵祖师塑像台座的右侧面，似乎与台座的其他地方并无区别。但彭莹玉目光如炬，一下就看出不对劲的地方。

普光明殿与其他寺庙类似，各处所用木料皆为杉木，这是实用且普通的木材，佛教忌讳华而不实。不过佛像一般是用樟木雕刻的，因为樟木带有樟脑香，可以让念佛之人提神醒脑，又可防虫蛀。普庵祖师塑像下的台座为常见的莲花座，是以南泉山的岩石为基，四面镶以木质装饰制作而成的，本应与殿中其他廊柱、梁木一样，都用杉木。可是台座右侧那一面，用了一部分樟木，虽然面积不大，又与其他部位上了同样颜色的底漆，但还是被曾经跟木匠学过徒的况普天,发现了区别所在。

彭莹玉用手自上而下慢慢地顺着莲花的纹路,摸索着那块樟木板,指端突然触到了一个横竖交错的凹凸处,虽然不是很明显,但他还是能很清晰地感知到,那是一个字——印肃的"肃"字。

彭莹玉不禁赞道:"普胜果然目光如炬,庐江的水能助欧冶子炼剑,也练就了你这一双'火眼金睛'。我们都还在想吕洞宾的那段传说时,你就已经在这殿中找寻普庵祖师留下的字迹线索了。"

赵普胜被彭莹玉夸得有点儿不好意思了,说道:"师尊,我也只是碰巧瞧见……本来都没当回事儿……其实,还是普天厉害,一下就能分辨出樟木来,当年的木工没白学。"

况普天笑道:"普胜,说不定今后我还指着这手艺吃饭呢,若是连樟木和杉木都分不清,那不得饿死?"

彭莹玉却依然在摩挲着那个"肃"字,一时间眉头紧锁,没听进两位徒弟的自谦之词。况普天见状,收起了笑容,说道:"师尊,此处独用樟木板材,又特地刻上一个'肃'字,祖师到底有何用意?"

赵普胜也想到了这一点,问道:"是啊,师尊,是不是这里面另有玄机,像那出木古井和白牛祖师墓一样,要靠什么手段打开?"

彭莹玉本来一下子想不出个所以然来,不免心中郁结,赵普胜的话像一道灵光照进他的脑海。他顿时想起了一件事,心里有了打算,便对两位徒弟说道:"我本来也想不到普庵祖师的用意,听到了普胜的话,突然想起了另一个故事,也许接下来这个故事能告诉我们问题的答案。"

赵普胜此时再也没有不耐烦的情绪了,抱拳说道:"师尊,愿闻其详!"

乾道年间,荆湖南路的浏阳县文家市与石里乡仅一山之隔,其东村有一户人家姓柳,男主人叫柳春来,夫妻生了个宝贝女儿,闺名叫柳明花。夫妻二人将她视若掌上明珠,从没让她吃过半点儿苦。明花生得亭亭玉立、绰约多姿,人又聪明伶俐,嘴巴又甜,村里不管男女老少都很喜欢她。

明花从小就很勤快,虽然是个女娃,但打草喂猪、放鸭把食、做饭炒菜、扫地抹桌,样样农活都会做。她还做得一手好手工,衲的鞋子既结实又美观,扎的袜子底花样繁多,绣花更是针工精细、活灵活现。大家都说她有一双天生的巧手,堪比织女下凡。

柳春来夫妻见自己的女儿长得水灵又能干,心里一天比一天高兴。

俗话说:男大当婚,女大当嫁。明花长到了十七八岁时,四里八乡的不少人家请媒人上门说亲。所谓无媒不成婚,孟子就把"父母之命,媒妁之言"放在同等重要的地位。在古代要知道哪家需要嫁女、哪家需要娶媳,委托媒人"牵红线"是唯一的办法。

媒人这一行,大多是中年妇女,因为她们出入人家宅院更方便,与做父母的人也好沟通。这媒人一要聪明练达,通晓人情世故;二是手脚勤快,不辞辛苦;三要能说会道,条理分明;四要有经济头脑,在双方过礼下定之类的交割上,能公允适度,皆大欢喜。另外,还有一点最重要,就是要有信誉、口碑好。经媒人撮合的婚姻,若是夫妻和美、儿女盈床、家和业兴、姻亲益彰,自然会招来更多的生意。

明花父母虽然见过了不少媒人,其中不乏浏阳县里县外有名的媒婆,但没有轻易选定人家,因为他们对女儿的婚事非常慎重,生怕女儿没有嫁对人家。碰到兄弟姐妹多的人家,怕女儿过去受气;碰到偏远地方的人家,怕女儿日后受苦;碰到有钱有势的人家,又怕女婿不愿上门,那他们就再也见不到女儿了。所以虽然来往的媒人踏破了门槛,可柳春来夫妻一直没有答应。

有一天,一个好久没有来往的远房亲戚来柳春来家串门。明花大大方方地喊了一句"姑娘"(浏阳这边的方言,将"姑姑"称呼为"姑娘"),然后又是搬凳子,又是端茶倒水。那亲戚一见明花这俏生生的模样,心中十分喜欢,又见她待人接物非常得体,更是钦佩柳春来夫妻把她教得好。那亲戚一边喝茶,一边有意无意地对明花娘说道:"大嫂,我几年没有来,明花都长成大妹子了,越长越好看,又能干懂礼!"

明花娘笑道:"难为姑娘夸奖。明花哪有你说得这么好,还是一个不懂事的小丫头哩!"

有亲戚来家里,柳春来一家就忙开了。柳春来去镇上买肉买鱼,明花到菜园里摘菜,明花娘则杀鸡煮饭,虽是普通的农家,却洋溢着一股暖心的烟火气。没过一会儿,新鲜肉、新鲜鱼、新鲜鸡、新鲜菜,摆满了一桌子,饭菜的香气飘满了整个屋子,让远道而来的亲戚啧啧称赞。

那亲戚每样菜都尝了不少,连连夸赞明花娘的手艺好,又夸明花家种的菜新鲜好吃。明花见姑姑心直口快、和蔼可亲,自然心生几分亲近之意。姑姑用过了饭,便打算返程回家。明花娘和明花都不许她走,硬是要她留下来住上一夜。姑姑经不住她俩的软磨硬泡,只得在明花家留宿一晚,与明花娘住在一间房里。

这两姑嫂多年未见,真有说不完的体己话。两人你一言我一语,聊的尽是家长里短的事情。所谓"日久话自长",两人不知不觉间已经聊到深夜,话题也自然转到明花的婚姻大事上。姑姑说道:"大嫂啊,说起来,明花也不小了,该对人家了,你们对到了合适的人家吗?"

明花娘叹了口气,说道:"来说媒的倒是有蛮多,可是一直没遇到合适的人家,我们就都没答应。我们就这一个女儿,一定要对上合适的人家,我们才能放心得下。对个不好的人家,明花一辈子受苦,我们也会心痛。姑姑,你说是吧?"

姑姑虽不是专业的媒人,却生得一颗七窍玲珑心,一听明花娘这话,就知道她心里对明花的婚姻大事有很多顾虑。她附和道:"是啊,还是大嫂想得周到。明花长得漂亮,人又聪明能干,里里外外都能做,哪个后生要是讨到她就真是有福气哟。大嫂要是不嫌弃的话,我帮明花介绍一个后生好吗?"

明花娘大喜,心想亲戚介绍的人家,比那些职业的媒人肯定更靠得住。之前那些上门的媒人总是夸大其词,把提亲的后生人家吹得天花乱坠,可自己托人一打听,根本就不是那么回事儿。她急忙说道:"姑姑愿意帮明花牵线搭桥,那自然是最好不过。只是不知道是哪家的后生?"

"我屋场里有一户姓刘的人家,生了一个儿子,名叫光明,今年十八九岁,人也蛮聪明,读过几年书,能写会算,田里岸上的工夫都能做,人品又好,长得也清秀。"姑姑说起这个小伙子来,就像在夸自家的孩子一样。

明花娘听了,心中暗自高兴,但毕竟是女儿的终身大事,自己还是有点儿不放心,说道:"姑姑说那后生好,嫂子我肯定放心。不过俗话说'耳听为虚,眼见为实',明日一早我就给你哥哥说说看,听听他怎么说。如果他说行,那就要他去姑姑的屋场那边看了再说。"

明花娘第二天一早,就跟柳春来说了此事。柳春来是个雷厉风行的人,事关女儿的幸福,他丝毫不敢怠慢,几天后,就假装成捉猪卖牛的牲口贩子,前去姑姑家的屋场。他不光向街坊邻居打听刘家的情况,还偷偷地跑去看了一眼刘光明这个后生。

回家之后,柳春来好生高兴,特地让明花娘多煮了两个菜,自己还喝了点儿家酿的米酒。他悄悄地告诉明花娘,刘家两夫妻只有刘光明这一个儿子,一家三人吃茶饭;家中有山有田又有屋,生活不错,年年余钱剩粮;光明这个后生长得蛮好,屋场里的邻居对他的评价也不错,同明花是天造地设的一对。

明花娘听后也十分满意,就让柳春来去跟姑姑说他们同意这桩亲事。柳春来笑着说道:"我们还没问明花自己愿不愿嫁呢!"

明花娘高喊了两声"明花",只见明花从门后面扭扭捏捏地走了出来。原来,柳春来夫妻在小声商量的时候,明花正躲在门后偷听哩。明花娘问道:"明花,那天姑姑给你介绍了她屋场里的一个后生,叫刘光明。他家钱粮不缺,生活不错,那后生又长得清秀,知书达理。你觉得怎么样?"

明花的脸羞得通红,心中既喜又忧,都不敢看父母双亲的眼睛,低着头说道:"女儿不晓得,由父母做主就好。"说罢一溜烟地跑进自己的房里去了。

刘、柳两家都同意这门亲事,姑姑这个媒人于是开始准备婚事。在宋朝之前,古代婚礼通常有六礼仪——纳彩、问名、纳吉、纳征、请期、迎亲。到了宋朝,因为战乱,烦琐的婚礼仪程简化成了三步,即采纳、纳币、亲迎,通俗地说就是议亲、定亲和成亲。

既然男女双方互相满意,那么此时就进入定亲这个环节。这时就彰显出媒人的重要性。男家与女家通过媒人往来,约定下定礼的日子。男方家送给女方家的定礼数目都是通过媒人沟通议定的。春来夫妻只想女儿嫁过去能幸福美满,对定礼没有什么特别的要求,只要按照浏阳这边的习俗来,能过得去就行。

送完定礼后,两家还要约定好聘礼、彩礼等事项,这些都需要媒人来回跑腿沟通。一番忙活后,双方就定好了大喜的日子,准备为儿女办喜事了。

141

这年冬天,刘家的迎亲队伍抬着花轿,欢天喜地地来到柳家娶亲,一路上吹吹打打,好不热闹。新郎官刘光明也满心喜悦,身着大红长袍,焦急地站在门口等待。

等到花轿抬到了刘家,亲戚和客人们都等着看新娘子,大家掀开轿帘一看,诡异的一幕发生了:轿子里竟然空空如也——新娘不见了!

相较于"肃字迎亲"的故事里出现的"真假新娘"那一幕,眼前的情景更让人感到不寒而栗。"真假新娘"里好歹还有一个是真的,眼前这轿子空空的,新娘上哪儿去了? 大家觉得不可思议,先是沿着花轿行进的路线四处寻找,看是不是在哪儿把明花给落下了。

可找了半天,还是没见到明花。刘家的人先不肯了,跑去柳家要人,说自家下了定礼、聘礼、彩礼,柳家却把闺女藏了起来,害得他们人财两空,在亲戚、客人面前颜面尽失。而柳春来夫妻更是哭得呼天抢地、肝肠寸断,自家好好的一个女儿,如珍宝般养到十七八岁,一心想为她找个好人家,谁知道大喜的日子里,女儿却凭空消失了! 柳春来夫妻拉着刘家的人,要他们还自己的女儿。

就这样,两家人闹得不可开交,互相拉着对方到县衙去打官司。可县官老爷也没有办法,官司打了一年多都没有了结。一场大喜事,竟然变成了一场人间悲剧。柳春来和明花娘每天都思念着女儿,想起这十几年来的往事就泣不成声。这一年多的时间,对他们来说简直就像一生那么漫长。不知不觉间,夫妻二人已两鬓斑白、形容枯槁。

有一天,明花娘抚摸着女儿绣的花被单,呆呆地望着窗外,看着天边的云霞,突然想起一个人来,对柳春来说:"孩子她爹,如今我们找不到女儿,家业俱丧,官司不能息,人又不得见,这样下去也不是法子,总得想个办法呀! 我听说临近的南泉山慈化寺的普庵和尚神通广大,帮周边的百姓解决了很多难题。我们去找他吧,那普庵和尚见我们这般悲苦,说不定会有办法。"

柳春来听了妻子的话,也觉得颇有道理,说道:"是啊,我也听说那普庵和尚是菩萨下凡。凡人解决不了的问题,菩萨总有办法解决!"

于是柳春来翻山越岭,不辞辛苦地来到南泉山,进慈化寺内叩拜普庵禅师,一五一十地向他讲述了这段经历。普庵耐心地听完,心想:这一次不同于狐妖作怪,分明是有妖怪存心扣下新娘,来了个"半路抢亲"。这手法比那狐妖更为老练,说不定是个惯犯也未可知。

普庵思索片刻,心中已有主张,对柳春来说道:"此事贫僧已知晓。慈化寺在此,岂容妖怪作祟!待贫僧与你同去一趟,便知端倪。"他先写了一幅"六字真言",送给柳春来,让他带回去贴在厅堂当中,朝夕焚香上供。

柳春来依照普庵的吩咐,将字带回去贴在厅堂里。说来奇怪,当天晚上,他和妻子就依稀听见窗外传来一阵阵呜咽之声,似乎有人在哭泣,又似有人在挣扎。柳春来在黑夜中循着声音一路找去,却还是一无所获。不过,那个晚上柳春来看见村口的一棵千年古樟,落下了许多叶片。此时尚未入秋,晚上又没有刮风下雨,樟树怎么如落发般落下那么多叶子?

柳春来绕着那古樟转了几圈,并没发现异常之处。但他心中有种强烈的感觉:这棵古樟必有蹊跷。他似乎能感受到,女儿的心跳、呼吸就在离他不远处,只是这个父亲在黑夜中无论怎么哀号、祈求,都找不到女儿的踪迹。

第二天一早,普庵禅师亲自带着圆通、圆契等四个徒弟,特地来到浏阳文家市东村,落脚在柳宅屋边。他一手捏着佛珠,一手擎着拂尘,绕着村庄行走一圈,对于明花被藏在何处心中已有八分准数。他带着徒弟来到村口那株古樟树前,命四个徒弟分别站在青龙、白虎、朱雀、玄武四个方位,随即将写好的一个"肃"字贴在大樟树上,摆起神台,点好香烛,口中念念有词。

这棵古樟树立在浏阳河边,亭亭如盖,与波光粼粼的浏阳河水相得益彰。每年开春,菜地要播种时,许多人家都会来这棵古樟树前上香,有人还隆重地带着黄纸来烧,祈愿今年雨水充沛,无虫无灾。从立春直到惊蛰,上香的人络绎不绝。平日里,有些婆婆更是将给老樟树上香作为自己的日常,再忙碌的日子,樟树下的神龛,都有几缕青烟。这棵古樟千年来沐浴日月精华,享用人间香火,早已修炼成精,其道行比一般的妖物还要高出许多。如果不是普庵亲自来到这里,恐怕再过千年,这棵古樟依然会立在此处,一边心安理得地享用百姓的香火,一边偷偷摸摸地为害四方。

普庵念完一遍咒语,并没有什么特别的事情发生;再念一遍,依然如常,那樟树连一片叶子都没落下。周边围观的百姓看在眼里,有的人脸上露出了嘲笑的神情,有的人口出讥讽之言,平日里没少给樟树上香的婆婆,都忍

143

不住用浏阳话骂出了声。要不是普庵在浏阳的名头很大,这些百姓早就上来掀翻他的神台、扯烂他的袈裟了。就连柳春来夫妻二人也开始半信半疑。

普庵没有理会他们的质疑,慢条斯理地念出了第三遍咒语。就在这时,令人震惊的一幕发生了。原本万里无云的天空,突然刮起了一阵大风,紧接着雨点如断了线的珠子一样砸向地面,霎时雷电轰鸣。围观的人们这时哪敢再作声?都吓得跑到旁边屋场里挤作一团躲雨去了。

大家慌忙避雨之时,只见眼前一道闪电劈过,耳边传来"轰隆"一声巨响,一个炸雷震天动地,那道闪电正好击中了那棵古樟树。那樟树虽然已有千年道行,但怎能经得起这天雷轰顶之势?自顶端到根部,那棵古樟树被那道闪电硬生生地劈开一条巨大的缝。

眼前出现的画面让所有人都目瞪口呆,包括普庵的四个徒弟在内。原来,那樟树的腹内,竟然藏着两个女人,一个正是失踪一年多的柳明花,另一个是三年前失踪的村里老张家的女儿。只见二人均被树藤缠绕,困于树腹之中不得脱身,这些年来想必吃尽了苦头。

柳春来见自己的女儿竟是被这棵古樟所掳,一年多来被生生地囚禁在自己的眼皮底下,被折磨得求生不得、求死不能,顿时怒从心头起,抄起一把斧头就冲向那古樟。圆通、圆契见状大喊一声:"不可,当心!"但已然晚矣。还没等柳春来的斧头砍到樟树身上,那樟树突然向外喷射出无数根树枝,如同万箭齐发一般,眼看就要把柳春来钉成刺猬。

说时迟,那时快,普庵禅师来不及念咒,一把扯下那件破袈裟,向柳春来抛去。那袈裟飞落在柳春来身上,如同给他披上了一件刀枪不入的软甲,数十根树枝射在他身上,而后纷纷跌落在地。柳春来捡回了一条命,却也吓得一身冷汗。他知道这棵樟树惹不起,尽管心里还是怒火中烧,但是再也不敢贸然冲上前去。

众人见那古樟虽然挨了一记雷劈,但依然道行深厚,心中都生出几分惧意,只得把目光投向普庵。只见普庵举起拂尘,对着那樟树念出一段咒语,那樟树似乎身上吃痛,树干开始不停晃动,将樟叶抖落一地,如同在树下铺了一张淡绿色的地毯。慢慢地,缠在柳明花和张家女子身上的藤蔓开始一根根地断开。柳明花和张家女子睁开双眼,一见到亲人,便立即挣脱束缚,哭喊着向亲人奔去。

柳春来夫妻抱着明花,心中虽有万千话语,此刻却仿佛如鲠在喉,说不出一句话来,只得相拥而泣,让泪水带走这一年多来的思念,用哭声表达此时的重逢之喜。众人见此情景,无不为之动容。

刘光明这一年多来也饱受折磨,看着那樟树气不打一处来,也不怕它妖法高强,带着族里的几个后生,抄起家伙就往树干上砍过去。说来奇怪,刚才还能力扛普庵咒、枝射柳春来的那棵古樟,此刻却像霜打的茄子般萎靡不振,任凭众人刀砍斧凿,再无半点儿反抗能力。没一会儿,那棵古樟就被一帮后生拦腰砍断,连树根都被挖了出来。众人点起一把火,将那棵千年古樟烧成了灰。

明花平安归来,刘、柳两家的官司终于平息。刘家是否还愿意兑现亲事,将明花迎娶回家?普庵眼神一瞥,看到刘光明望向明花的眼睛里,只有怜惜和心疼,并没有半分嫌弃,心知至少这个后生还是希望能娶回这个未过门的媳妇。而与父母抱在一起的明花,似乎也时不时地看向刘光明这边,估计心中也挂念着他。

普庵叹了口气,心想人世间不如意事常八九,就算这两个年轻人彼此挂牵,刘家又怎会让明花这个被樟树精掳去一年多的女子进家门呢?好好的一段姻缘,就此被生生地拆散。纵然普庵佛法再高明,也无法勉强这婚姻嫁娶之事。

正当普庵心中略感沮丧之际,徒弟圆契却有了主意。他跑到普庵身边耳语几句,普庵原本紧蹙的眉头渐渐舒展开来。只听普庵轻轻咳嗽两声,对刘、柳两家人说道:"今日明花平安得救,其实非贫僧之功,乃上天特地设此劫难,以考验光明、明花二人的姻缘是否坚若磐石。"

刘光明的爹娘跪在普庵面前,说道:"普庵菩萨,明花是个好女娃,只是她被这老樟树掳去一年多,我们再迎娶她过门,只怕……"

普庵将他们扶起,微笑着说道:"你们的想法也没错,但却有失偏颇。光明、明花的姻缘本就有此劫数,在所难免。但此时明花被贫僧救出,此劫已顺利渡过。所谓'大难不死必有后福',日后二人结为鸾凤,定将一帆风顺、家和日兴、子孙延绵,你们老刘家的好日子还在后头哩!"

刘光明的爹娘一听,敢情在普庵禅师看来,明花被掳不完全是坏事,说不定日后还能给自己家里带来福泽。看见光明这孩子心中依然惦记着明花,他们二老也不忍心拆散这对苦命鸳鸯,况且他们原本就对明花的人品和相貌都很满意,只是担心村里人的风言风语,才不敢让儿子再将明花迎娶进门。普庵看出二人的心事,又说道:"依贫僧之见,这樟树精作为罪魁祸首,已经在天雷之下伏法。倘若村里有人再无端提起此事,议论柳、张两位女子,无异于触怒上天,到时给自己带来什么麻烦,贫僧也没办法护佑了。"

众人适才已经见识到普庵的手段,心中早生敬畏之意。一听他这般说法,谁还敢乱嚼舌根,纷纷表示道:"普庵菩萨,我们就算再借十个胆,也不敢瞎编这两个苦命女子的不是!"

刘光明终于将柳明花娶回了家。这两个勤劳、善良的年轻人,在双方父母的帮衬下,日子自然越过越红火,之后还一连生了几个大胖小子。为了报答普庵为民除妖的大恩大德,浏阳的刘、柳、张三家每年都会在七月二十和九月十九两个日子结伴到慈化寺、观音阁,敬拜普庵祖师和观音菩萨。

自那以后,每年的这两天,周边的百姓、香客都纷至沓来,集聚在慈化寺朝神拜佛,跪在菩萨面前祈求辟邪除灾、迎祥纳福。这两个日子也成了黄圃市举行传统庙会的日子,周边以及闽、鄂、苏等地的香客前来焚香礼拜、贸易交流,热闹非凡……

况普天听完这个传说,似乎有所顿悟,对彭莹玉说道:"师尊,依我之见,说不定这台座右侧的樟木板,正是用当年普庵降服的那棵古樟所制。"

赵普胜也想到了这一点,连忙说道:"是啊,传说中那两个女子被樟树精藏在树腹之中,这里又用了樟木板,没准正是向我们暗示这里面有东西!"

彭莹玉听了两位徒弟的分析,心中有同感。不过这块樟木板贴在台座上是作装饰之用,台座本身的材质是坚硬的花岗岩石,就算打破了樟木板,也不可能进入台座里面。正当他沉思之时,况普天说了一句话,可谓"一语惊醒梦中人"。

欲知况普天说出何言,请看下回分解。

第十二章　放下屠刀

况普天说道："当年普庵念出咒语引来天雷之力才打开那古樟。说不定,那段咒语就是打开这机关的要诀!"

普庵神咒从南宋开始,流传了两百年。彭莹玉在慈化寺时,已经听和尚们念过无数次,几乎能背诵得出。他回忆了片刻,伸出右手按住樟木板上的那个"肃"字,缓缓地念着什么。

况普天和赵普胜似乎听见台座里面传来一阵闷响,又见彭莹玉按住的那块樟木板出现了一道裂纹。裂纹随即越来越大,直到整块木板从"肃"字所在之处裂成两半,木板之下竟然出现了一道通向台座内部的小门。

三人面面相觑,一方面知道忙活了一整晚,也许答案就在眼前;另一方面还是有疑虑,因为从布局来看,普光明殿并非绝佳的藏宝之地,说不定是一处陷阱也未可知。但普庵将暗门设置在佛像的基座之内,定有特殊用意,以常理推之,必与地宫宝藏有莫大的关系。

赵普胜还是一马当先,擎着双刀就从那小门钻了进去。彭莹玉和况普天正准备跟着他一起进去,突然听见门洞里传来"啊"的一声。

彭莹玉怕赵普胜鲁莽地闯入,被什么机关暗算,连忙冲了进去,却发现赵普胜好端端地站在里面,眼前的景象也让他不禁发出惊讶之声。

原来,台座内部乃是一个中空的暗室,足以容纳三四人站立其中。四周墙壁上刻着密密麻麻的文字。彭莹玉一眼看去,便知是分别用梵文和汉字所书的《法华经》。整个暗室里空空如也,根本没有任何金银财宝,只有一把屠宰用的夹钢尖刀,孤零零地放置在地面上。

况普天疑惑地问道："为什么这么隐蔽的一个暗室里,只放了一把刀?"

彭莹玉看着这把普普通通的刀,虽然年代久远,却没生什么铁锈,只是刀身发暗,隐隐有血红之色,显然刀下所屠牲畜不在少数。他思索了片刻,说道:"屠刀放在佛台之下,想必是取'放下屠刀,立地成佛'之意。"

"放下屠刀,立地成佛?"赵普胜对佛家的典故不是十分了解,不禁重复了一遍彭莹玉的话。

彭莹玉心里倒是猜到了几分,立马想起一人来。他对两位徒弟说道:"我之前说过,普庵祖师曾与南泉山的一位屠夫,打过好几次交道。"

"彭有根?"况普天、赵普胜二人异口同声地叫道。

"没错,"彭莹玉目光深沉地注视着那把刀,"正是我们老彭家的那个屠夫——彭有根。"

"这把刀难道是彭有根的?普庵祖师为什么会将它藏在这里?"况普天问道。

"我想,可能要从那个故事说起……"彭莹玉想起了族里的长辈曾向他提起过的那段往事。

话说彭有根之前拿到了普庵向他赎买白牛的三十二贯钱,与浏阳的几位屠夫朋友分了账,喝了一顿酒后便回到了家中。本来挣了一笔额外之财理应高兴才是,可他心中却始终不是滋味。他想起了普庵禅师对他说的那番话,仿佛总有声音在耳边缭绕:"你心中的那把刀,何时能放下?"

不过彭有根也算是个拿得起放得下的汉子,没过几天,这事儿就被他抛在脑后了。闲来无事时,他总会邀上刘金伢等几个后生一起共饮几杯,背上点儿卖剩的肉送给山里的穷苦人家。有时他也怕这些朋友瞧不起自己的屠夫身份,毕竟村里一些读过私塾的孩子常在嘴边念叨:"君子远庖厨。"可刘金伢不以为然,说道:"所谓'仗义每多屠狗辈,负心多是读书人',有根,在我们看来,你的为人比那些酸腐书生可强出百倍!"

"就是,"有个常去集市的茶馆听说书的彭姓后生就说道:"屠夫怎么了?我听说,古代很多好汉都是屠夫。什么专诸、聂政、朱亥,还有在鸿门宴上立大功的樊哙、长坂坡前救赵云的张飞,哪个不是天下闻名的大英雄?"

看来,在南泉山的这些后生眼里,彭有根的这个屠夫职业非但不低微,反而有几分威望。不过这也难怪,一来,在多数人连粟米都吃不饱的时代,屠夫每天跟肉打交道,基本上能做到荤腥不断,身体素质已然凌驾常人之上。很多屠夫像彭有根一样身材魁梧、外形粗犷,让人望而生畏。

二来农耕社会的老百姓，大多安分守己地守着一亩三分地，哪怕拿着稍微长一点儿的刀具，都会被视为犯法。但是屠夫就不一样了，可以名正言顺地持有刀具。屠宰既是体力活，也是技术活。宰杀牲畜讲究快、准、狠，一刀毙命。屠夫们因此练就了一身杀人的本事，换言之，他们的武力是异于常人的。

三来，虽然在读书人眼里，屠夫的地位卑贱，但他们的经济条件可不差，有的甚至还能成为地方豪强。比如：世居涿郡（今河北保定涿州市）的张飞，卖酒屠猪，颇多庄田，好结交天下豪杰，以至于后来有人感叹："古贩缯屠狗之夫，俱足助成帝业。"作为屠夫，彭有根手头就比山里的大部分后生更宽裕，时常做东请大家喝酒吃肉，也有闲钱救济那些穷人。

刘金伢笑着对彭有根说道："有根啊，怎么去了一趟慈化寺，就开始胡思乱想啊？我看你呀，就是屋里少了个老婆，总打光棍可不行！明天我帮你找个媒婆，给你介绍一个老婆，生下几个伢俚，你专心挣钱就好！"

没过多久，真有媒人来给彭有根说了一门亲事。彭有根的爹妈早逝，彭家的族老彭彦远替他做了主，应了这门亲事。女方姓张，家住山楚村，也是一户本分人家。彭有根成亲之后便收了心，平日里也很少与那帮后生朋友喝酒交往，每天收了肉摊就回家，日子过得平淡如水，彭有根不再是那个在黄埔集市上喊打喊杀的汉子。

张氏向来虔诚，与当地许多百姓一样。婚后不久，为感谢神明赐予姻缘，张氏便买纸钱半担送到慈化寺。

普庵收到这半担纸钱后，却要匠人将纸钱浸到水里，当作纸浆和上石灰作粉刷墙壁之用。张氏见自己送来的纸钱没有烧掉，却被捣成了纸浆，心中老大不愿意。普庵看出了她的心思，说道："纸烧成灰，其实并没有什么用。如今将它化作纸筋，你反倒有功德。"听了普庵的话，张氏将信将疑。

张氏回到家中后，把送纸的事说与彭有根听。彭有根听完后突然想起当日普庵禅师对他说过的话，又看了看自己的双手，这些年他没少宰杀牲口，似乎掌纹间有些血污怎么也洗不干净。他对张氏说道："听你这么说来，我也想去慈化寺拜谢普庵师父，说来也好久没见他老人家了。"

张氏笑道："你一个杀猪的人屠夫，双手沾血，怎么可以去见圣僧？"

彭有根是个性子直的人,说过的话就是九牛二虎之力也拉不回。当年在钵盂塘村口,他敢跟黄圃寨的官兵对着干,老婆的这番话又怎会动摇他去慈化寺拜见普庵的决心。第二天一早,他洗了一个冷水澡,尽量洗掉身上的血腥味儿,又换了一身干净的衣服,才前往慈化寺。

普庵一见彭有根,似乎知道他今天会来,已经让寺僧准备了一杯清茶,亲手把茶递给了他。自从那次看见彭有根给山里穷人家的孩子送肉,普庵心中就对他颇有几分敬意,心想此人若是生在古代,那就是朱亥、樊哙似的爽快人物。更难得的是,他仗义疏财、心怀悲悯,与那些蝇营狗苟的市井之徒大为不同。普庵看着他毕恭毕敬地接过了茶,但不敢放在嘴边浅饮,便微笑着说道:"彭施主此番前来慈化寺,有何要事?"

彭有根小心翼翼地端着茶,生怕一不留神使茶水洒出来,心里想的却是当日在钵盂塘如何与普庵作对,在寿隆院如何向普庵索要白牛,虽有千言万语,此时竟一句也说不出口,只能端着茶杯呆立在原地。过了半晌,彭有根才勉强挤出了几个字:"普庵师父,我有事……"

普庵看着他,仿佛知道他心中的想法,慈祥地问道:"彭施主能放得下吗?"

普庵这话如同一个炸雷在彭有根耳边响起,他脑子里一瞬间闪过无数的画面:一贫如洗的老家,骨瘦如柴的母亲,第一次学鸡时跌落在地的那把短刀,看见鸡血流一地后自己吐得满身狼藉,那些牲口临死前凄厉的惨叫声,白牛逃跑时流下的眼泪……他放下茶杯,跪倒在地,颤抖地说道:"我……我……放得下,放得下!"

普庵禅师笑着对他说道:"其实,贫僧早就看出,你身上有佛性,是个在家菩萨,倒不必非来寺中修行,在家中也可修行。"

彭有根回到家里,从此弃业改行,勤劳耕种,吃斋茹素,修桥补路,多做好事。普庵见他诚心向善,便替他更名为"仲能",还为他写下八个大字:放下屠刀,立地成佛。

说到这里,彭莹玉突然顿住了,觉得普庵祖师写给彭有根的那八个字,可能并不仅仅是一句常用的偈语,而是另有所指。

显然况普天也想到了这一点："师尊，我觉得普庵祖师写的这句话，很有可能就是打开这间密室隐藏秘密之处的钥匙。"

"什么钥匙？"赵普胜还没明白过来，"难道站在这个密室里喊出'放下屠刀，立地成佛'，就有金银财宝从里面冒出来？"

彭莹玉摇了摇头，说道："那倒不至于。但放下屠刀，放下屠刀……是不是我们也要像当年的彭有根一样，将身上的屠刀放下，方可接近我佛？"

赵普胜挠了挠头，说道："可我们又不是屠夫，哪来的什么屠刀啊……"他没再继续说下去，因为他看见彭莹玉和况普天看过来的眼神，都不太对劲。

他俩的目光都望向了同一个地方，那就是赵普胜的腰间——那里赫然别着一对钢刀。

赵普胜嚷道："师尊、普天，你俩别打我这双刀的主意，这可是我吃饭的家伙……"

还没等赵普胜说完，彭莹玉和况普天已经抢到他身前，分别去扯他腰间的那两把刀。论武艺之强，赵普胜在彭莹玉的弟子当中无疑是数一数二的，在江湖上也是赫赫有名，与鼎盛时期的彭莹玉相比也不遑多让。自从他跟着彭莹玉以后，这双刀就从未离身，哪怕吃饭睡觉，他都随身携带。但此刻他总不能为了保住自己的刀，跟自己的师父和师兄动手。于是赵普胜强忍住心中的不快，任由彭、况二人卸了自己的双刀。虽然他没说一句话，但他脸上的表情，已经向彭莹玉、况普天表达了强烈的不满。

彭莹玉没对他做过多的解释，只是接过况普天手中的那把刀，走到密室中心，将那两把刀摆放在地上。

果然不出彭、况二人所料，密室的地下传来一声闷响，地板裂开了一道缝。随着一阵烟尘弥漫，一尊石筑的普庵祖师塑像，从地底缓缓升起。

三人怀着紧张和激动的心情，走向前去一看究竟。只见那普庵祖师半坐于莲台之上，身披一件破旧的袈裟，一手持拂尘，一手捏念珠，面容干瘦，如若垂垂老者。况普天仔细观察着这尊塑像，说道："听说慈化寺新建完工后的第三年，普庵祖师因殚精竭虑在寺中圆寂，世寿五十五岁。这尊塑像应是根据普庵祖师年迈之时的模样所刻。"

151

"没错,你们看祖师手中的拂尘,是不是在指向何处?"彭莹玉觉得,普庵祖师出现在此处,可能是在给他们三人指点迷津。

况普天听了彭莹玉的话,顺着那拂尘看去,只见那拂尘斜斜地搭在普庵祖师的手臂上,像是指向密室南侧的墙壁。况普天走到那面墙壁处,却发现墙壁空白一片,并没有书写什么经文,也没留下任何图案。

赵普胜的脾气来得快去得也快,此时他已经知道了师父和师兄取刀的用意,早已平复了心情。他从普庵祖师塑像边拾回自己的双刀,重新别在腰间,随即跟着况普天一起,看向了南侧的墙壁。不过,他并不像况普天那样,执着地在墙壁上找寻着蛛丝马迹,而是另辟蹊径。他问道:"师尊、普天,有没有一种可能,拂尘所指并非密室的墙壁,而是密室之外的某处?"

"密室之外?"彭莹玉的目光似乎一下子穿透了这间密室的墙壁,穿过普光明殿的台座,直向正南方向的殿门外扫去。彭莹玉自幼在慈化寺长大,对此处的一草一木都非常熟悉,即使没站在殿门处,也知道那里都有些什么。普光明殿的大门处,有石条门架和门墩,两边石墩上还有两个石鼓,又青又圆,如同大号脸盆般大小。石鼓乃石灰石雕刻而成,约三寸厚。石鼓两边有花纹,与民间所用皮鼓别无二致。

莫非,那普庵祖师的拂尘,指向的是这对石鼓?

彭莹玉的脑海里,立刻浮现出当年和尚们讲述的那些关于石鼓的传说……

传说慈化寺建成后开斋之日起,每天夜深人静时,无论是附近的老百姓,还是那些睡在"万人床"里的挂单的云游和尚和打尖的香客行旅,都会听见一种近似鼓声又不像鼓声的响动。一开始谁也没有把它当作一回事儿,久而久之,听见这种声音的人越来越多。虽说"万人床"有"万人床"的规矩,大家不敢多言多问,也不敢聚集议论,但人们心里还是感到非常奇怪,谁会在深更半夜打鼓呢?

一想到"打鼓",人们就不禁把目光放在普光明殿门前这对石鼓上。难道还有人敲得响这对石头疙瘩不成?

话说慈化寺的这对石鼓,也颇有来历。石鼓是通俗的称谓,学名是抱鼓石。北方有童谣:"小小子,坐门墩,涕呼马呼要媳妇……"所谓门墩,乃是门槛两端承托大门转轴的石墩或木墩,通常为石质,其傍于大门门框侧下,形如枕头,所以又叫门枕石,或称砷石。自古以来,人们对于门面装饰就极为重视,自然不会忽视建筑入口处这一对石质构件。石鼓是门枕石的一种,其造型为圆鼓形,具有装饰作用,通常雕饰以葵花、纹头、狮子等。下部雕有须弥座,中间为鼓形,饰以花纹浮雕,上部透雕狮子,这是常见的样式。

不过也有人说,石鼓是当年慈化寺的"经幢",本地一些志书对这对石鼓做过记载,但大多是寥寥几笔,轻描淡写,或者语焉不详。这些记载基本上都是赞叹其雕刻工艺精美,多以"鬼斧神工"来概括,而对它的作用没有做进一步的探究。其实所谓经幢,是带有宣传性和纪念性的佛教艺术建筑物,基本上是六棱或八棱的实心石柱形,上刻陀罗尼经,其形似塔,因此也叫石塔。像慈化寺的石鼓这样圆形中空似鼓的"经幢",在江南西路一带的寺庙中并不多见。

一天晚上,一个游方和尚在"万人床"里准备入睡之时,又听见了传说中的"鼓声"。他随手披了一件百衲衣,连鞋都没穿,不敢惊动任何人,蹑手蹑脚地从"万人床"中爬出,顺着"鼓声"的方向走去。他走到普光明殿门口,眼前的一幕让他不寒而栗。

原来,他看见两个身穿盔甲、身材高大的身影,手执鼓槌,一个在左、一个在右,正有节奏地轮流击打石鼓。花岗岩制的石鼓不断发出"咚咚"的响声,仿佛那鼓槌有千钧之力。那游方和尚看到这个场景,不敢动半步,生怕被那两个不知是神是怪的家伙听见。

只见那两个身影专心致志地敲打着石鼓,"鼓声"一直响到三更才停下。那游方和尚躲在殿门后面,赤着一双脚,站得双腿发酸,身上又冷又累,只想一屁股坐在地上。他心中后悔不迭:为何要好奇这"鼓声"的来历,害得自己此刻进退不得,跟大家一样待在"万人床"里老老实实地睡觉不好吗?

说来也奇怪,随着鼓声戛然而止,那两个身影也突然消失不见了,既没看见他们走进殿内,也没看见他们走出寺外。

那游方和尚哪里还敢再逗留,恨不得足下生风,赶紧往回跑去,闷头往"万人床"里一钻,将百衲衣往头上一罩,只当今晚什么都没听见、什么都没看见。可目睹的这桩怪事,时刻在他的脑子里打转,他怎能当没事儿发生一般？他一直辗转反侧,直到天亮都没睡着。

第二天晨钟响起,和尚们都起床准备去做早课。那游方和尚抢先跑了出来,到普光明殿外去看昨晚那两个黑影打鼓的地方。他围着石鼓左看右看,也看不出什么名堂。周围人们见他这副模样,都问道:"你为何总看这一对石鼓？难不成还想敲出响声来？"

游方和尚没有回答,他知道就算说出昨晚的见闻,大家也未必信他,并且还可能会惹上一些无端的麻烦。他一边悻悻地走开,一边想着这到底是怎么回事儿。就在走进大殿门口时,他猛然一怔,感到身边似乎有两个异常的身影经过,正如昨晚敲鼓的那两个黑影一般！那游方和尚抬头一看,原来是普光明殿大门上贴的两个门神,他们个子高大,身穿盔甲,手持铁槌,面目狰狞,这不就是自己昨晚所见的敲鼓之人吗？

游方和尚心头一凛,知道自己看见的正是这对门神。每天深夜,他们都会从大门上走下,在月光下沉默地敲打石鼓,直至三更。为何要这么做？游方和尚不知道。也许,只有普庵住持才知道原因所在。

为了证实自己的发现,这一天晚上,游方和尚又偷偷地从"万人床"中爬了起来,提前来到普光明殿大门后,等待着石鼓声响起。果然,还是昨晚的那个时间,他看见两个门神从大门上走了下来,如接受了某种神秘的指令一般,走到石鼓面前,手拿鼓槌,一人一边,你一下我一下,轮流击打着石鼓,石鼓便不断发出"咚咚"的声音……

彭莹玉三人从密室中走出,来到普光明殿的门前,端详着那一对石鼓。历经两百年风雨,石鼓依然如昔日那般保存完好,只是石鼓的面心处似乎有鼓槌留下的印记。

彭莹玉听说在京城的孔庙里,也藏有一面神秘的"石鼓"。据说唐太宗在位时,一位老人在石鼓山上偶然发现了一个外观奇特的花岗岩,上面还雕刻着许多奇怪的文字。由于这个物体像一面鼓,因此被人们称为"石鼓"。从此之后,百姓们将石鼓视为神物,世世代代祭祀叩拜。后来安史之乱爆发,唐肃宗听说了石鼓,便命人将它运回到寺庙中,不料祸事很快蔓延到这座寺庙。唐肃宗不得不命人将石鼓埋在地底，对外宣称石鼓遗失。战乱平息后，百姓们又将它挖了出来，放置在安全地带。然而在唐朝末期，全国爆发战乱，石鼓再次失去下落。

直到宋朝，石鼓才重见天日——司马光的父亲发现了石鼓。原来，这个石鼓被一个不知名的百姓拿去当作洗米的缸子，最可惜的是石鼓上面的文字消失一大半。在宋徽宗时期，因靖康之难，石鼓再次失去下落，直到南宋建立，才被人发现，一直保存在孔庙中。

慈化寺的这对石鼓虽然没有这么曲折的经历，但彭莹玉一眼看去，便知它们也有些来头。只是不知密室中普庵祖师所指之处，究竟是不是这对石鼓。现在普光明殿的大门上已经没有门神，也不知还有谁能将这两面石鼓敲响。

赵普胜双刀在手，还没等彭莹玉、况普天阻拦，就朝着那石鼓砍去。只见双刀砍在石鼓上的刹那间迸发出明亮的火花，刀刃处竟砍出了一个小豁口，可石鼓只发出一声"当"的脆响，没有像传说中的门神击鼓般发出"咚咚"的声音。

赵普胜叹道："这就是两个普通的石头疙瘩，形状有点儿像鼓而已，怎么能当真的鼓来敲？"

况普天却不认同他的看法，说道："普胜，你的刀敲不响，不代表这对石鼓就是普通的石头。传说中，不也只有门神才能用鼓槌敲响它吗？说到鼓槌……我倒有个奇怪的想法，不知当讲不当讲。"

彭莹玉不耐烦地说："都什么时候了，就算再异想天开，也得试一试，还有什么不当讲的！"

况普天的心思，又回到了台座下隐藏的那间密室里："我见那密室之中，普庵祖师塑像的左手拿着念珠，右手拿着拂尘。会不会这念珠和拂尘，就是敲响石鼓的'鼓槌'？"

彭莹玉眼睛一亮，心想况普天脑子灵光、善于变通。人们通常认为"鼓槌"就是棍棒模样，却没想到在佛家眼中，万物皆有万相。鼓槌可以是门神拿在手里的一根棍棒，也可以是普庵祖师手中的念珠、拂尘？他记起了当年寺中和尚曾经的教诲：《无常经》有言，"世事无相，相由心生。可见之物，实为非物。可感之事,实为非事"。物相所囊括的世界何其恢宏,并非一"相"所能概括。以普庵祖师之大智慧,说不定他会将能敲响石鼓的鼓槌,化作其他形貌以示世人。只有能参悟他心意的有缘者,才能敲响这对石鼓。

正当彭莹玉还在想时,赵普胜和况普天已经跑回那间密室,从普庵祖师像的手中,取下了念珠和拂尘。那念珠乃天台菩提子所制,因其圆而色白,如珐琅质,代表"醒悟"之意。

拂尘,又名"拂子",细长的柄部为竹木所制,上面就剩下和柄部相连接的束毛底圈,束毛圈上的刷毛,因年代久远已风化成灰。自唐代以降,禅门盛持拂子。住持或代理住持者上堂时,持拂子为大众说法,此称"秉拂"。据说,释迦牟尼佛历宝阶下凡时,大梵天王就手执白拂尘侍立一旁。此外,律部中更载有释迦牟尼佛教导僧人置备各种拂尘以防蚊蝇的记录。因此,念珠与拂尘,都是佛门重要器物。

赵普胜拿着一根只剩竹木柄和束毛底圈的拂尘,况普天拿着一串菩提子念珠,二人站在石鼓前,看上去既紧张又滑稽。彭莹玉的心中也有一种莫名的焦虑,不知这两样法器敲下去,石鼓会有什么样的反应。他看了看天边,启明星已经在东方显现,不能再耽搁了。

彭莹玉低声喊道:"敲!"

那拂尘、念珠,一齐敲向普光明殿前的石鼓。

欲知后事如何,请看下回分解。

第十三章　柳暗花明

"咚,咚",这石鼓的响声仿佛穿越两百年的时光,将三人带回到那个游方和尚偷看门神敲鼓的夜晚。

赵普胜、况普天如同门神附体,一下一下有节奏地敲击着石鼓。那鼓声古朴刚劲,仿佛在彰显南泉山民野蛮、鲜活的生命力,又像在诉说两百年来这片土地的苦难与挣扎。

师徒三人此时似乎并没找寻什么宝藏,而是在主持一种原始的仪式,用这强劲、浑厚的鼓声,唤醒远古的生灵,与他们一起低声吟唱。赵普胜、况普天此时化身万载傩舞中的鼓师,以鼓声与天地鬼神共舞。

随着鼓声渐渐激烈,空气中仿佛散发出一种莫名的香气,既非麝香,又非檀香,亦非龙涎,弥漫四周,经久不散。彭莹玉正感到诧异之时,却见袅袅香气之间,有一行行金色的文字慢慢地显现在普光明殿的外墙壁上。

况普天和赵普胜停止了敲击,看见墙壁上的文字都惊呆了。赵普胜瞪大了眼睛,战战兢兢地问道:"师……师尊,这些字很古怪,是什么意思? 怎么……怎么会出现在这里?"

彭莹玉只看了一眼,便知这段文字其实就是普庵禅咒的梵文音译,他幼年时早已耳熟能详。此刻,普庵禅咒应和殿前石鼓之声,显现在普光明殿的外墙之上,一定是普庵祖师当年埋下的伏笔。他对况、赵二人说道:"普庵神咒此时显现于墙壁之上,肯定是在告诉我们一些什么。如果不出所料,应该就是在预示最后的藏宝之地所在。我们的时间已经不多了,必须集三人之力,想出破译祖师谜题的法子。"

况普天略加思索,问道:"听说普庵神咒威力很大,古代的出家人常用这个咒来降魔驱鬼。普庵祖师一念这个咒,可以让危害众生的魔鬼头裂八瓣。如此凶猛之咒,不是德行高深的和尚很难驾驭,如何能在民间流传两百余年?"

157

"非也，非也。"彭莹玉并不认可这一说法，"据我所知，普庵神咒乃是用最愉悦、慈悲的方法驱离虫、鼠、蚊、蚁，用最简单、轻松的方式避开凶邪、冤结、恶煞。如果像你说的这般凶猛，南泉山的百姓怎么会念它来赶蚊子？"

赵普胜听到这里有些好奇，问道："师尊，你刚才说，南泉山的百姓念普庵神咒来赶蚊子？"

彭莹玉笑道："倒也不是念，准确地说应该是唱。普庵禅咒音律流畅，节奏规整，本身就很动听。不过，一段诵唱的咒语，转化为固定的音乐，再配上器乐，是很困难的。依我猜想，日后乐师一定对它进行了整理，给神咒配上音乐，特地营造出古刹闻禅、庄严肃穆的气氛。其音韵畅达、节奏自然，清夜弹之，似闻暮鼓晨钟、贝经梵语，如游丛林、如宿禅院，令人身心俱静。百姓们和着旋律将神咒唱出，自然能驱赶山中的蚊蝇，就算是炎炎夏日，也不会受蚊虫叮咬之苦。"

赵普胜还是有点儿不相信，继续问道："那南泉山这么多花草树木，夏天真的没有蚊子吗？我这几年行军打仗，常带兵在野外露宿，可被这蚊子给折腾死了，就没见过没有蚊虫的山！"

"这个嘛……我在慈化寺里住了这么多年，从没见过一只蚊子。"彭莹玉回忆起当年的往事，说道，"普胜，据说那时也有一个和尚跟你一样不信，还特地来寺里给普庵祖师捣乱，结果弄得灰头土脸……"

这回轮到况普天诧异地问道："普庵祖师如此人物，怎么还跟游方和尚计较这么多呀？"

彭莹玉笑道："倒不是普庵祖师肚量小，实在是那和尚可恶。若不给他点儿教训，怎么在众人面前显出普庵禅咒的神通？寻常百姓如何肯学？"

况普天此时看着那墙壁上显现的字迹，心中不由自主地低声吟唱，越发对普庵禅咒感到好奇。

彭莹玉本来觉得时间已经非常有限，再提起这些往事恐怕只是徒然浪费时间。但他们能走到这一步，见到这墙壁上的普庵禅咒，多亏这些传说掌故相助。而且此刻以他一人之力绝难破译普庵祖师的谜题，彭莹玉必须倚仗况、赵两位弟子。况普天绝非不分轻重缓急之人，他此时特地问到这件事，说不定已经敏锐地感知到了什么。于是彭莹玉决定长话短说，将这段传说讲给两位徒弟听。

慈化寺建成之时，四周松柏参天、四季常青，丛林密布，鸟语花香，环境幽静，蔚为壮观。虽然树木繁茂，但寺里一年四季都不用蚊帐，也不用点艾蒿驱蚊。附近百姓到了夏天，都会到寺门前纳凉避暑，也借机躲避蚊蝇叮咬之苦。

到了夏天，每个人都深受蚊虫叮咬之苦，上至耄耋老人，下至垂髫孩童，谁不得被蚊子咬上一身包？

在南方，蚊虫之患尤为突出。白居易被贬至南方时，说那里"虫蛇白昼拦官道，蚊蚋黄昏扑郡楼"。同样被贬至南方的元稹，发现白居易说的都是真的。他只在家门口舒展一下筋骨，就遭到蚊子的无情攻击，泪崩之余写下了《苦雨》："夜来稍清晏，放体阶前呼。未饱风月思，已为蚊蚋图。"

有钱人会使用丝绸制作的蚊帐，所谓"红罗复斗帐，四角垂香囊"，可穷人用不起丝绸，怎么办？

幸好袁州当地盛产的一种布料——夏布，可以用来做蚊帐。所谓夏布，就是用苎麻纤维织成的布，具有轻薄凉爽的特点。纱号较大的、经纬疏松的，用来作蚊帐，叫夏布帐。夏布帐比较便宜，可以自己纺织自己做。但这种蚊帐厚而重，不容易清洗，透明度和透气性较差，因而散热慢，至少聊胜于无。

除了挂起蚊帐，大家还会收集艾草、蒿草，混合后制成专门防蚊的火绳。到了宋朝，火绳被再次改良，其中添加了雄黄等药物，燃烧后也可以起到驱蚊的作用。

慈化寺不用蚊帐、艾蒿，因为没有蚊虫，这件事儿一传十、十传百，在江南西路几乎人尽皆知，在临近的荆湖南路等地也传得神乎其神。有一天，有个自称是衡山大刹的方丈来到慈化寺，要求会见普庵禅师。门头僧最善察言观色，见"方丈"来者不善，看样子不像是来探讨佛法的，倒像是来滋事的，于是拦住了他，特地要他说明情况，要不然就不准他进去。

这个"方丈"却蛮不讲理，一把推开门头僧，硬是往里面闯，边走边说："听说你们这里没有蚊子，我可不相信，所以特地来看看是不是名副其实。"

　　门头僧被他推倒在地,摔得着实不轻,正摸着屁股想找他理论,却看到他边走边撒黑芝麻,不知是何用意,心中隐隐感到有些不妥。没过多久,寺院里到处响起了花蚊子、麻蚊子的"嗡嗡"声,那些黑芝麻全部化成了蚊子,飞得寺院里到处都是!

　　门头僧这才知道,这"方丈"就是存心来使坏的。当年吕洞宾假扮云游道士来寺里捣乱,最多也就是让人抬不动木头而已。这"方丈"倒好,一下子放出这么多蚊子来咬人,既祸害了寺里的和尚,又坑害了那些来上香的百姓,想借此杀杀慈化寺的威风,可谓居心叵测。

　　这个"方丈"见自己的手段得逞,就开始大喊道:"还说你们寺院没有蚊子,这不到处都是蚊子吗?不是说普庵禅咒可以驱赶蚊虫吗?我看就是吹牛!看来普庵和尚也是欺世盗名之徒,骗骗老百姓罢了!"

　　可是这位"方丈"的话音未落,刚才一直响的蚊子"嗡嗡"声突然就听不见了。取而代之的是一阵若隐若现的吟诵声,犹如虫鸣鸟叫,又如密雨淋淋,但闻一片稀里哗啦之声。

　　那"方丈"大吃一惊,知道这就是传说中的普庵禅咒,以前没听过不知道它的厉害,一听果然非同凡响。他知道普庵禅师的道行远胜过自己,就想赶紧溜之大吉。

　　正在此时,普庵禅师从禅房里走了出来,对这位"方丈"说道:"高僧远道而来,贫僧有失远迎,请高僧见谅!"

　　那"方丈"硬着头皮说道:"无妨无妨,是小僧无礼,打扰了你,请莫责怪。"

　　普庵心想:这"方丈"大老远地把蚊子从衡山带到南泉山,特地放出来咬人,太缺德了。要知道和尚到了夏天就怕蚊虫叮咬,这"方丈"的所作所为,不像是佛门子弟,倒像是地痞流氓。要是就这样放他回去,别说寺里的徒弟们不答应,南泉山的百姓也心里窝火。于是,普庵笑着将一个金黄色的锦袋递给那"方丈",并说道:"哪里哪里!高僧到此一游,贫僧也没有什么可以奉献,现将此锦袋赠予你,你将它带回衡山,留个念想吧。"

　　那"方丈"有些出乎意料,心想这普庵既大度又迂腐,明知那些蚊子是自己放出来的,不仅没有怪罪之言,反倒送礼物给自己。那"方丈"倒也没觉得不好意思,大剌剌地接过礼物,道了声谢,拿着这个精致而神秘的小黄袋就出了山门。

那"方丈"边走边想:普庵禅师不知送的是什么重要的礼物,是他日常佩戴的那串檀木佛珠,还是上好的琥珀砗磲? 从分量上看,倒有点儿像玛瑙。想到这里,他不禁心痒痒的。走出慈化寺没多远,他忍不住把那锦袋打开来看。

谁知刚解开一看,袋子里竟然飞出一群蚊子,有花的,有麻的,"嗡嗡嗡"地飞得满天都是,这不正是自己放到慈化寺里的那群蚊子吗?

这群蚊子在慈化寺里没能吃上一顿"饱饭",此刻怎会放过眼前这个光头和尚。那群蚊子将那"方丈"团团围住,就像一齐享用"大餐"似的。那"方丈"又不会念普庵禅咒,虽然也有点儿法力,可一下子使不出来,最后被那群蚊子狠狠地咬了一顿,从头顶到脚底到处是包。那"方丈"好不容易将蚊子赶走了,可自己这狼狈模样不敢让人瞧见,只能蒙着头继续赶路,一路上不断骂自己自作自受。普庵除妖、求雨、斗吕洞宾等事迹虽然精彩,但不是每个老百姓都能体会到他的厉害之处。而用普庵禅咒驱蚊则让老百姓真正见识了普庵的厉害之处。

况普天听了这个故事后,心想普庵祖师当年在天龙岩的山泉滴沥之声中,进入了清净空灵的境界,结合多年来降妖除怪、驱邪除祟的经验,才悟出了普庵禅咒。听说一般只有行脚坐禅的人才诵普庵咒。那些行脚僧每到一个地方,念上三遍《普庵咒》,才能安心睡觉。可没想到,《普庵咒》流传到民间之后,最大的功用是驱赶蚊虫,让穷苦人家的孩子睡一个好觉。

想到这里,况普天对彭莹玉说道:"师尊,我想到了一个法子,也许能破解普庵祖师给出的谜题!"

"快讲快讲!"彭莹玉还没开口,赵普胜已经按捺不住了。

"《普庵咒》想必要吟诵出来才灵验。"况普天很有把握地说道,"普庵祖师将它写在这面墙壁上,想必就是希望看见它的人能跟着念出来!"

赵普胜半信半疑地说道:"可《普庵咒》是有音律的,听说还得有丝竹伴奏。我们都没学过,怎么唱出来? 再说这大半夜的,上哪儿去找琴箫?"

彭莹玉倒觉得况普天所言有理,说道:"没有丝竹不打紧,你俩还像刚才一样,用手中的拂尘和念珠敲击石鼓,我和着鼓点,将《普庵咒》吟唱出来。只是不知我小时候听过无数遍的《普庵咒》,能否带领我们走出迷潭,找到普庵祖师当年留给我们的东西。"

况、赵二人分别手持拂尘和念珠,敲响了石鼓。在密集清亮的鼓声中,彭莹玉开始低声吟诵。《普庵咒》的吟诵声随微风在空中荡漾,彭莹玉师徒三人仿佛已经忘记了他们因何而来,只是沉浸在鼓声与吟诵声中。

一曲《普庵咒》唱罢,寺院周遭梵音绕梁,经久不散。可是,眼前这座普光明殿似乎没有任何变化,难道普庵祖师将神咒书写在墙壁上的用意,并不是想让后人吟唱?

赵普胜擦了擦头上的汗——这拂尘柄毕竟不同于鼓槌,敲击石鼓没少费力气。他与彭莹玉、况普天分别对视了一眼,有些沮丧地说道:"罢了,忙活一整晚,说不定都是在做无用功。普庵祖师就是在耍我们玩哩,没打算给后人留下什么宝藏!"

况普天却并不死心:"从出木古井到白牛祖师墓,从鼻涕钟到千人锅,从普光明殿里的密室到外墙上的咒语,留下了各种线索,不可能只是为了戏谑后人,普庵祖师岂是这等怠懒人物?"

彭莹玉听见况普天这么一说,突然想到了什么,赶紧说道:"等等,普天,你刚才说到密室……会不会在那密室里,发生了什么变化?"

况普天和赵普胜也猛然警醒,连忙往殿内冲去,彭莹玉也紧赶两步,跟了上去。三人钻进那密室之内,发现普庵祖师塑像已经消失了,密室中弥漫着一种特殊的香味,原本普庵祖师手中拂尘所指的那面空白的墙壁上,也浮现出数行字迹。

彭莹玉凑近一看,只见上面写着:

"二十年间,余在乡,饮闻袁州有僧,号普庵者,其所得,非吾所知。而其事迹,深能动人耳目。所以江湖间奔走倾动,以不得见为恨。然其谆谆,不过诱其为善,戒其为恶。证之以如何为吉为福,感之以如何为凶为祸。听者皆足以发其善心,而消其恶想。若此者,千万端矣。至于世之所缘事者,如修桥辟路,以济于人。凡波涛险要之处……其工力壮伟,规抚气象,映照山川。所以论修造功行者,必以普庵为说。佗方之兴工役者,亦多祖普庵之余。"

这段文字下方还有落款——"谢谔"。一看到这个名字,彭莹玉心中深感诧异,甚至有股莫名的寒意。谢谔,字昌国,号艮斋,晚号桂山老人,新喻(今江西新余)人,绍兴年间进士,曾担任袁州府下分宜县知县,官至工部尚书。他在当时以才学与诗学闻名,《宋史》当中都有记载。谢谔生活的时代比普庵稍晚,他比普庵小六岁,寿命长于普庵十九年。新喻地界接近袁州,他又担任过分宜知县,故而能够"饫闻"普庵之声名。这段文字,分明就是他在普庵辞世后十年时,为普庵墓塔作的题铭。可这题铭为何会显现在这密室之中?难道普庵在圆寂之前,就已约定谢谔为他题铭?普庵怎么连死后之事也能安排在这个迷阵之中?想到这里,彭莹玉顿时有点儿不寒而栗。

况普天却没想到这一层,他只注意到这段文字中提到的普庵的善举。他看着彭莹玉脸上阴晴不定的表情,一时之间不敢多言。

赵普胜没那么多顾忌,问道:"师尊,这谢谔写的普庵祖师,倒也没什么特别之处,就是修桥辟路、以济于人而已,不似传说中那么厉害。"

彭莹玉郑重地说道:"普胜,你可别小瞧了这修桥辟路。说起来,普庵祖师就把修桥辟路当成生平最重要的事。他在圆寂的那年,还写了一篇文章送给圆通,文中回忆了他住持慈化寺的经历,里面所写的内容素来被寺里的和尚津津乐道,我至今都能背出来。'及住此山十有六载,终日不离华严境界。法喜禅悦之乐,如度一时;近于五六春秋,随机接引。虽然檀信百乱,修造千忙;于我本性,湛然如空,含境如镜中像。所以妙应纵横,全无漏缺。此处化缘修造,彼方教设建桥。不断宗体,而普应十方。'正因为在修桥辟路和重建慈化寺上呕心沥血,慈化寺建成后没几年,普庵祖师就圆寂了。"

况普天听到彭莹玉如此说来,这才问道:"师尊,听说袁州府秀江上的那座浮桥,也是普庵祖师主持修建的?"

彭莹玉点了点头,说道:"岂止袁州浮桥,萍乡、万载等地,多有普庵祖师修造的桥梁。不过袁州浮桥的具体施工者,却是普庵祖师的弟子——圆契和尚。在建造之前,普庵祖师还特别交代圆契'好生造桥,大要平稳坚牢,更加疾速;水漂不动,风吹不移;度人无碍,诸佛欢喜;全不漏泄,通途无阻'。

第十三章 柳暗花明

据说，浮桥修好后还发生了一桩奇事。"

况普天觉得这篇题铭中所述的最重要的一件事就是"修桥"，所以一定要听听浮桥上到底发生了什么奇事。

彭莹玉稍微加快了语速，说道："秀江浮桥建成多年后的一天，靠桥边的一家豆腐店老板晚上起来打水做豆腐。"

赵普胜插嘴道："袁州的豆腐，听说是一绝，可也谈不上奇事啊！"

彭莹玉瞪了他一眼，没有理会他，继续说道："这时，他听见桥边水响，抬头一看，只见一个人坐在浮桥上，双脚伸进江水中，正在那儿洗脚。"

况普天觉得有些奇怪，问道："就算是浮桥，桥面距离水面也不会太低，那人怎么能坐在桥面上洗脚？那腿得有多长啊？"

"是啊，那豆腐店老板也觉得碰到了怪事，活了几十年都没见过，"彭莹玉说道，"他在桥边看呆了，直到洗脚人擦干脚，穿上鞋子走了，才打水回屋。第二天早上，他把头天晚上看到的事讲给家人听，大家都觉得这事儿有点儿怪。以后，那个店老板每天晚上像往常一样按时打水做豆腐，都要留心看一眼桥上是不是有人洗脚，可过了很长时间，都没再见过。"

"也许是那老板看花了眼，也未可知。"赵普胜还是有点儿不信邪。

"可是过了几个月后，在那年秋天的一个晚上，家住秀江南岸的一家食肆店老板起来打水时，同样听见了桥边水响。在蒙蒙月影下，你们猜他看见了什么？"彭莹玉故意卖个关子。

"是不是又看见了那个在桥上洗脚的人？"

"正是。那食肆店老板看得更加清楚，那是个身材高大魁梧、手长脚长的光头。他洗完脚后起身走时，那老板还看见他身上披着一件破袈裟，不由得心中大惊，心想他可能是修炼成仙的和尚。"彭莹玉又问，"你们再猜，他看见的和尚是谁？"

"难道是普庵祖师？可他当时不是已经圆寂了吗？再说就算他死后显灵，为什么要特地到秀江桥上洗脚呢？"况普天的语气，不是十分肯定。

彭莹玉叹道："据慈化寺的老和尚说，那洗脚之人正是普庵祖师之灵。原来，普庵祖师圆寂之后，每年都要上仰山的蟠龙寺，去看望他的徒弟和光禅师。"

"和光禅师深得普庵祖师器重,并且与夏皇后一家渊源颇深。师尊,普庵祖师死后,仍对这位高徒念念不忘。会不会是蟠龙寺里,有祖师一直记挂的东西?"况普天的话里话外,都在说传说中的神秘寺产。

"我早就想到过这一点,早年也去蟠龙寺走过几次。"彭莹玉的思路向来缜密,"可是蟠龙寺早就被宋孝宗改名为报亲显庆禅寺作为夏皇后的功德院。此名头太过张扬,想必夏家不太可能将财富暗中转移到该寺之中。"

赵普胜的想法与况普天不太一样:"我觉得普庵祖师特地到秀江浮桥上洗脚,也许是因为他记挂着那座桥。"

赵普胜这番话可谓"一语惊醒梦中人",将彭莹玉和况普天二人的思路拉回到"修桥"这件大事上来。没错,从谢谔的这篇塔铭和普庵祖师圆寂前写给弟子圆通的信来看,也许在普庵看来,修桥辟路才是最重要的修行途径。况普天突然问道:"师尊,普庵祖师一生到底修过多少座桥?难道我们一直在寺中找寻线索,却忽略了那些桥通向的地方?"

此时的彭莹玉自听到况普天提起"夏皇后"后,却想起了另外一些往事。这些往事虽然发生在遥远的临安,但是对慈化寺、普庵祖师和南泉山百姓的命运走向影响深远。

预知彭莹玉究竟想起了何事,且看下回分解。

第十四章　刺血泥金

乾道三年(1167年)六月,成恭皇后夏氏崩。临终前,三十二岁的她想起自己一生的时光,两行清泪不禁从眼角流出,在已经失去往日光彩的脸颊上,留下两道浅浅的痕迹。

原来,夏皇后的闺名叫夏云姑,曾祖父夏令吉曾经做过吉水主簿。因家境贫困,父亲夏协就带着一家子寄住在袁州蟠龙寺里。听村里的老人说,云姑出生的时候,有异光穿透居室,她父亲夏协感到很惊奇。云姑长大后果然又聪慧又漂亮,简直不像贫贱之家的孩子。

夏家实在是太穷困了。有一天,夏协不知道通过什么方法,打通了大太监张去为的门路,得到一个让云姑进宫的机会。张去为是高宗赵构的亲信太监,他的养父张见道又是高宗生母韦太后身边的亲信,在宫中分量十足。云姑进宫后,就安排在高宗吴皇后身边做阁中侍御。

宋高宗赵构的独生子太子赵旉三岁就夭折了,而赵构又没有其他子嗣,于是选择宗室弟子赵伯琮和赵伯玖养在宫中,分别赐名为赵瑗和赵璩,一起学习接受培养。

赵构一直在两个孩子之间观察,相比较,赵瑗先进宫,且表现比赵璩更好,在赵璩面前不免处处领先。但权臣秦桧支持赵璩,赵构在两个孩子之间摇摆不定,因此不得不继续观察。

不久,为赵瑗生育三个儿子的郭夫人去世,刚刚而立的赵瑗成了鳏夫。赵构借机考察养子们的品行,各赏赐两名宫女给赵瑗和赵璩。

云姑与另一个宫女一起进了普安郡王府,成为赵瑗的女人,同时,也是高宗赵构的"试金石"。

因为老师史浩的提醒,赵瑗明白这是养父在考验自己,依旧保持恭俭简朴、酷爱读书、不迩声色的风格,终于得到赵构的认可,赵构下定决心确立赵瑗为皇子。

云姑冰雪聪明,在宫中这些年也磨砺出超出年龄身份的政治头脑,自然明白自己的使命。总之,云姑做了五年的"试金石",总算让丈夫通过考验。绍兴三十年(1160年),三十四岁的赵瑗被立为皇子,赐名赵玮。绍兴三十一年(1161年),成为皇子后妃的云姑受封齐安郡夫人。

次年(1162年)五月,赵玮被立为皇太子,再次更名为赵昚。六月十一日,赵构内禅,赵昚继位,成为南宋的第二任皇帝。八月二十八日,云姑被封为贤妃,成为孝宗后宫第一人。隆兴元年(1163年),奉太上皇赵构的手诏,孝宗册封云姑为皇后,云姑成了南宋王朝名副其实的第二位皇后。

云姑一当上皇后,就立刻命人去蟠龙寺找父亲夏协。不幸的是,夏协早已去世。所幸她的弟弟夏执中被找到了,并且已娶妻生子。云姑将弟弟留在了临安,看着弟弟的那张脸,就像看见了父亲当年的样子。

孝宗听说后也很高兴,觉得小舅子为自己长脸,要为夏执中升官,夏执中却拒绝了,说没有给陛下姐夫你丢脸就够了,大家听说后都很佩服夏执中。

乾道二年(1166年),夏皇后回乡省亲,孝宗皇帝特降圣旨,在袁州鼓楼为夏皇后设梳妆台、立圣旨牌、挂纪念匾,同时规定:凡经过这里的人员,文官下轿、武官下马。但是,夏皇后知书达理,深知这个规定会扰民,给百姓带来不便。于是,她授意地方官员,将牌坊立于家乡夏家里,将匾挂在夏氏祠堂。由于夏皇后的缘故,夏氏逐渐成为当地显赫的家族。可没料到此时风光无限的夏皇后,只剩下一年时光。

据说在回到故乡省亲的那几天,夏皇后特地去见了曾经收留过父亲的恩人——和光禅师,宋孝宗钦赐蟠龙寺为报亲显庆禅寺。又有人说,夏皇后还委托和光禅师,向他的师父普庵禅师捎去了一本经书和几句话……

夏皇后在临终前,还惦记着家乡的父老乡亲。她恳请孝宗给袁州百姓施恩,并说道:"要与天下百姓同心,死后寿归各地。"于是,夏皇后死后,悲痛欲绝的孝宗下令:"任葬三月,寿归各地。"由此,浙江、江苏、江西袁州府所辖萍乡等地,都建了夏娘娘墓。孝宗还下令减免了宜春、萍乡等一些贫困地区的租税,并开仓济贫,圆了夏皇后的遗愿。

"师尊,夏皇后究竟向普庵祖师送了一本什么经书,交代了什么话？是不是有关夏家的财宝？"赵普胜这时有些急不可耐了。

彭莹玉摇了摇头,说道:"听寺里的大和尚说,夏娘娘交给了和光禅师一本佛门常见的《金刚经》。所说的话无非是省亲路上看到袁州境内水系交错,百姓渡河艰难,夸赞普庵祖师修桥建寺居功甚伟之类。"

况普天疑惑地说道:"这又扯到'修桥'这件事上了。夏娘娘生平最后一次返回故乡,难道就没对慈化寺的寺产之事做任何交代？师尊,普庵祖师在圆寂前的数年里,修桥无数,是不是与夏娘娘的这番嘱托也有关系？"

彭莹玉想起普庵祖师当年修桥辟路之举,心中唏嘘不已。他没有回答赵、况两位徒弟的话,而是盯着墙壁上谢谔留下的塔铭,回忆起寺中大和尚曾对他说过的关于普庵修桥的往事。

原来,普庵住世五十五年,青年时禅修阅藏,打牢坚实的佛学基础;中晚年则为修桥辟路呕心沥血。他在写给彭彦远的信中说道:"办自己大事,度济含灵。"所谓"办自己大事",就是修桥辟路。

在石里乡修好灵济桥后,普庵在桥头写道:"修桥布路为含灵,转凡成圣如行货。"造桥不仅能实现"道安人乐,旅快轮轻"的社会公益效果,同时也给造桥者以回报,所谓"福应桥成,作万古之宗标"。

普庵修造桥梁,主要是在袁州府范围内,以宜春县、萍乡县、万载县为主,如宜春的袁州浮桥、合浦桥,萍乡的通济桥、宣风桥等。他一生在周边修造了多少桥,因无人统计而不得知晓。但后人知道,关于修桥之俗务,他所著文章就有十八篇之多。

在禅宗发展史上,没有哪个禅师像普庵那样,花费大量的心血在造桥修路上,也没有哪位僧人的诗文创作与桥梁联系如此紧密。正因如此,普庵在禅宗史上特立独行,在历代禅师中非常罕见。

普庵造桥,除了有圆通、圆契、和光等嫡传弟子做左膀右臂,还有一个道友团队紧随其后,有钱的出钱,有力的出力。其中既有刘汝明、彭心斋、李仓监、汤亨老等乡绅,也有彭有根、刘金伢、李邦民这样的平头百姓。

在《与心斋诸道友造桥》一文中,普庵提及参与造桥的诸多弟子与南泉山道友共计二十余人;在《与心斋、和光干桥事》中,提及参与修桥的道友来自筠州，即锦江下游高安、上高等处；而在《与汤亨老居士》中，更是提及"南方道友不偏枯"。可见在后期，追随普庵的造桥修路队伍已经不限于南泉山范围，甚至不限于袁州境内，而是来自天南海北、四面八方。

正当彭莹玉还在想着普庵祖师晚年大举修桥之事时，赵普胜的一番话打断了他的思绪："师尊，普庵祖师晚年修了那么多桥，钱从何来？"

况普天也觉得有些不对劲："这修桥补路，本是官府分内之事，怎么全部都让普庵祖师和他的弟子来做？"

彭莹玉叹道："你们觉得，普庵祖师修桥之前，这些河流在不在？"

"当然在，河流亘古奔涌，岂会因一人而生而灭？"赵普胜脱口答道，但心中并不知彭莹玉此问之意。

"那在普庵祖师修桥之前，百姓们需不需要渡过这些河流？"彭莹玉再次发问。

"这个……肯定也是需要的。河面上有了桥，才会天堑变通途。"这次答话的是况普天，他似乎有点儿明白彭莹玉的意思了。

"没错，那为什么修桥补路这种好事，官府不做，要留给普庵祖师和他的弟子们来做呢？"彭莹玉连连发问。

"依我看来，一则地方文官的任职期限一般为三年，所谓'铁打的衙门流水的官'。州县官员任职期满就要调任或者晋升，流动性很强，所以各地官场形成了'官不修衙'的规矩，连衙门都不修，何况路桥？老百姓过不过得了河，根本不是他们会考虑的事儿。二则地方官员的主要职责是征收赋税和处理诉讼。大动土木所需款项都要向上级乃至户部申报，程序极为烦琐，因此修桥这类小事只能修桥者自行筹款。而自行筹款不仅考验官员的才干，还要承受'劳民伤财'的讥讽，什么事儿都不做往往能博得'为政清简'的美名，何乐而不为？"况普天虽然没当过官，但长期在各地奔波，对官府的做派心中有数。

"普天这些年熟读经史，很多事情看得较透，"彭莹玉虽然嘴上在赞许，但脸上的表情却无变化，"对于官员而言，修桥补路对他们的仕途并无太多助益。就算真有一些勤政爱民的官员，那也是少数。但对于寺庙而言，交通条件的改善以及僧侣名望的提升，都可以使得寺庙香火更加旺盛。因此，普

169

庵祖师和他的弟子们积极投身修桥，既造福当地百姓，也为慈化寺日后的昌盛打下了基础。"

赵普胜沉思片刻，说道："师尊，我在想，如果没有普庵祖师当年修建的这些桥梁，我们这些年在袁州周边联络各地教众也没这么便利，要想大举起事更是难上加难。说起来，普庵祖师当年的修桥之举，倒是无形中方便了我们。"

"普胜说得没错。"况普天也说道，"袁州境内重峦叠嶂，水系复杂，各县之间交通十分不便，但这些桥梁让我们的人一天之内就能抵达最偏僻的乡村，得以让联络起事的信息跑在官府前面，这不得不说是普庵祖师冥冥中送给我们的一个大礼。"

"难道……"赵普胜想到一件事，却一反常态地忍住，没说出口。

彭莹玉看着他，也没有多问。这时天边已经露出鱼肚白，再过不到半个小时，太阳就将从东方缓缓升起，用它那洞悉万物的光芒，照亮这世间的每一个角落。彭莹玉从没像此刻这般厌恶阳光，他希望能永久地留住黑夜，让他身上的这一袭黑衣，得以融入其中。

彭莹玉慢慢地走到赵普胜身边，突然探出双手，在赵普胜猝不及防时，从他的腰间抽出那两把钢刀。赵普胜原本视双刀如命，从不会让人轻易夺走，但夺刀之人是他视若至亲的师父，因此他根本没来得及做出反应。

况普天惊呼一声，电光火石之间已明白彭莹玉的心意。可还没等他挪动半步，一把钢刀就已经架在了他的脖子上。而另一把钢刀，则抵住了赵普胜的喉头。只需双手轻轻用力，彭莹玉就能取了两个徒弟的性命。

况普天感到冰冷的刀锋，在自己的脖子上已经割出了一道口子，有鲜血顺着刀刃缓缓流下。只怪赵普胜素来把双刀磨得锋利，却没想到这快刀有一天可能要了自己的性命。况普天不敢动弹半分，他知道自己的生死就在彭莹玉的一念之间，不由得说道："师尊，杀了我们，大事难成！"

赵普胜虽有一身武力，可瞬间被制，根本无从施展身手。况且就算没被钢刀抵喉，他说什么都不会跟彭莹玉动手。但他怎么也想不明白，为什么自己向来敬重的师父会突然发难，下死手来对付两个嫡传的徒弟。彭莹玉看着他一脸茫然的样子，抵住他喉头的那把刀略微松了点儿，让他的呼吸通畅一些。但架在况普天脖子上的刀,却丝毫没有松动半分,哪怕他的鲜血已经流到了握刀的手上。

况普天见彭莹玉虽然制住了他们,但短时间内并无立取二人性命之意,于是试探性地说道:"师尊,想必你已从现有的线索中,推测出那笔寺产的藏匿之所……所谓'三人不能守密,二人谋事,一人当殉',所以你要在普胜和我之中,挑选一人来杀。然后留下一人,与你取出宝藏,共举……共举大事……"

彭莹玉不置可否,眼神却如利箭般射向况普天的脸。

况普天闭上了眼睛,缓缓地说道:"师尊,我猜你要杀的人,一定……一定是我。因为……对你来说,普胜的刀,会比我的头脑更有用。只不过……"

"只不过什么?"彭莹玉冷冰冰地问道。

"只不过……从我们刚才的推断来看,夏家留下的财富,估计大部分被普庵祖师在圆寂前几年用于修桥辟路……其实,那些连接山水、沟通阡陌的桥梁,才是慈化寺遗留给后人的巨大寺产。也许我们这一夜在寺内的寻觅,都是无用功,哈哈……咳咳……"况普天苦笑的声音,在刀锋之下变成了一阵轻咳声。

赵普胜虽然弩钝,但是也想到了这一点。况普天所说的话,也印证了他心中的想法。只是他还是不敢相信,师父竟然会从二人中挑一人来杀,这不是"自毁长城"之举吗?对师父而言,这有什么好处?

况普天见彭莹玉的脸色阴晴不定,心知八成说中了师父的心意。他强忍着脖间传来的隐隐阵痛,继续说道:"只是师尊绝不能将今晚寻觅寺产未果的消息传递给弟兄们,否则将会动摇二十天之后万载起事之根基。到时军心动摇,一定会重蹈当年周子旺师兄惨遭屠戮之覆辙。因此,一定要杀掉我们中的一个,确保消息不会走漏。再让……再让活下来的那个,携着那笔虚无缥缈的寺产,带领弟兄们起事……"

虽然命悬于线,赵普胜还是忍不住问道:"寺产既然都变成了桥梁,还怎么携带?"

彭莹玉没有回答他,而是长叹一口气,说道:"普天、普胜,你们跟着我这么多年,我不忍心杀你们中的任何一个。只是事关重大,子旺那次起事,死了五千多人,都是南泉山里的好儿郎。我们再也经不起这样的牺牲,只能从源头消除泄密的隐患……"

况普天感到脖子上的刀刃有些许颤抖，显然心硬如铁的师父也有不忍之时。此时性命攸关，他只能硬着头皮说道："师尊，我听说一句话，叫作'三人言而成虎'……"

"那又如何？"彭莹玉眉头一皱。

"有的故事，必须三个人来讲，才能让人相信。"况普天感到脖子上传来的压迫感略微缓和了点，"师尊，你如何让弟兄们相信，我和普胜之间活下来的那个所携带的'寺产'，就是普庵祖师留给我们的无尽宝藏？这种故事如果由三个人讲，会比两个人讲得更动听……"

"你知道我想让你们携带的'寺产'，究竟是什么吗？"彭莹玉猛地将双刀收回，况普天和赵普胜顿感呼吸畅通，但谁也不敢轻举妄动。毕竟那两把钢刀，还在彭莹玉的手中。

况普天看着殷红色的血从刀上一滴滴地落下，心中仍有余悸，于是小心翼翼地说道："之前师尊说过，夏娘娘省亲时，托和光禅师带给普庵祖师一本《金刚经》。又说过，寺中有祖师所书的一本血经。想必只要拿到这本血经，就能向弟兄们讲出这个故事来……"

彭莹玉的眉宇间透着一股杀气，手中的双刀虽然低垂着，但随时可能像两条毒蛇一样暴起伤人。他盯着况普天，说道："那你说，这本血经藏在何处？"

况普天摇了摇头。他对血经之事本来就知之甚少，根本无从得知血经所藏何处。

赵普胜见况普天没了言语，连忙催促道："师尊，不如你给我们讲一讲这'血经'究竟是何方神物，我们说不定也能帮你出出主意！"

彭莹玉眼中的戾气慢慢消退，虽然握刀的手未有丝毫放松，但心中的杀机已不像适才那般强烈。他理了理思绪，开始向况、赵二人讲起关于血经的往事……

听闻夏皇后崩逝，普庵的内心深处如遭重击。虽然他与夏皇后远隔千山，素未谋面，但二人有惺惺相惜之感。由于为建寺、修桥等事务日夜操劳，

172

加上在天龙岩修行时费尽心力,普庵心知自己已近油尽灯枯,大限之期不日将至。座下弟子圆通、圆契等人虽然在佛法上略有小成,并且在经办寺务方面皆能独当一面,但毕竟修为尚浅,怕是难以带领众弟子应对诸多外邪。

普庵心想:这古刹绝不能随着自己的离去,重归萧条。可生死有命,纵然具有菩萨一般的修为,却也没法永生不死。普庵看着手中拿着的《金刚经》,心中突然有了一个念头:这本经书乃夏娘娘生前钦赐,是佛门重典,如果以某一种方式将自己的血肉与经文融为一体,是不是能让经书传承自己的精神意志,护佑慈化寺和周边百姓的平安?

这种方式,就是"刺血泥金",俗称书写血经。

据史料记载,自南朝梁武帝在位时起,一些高僧为表示对佛祖的虔诚,发愿刺血为墨,书写经卷。

僧侣通常在每天清晨净手焚香后,刺破手臂或舌尖,滴血入杯,以毛笔蘸血书写,或用鲜血合金、合朱、合墨书写。

书写血经的讲究颇多,刺血的高僧必须常年不食盐,以防止伤口凝结,在书写血经时只能用上半身的血液,主要通过刺破手臂、舌头取血,以示对佛法的尊重和虔诚。此外,书写血经的人还要有深厚的书法功底。完成一部血经需很长时间,因此血经在佛家经书中神圣而罕见。

写血经,是决不可用纯血的。因为纯血会凝结成血块而生血皮,最终形成血筋粘在笔尖上而无法书写。所以,鲜血必须先接在一个小碗中,掺杂一些清水,并用长针尽力绕着四周搅和。这样做主要是为了去掉血筋,这样血筋就不会粘在笔尖上,才可以随意书写;若不去掉血筋,毛笔会被血筋缚住,而不能书写。

另外,如果血性清淡,笔接触纸后,血就会立即散开,成为一摊血团。为解决这个难题,必须用白矾对纸张进行处理后再使用,因为用白矾处理过的纸不会渗水了,而且最省血。

刺血写经有很多讲究:如果是写小部头经书,就用舌头的血;如果是写大部头经书就专用纯血来书写,光用舌血是不够的,还必须采用手指及手臂上的血,才可能圆满地完成书写任务。若是在舌尖取血过多,恐怕心力受伤,难于进修。

普庵所要书写的《金刚经》，近九千三百字，用舌尖的血，加上少量手指的血，即可完成书写。

当然，刺血亦不可一时刺得太多。因为在春、秋两季，所采的血，只要过两三天，就会发臭；而在夏天，血放半天，就会发臭，也就无法再用来书写。普庵采取的办法是将血刺出后，用血和朱砂、金粉做成血锭，将血锭晒干。要写经书时便用少许清水化开，即可得所谓的"刺血泥金"。这样做既不虚耗精血，又不会因用臭血而污秽佛经。当然，这个血锭，如果没有掺胶，恐怕很难存放，最终将脱落。所以，在研用时，普庵还得用上一点儿白及，这样就不会使金粉脱落。

圆通和圆契眼见师父白天为修桥辟路之事操劳，晚上回到禅房，从舌尖上刺出鲜血，和着金粉、朱砂，在昏暗的灯火下，用端正的小楷一笔一画地书写着《金刚经》，竟比女子绣花还要精细。看着那鲜血一滴一滴地落在瓷盘中，仿佛普庵的生命一分一分地消失，圆通和圆契又心疼又担忧。他们多次劝阻普庵，不要太过辛劳，普庵只是放下手中的笔，对他们讲了两个故事：

"圆通、圆契，其实不止我们出家人会刺血写经。本朝编著的《太平广记》中就有记载：唐高宗永徽年间，有一个名叫司马乔卿的人，天性纯朴谨慎，很有志气，时任扬州司户曹。母亲亡故时，他就住在墓旁，并刺血书写《金刚般若经》二卷。没过几天，在他居住的庐房旁，生长出了两颗灵芝草。九天后，灵芝草已经长到一尺八寸长，碧绿的茎秆，褐色的华云盖，每天可以沥出汁水一升多。取来食之，顿觉汁水味甘如蜜。汁水被取走后，过一会儿又生长出新的汁水来。司马乔卿的同僚，都目睹了这件事。"

"还是在《太平广记》中，又记载了这样一个故事：唐朝高宗显庆年间，陇西的一个叫李观的人，住在荥阳。父亲死了后，他在守孝期间刺血书写了《金刚般若心经》和《随愿往生经》各一卷。从此以后，他所居住的庭院里，总有一股奇异的香味，而且香气非常浓烈，连邻居也常常能闻到。因此，没有一个人不称赞他的。"

"圆通、圆契，我的时日已经不多了，慈化寺的将来，就要落在你们肩上。我只想在有限的时间里，给你们，给慈化寺，也给后人留下一份念想。也许当经书写完之时，慈化香花禅寺会像它的名字那样，让经文的香气飘向四面八方,经久不散……"

圆通和圆契再不多言,二人皆双手合十,站在普庵身后,伴随着笔端在矾纸上书写时发出的"沙沙"声,庄重地吟诵起《金刚经》的经文来……

三人的身影,被摇曳的灯火投影在泛黄的墙面上,如同佛影嵌壁。

况普天和赵普胜直听得心驰神往,为祖师的意志所折服,一时间竟无言语,似乎忘记了刚才命悬一线,而那两柄利刃,还握在彭莹玉的手中。

"滴答、滴答"的声音一下又一下地传来,那是刀间残留的鲜血自然落下,与地面撞击后发出的声音。赵普胜的视线随着声响看了过去,却见密室中原有的那把镔铁尖刀赫然躺在地板上,似乎被滴下的血珠染成了暗红色。那是当年彭有根当屠夫时用过的屠刀。奇怪的是,经过近两百年的岁月,这把刀并没变得锈迹斑斑,仿佛有人磨过一般,还如当年一样锋利铮亮。

彭莹玉似乎也注意到了地上的那把屠刀,心想如果那把刀被赵普胜拾起来,反杀未必做得到,自保却绰绰有余。他正要走上前去,打算一脚将那刀踢远,却见那刀上的暗红色渐渐晕开,似乎将周边的地面都印成了红色。

在这种神秘色彩的映衬下,一行行金色的字迹开始在地面的青砖上浮现:

> 白日上升非偶尔,刹那成佛亦如然。
>
> 个中迥超声色外,恩光满目意连天。
>
> 好明廓彻非思量,一受皇书遍普贤。
>
> 江西风月光无尽,帝里真如万法圆。
>
> 当处饮吞无不足,护持秘密不休年。
>
> ——与夏国舅书

"这是普庵祖师写给夏执中的信!"赵普胜惊呼道,他眼里已经没有了那把屠刀。

"没错,祖师将这首诗文隐藏在这里,又有何用意?"况普天觉得一夜之间想要寻找的答案似乎呼之欲出,却又依然难觅踪迹。

彭莹玉仔细读了几遍,看到最后一句时,心中便有了主张:"你们看,祖师在最后写道'护持秘密不休年',这秘密是什么?"

"难道是夏家转移的财产？不是都被祖师用来修桥了吗?"赵普胜不解地问道。

"非也非也。"况普天看出了端倪,"前面一句'当处饮吞无不足',似乎在告诫夏执中要感怀圣恩、知足常乐,又好像在告诉他:不用担心今后之事,那个秘密会被保护得很好。"

"夏家日后在袁州乃至天下的名声一直都很好,夏执中为人处事也一直很得体,夏家也并没有因为夏娘娘的逝世而衰败。这得益于普庵祖师的指点,说明当年夏家信任普庵祖师是完全正确的。"彭莹玉显然比两位徒弟看得更远,"我从这阙诗文中能感知到,普庵祖师与夏家共同护持的那个秘密,不仅是修桥辟路、造福乡里这么简单,而应隐藏在那部血经之中。甚至可以说,血经才是慈化寺中最大的秘密,也是我们这一夜欲寻未果的东西。"

彭莹玉的话给了况普天一些启示,他突然想到了一点,不由得说道:"师尊,'当处饮吞无不足',指的是不是……出木古井?"

赵普胜一听此言,不禁脸色大变。因为三人当中,只有彭莹玉抵达了出木古井的最深处,并且可能是这两百年来深入古井的唯一一人。因此,古井下究竟是何景象、藏有何物,也只有他才知道。

就在这时,彭莹玉却将双刀收起,重新插回赵普胜腰间的刀鞘中。赵普胜和况普天正感愕然之际,只见彭莹玉将手伸进胸前的衣服内,取出了一本已经泛黄的经书。经书的封面处题着几个大字——《普庵手书金经》,正是普庵祖师当年"刺血泥金"抄下的那本《金刚经》。

欲知后事如何,请看下回分解。

尾　声

刀已回鞘。

密室中不知乾坤变化，但三人都能感知，太阳正在东方缓缓升起。

这漫长的一夜，终将过去。

见到彭莹玉掏出的经书，况普天和赵普胜都跪倒在地，他们的眼眶里，似乎有泪水在涌动。

这一刻，仿佛普庵祖师重归禅寺，亲临师徒三人面前。这一夜之间述说的那些往事，都像是普庵祖师对三人的谆谆教诲。

彭莹玉轻轻地抚摸着那本经书，平静地说道："其实，我在出木古井中便已知道这寺中唯一的宝藏，大概便是祖师手书的这部血经。后来所遇到的一切，皆证明了我的判断。"

况普天慢慢地抬起头来说道："原来，师尊一整晚带着我们寻遍全寺，无非是借机向我们讲述有关普庵祖师的诸多故事，并以此来考验我们的心志是否坚定至诚。"

"师尊，我们拿到了这本经书，究竟有何用处？它能为我们换取粮草和武器吗？"赵普胜还是不太理解这个"宝藏"的价值所在。

彭莹玉带着二人，踱步走出密室，来到了普光明殿。此时，太阳初升，几缕阳光洒在普庵塑像的金身之上，散发出柔和的色彩。彭莹玉站在殿中，庄重地说道："普胜，你知道比粮草和武器更重要的是什么吗？"

"难道是马匹、铠甲？还是被服？"

"都不是。"彭莹玉摇头道："要想推翻元朝的黑暗统治，最重要的一样东西其实是——人心。普庵祖师在这片土地上的声望极高。我们拿到了这本经书，就如同得到了普庵祖师对我们的支持，就会有越来越多的穷苦百姓，加入我们的队伍中来。人心，比粮草、武器、马匹、铠甲都重要百倍，得人心者方能得天下。"

赵普胜这才恍然大悟，不禁连连点头。

况普天补充道："师尊，你还忘了普庵祖师修建的那些桥，那些桥不也是祖师在两百年前帮我们铺设的道路吗?"

赵普胜接着说道:"还有这座多年来普济四方百姓的慈化寺,还有勠力同心的本地百姓……祖师留给我们的'宝藏',实在太多了……"

"没错。我相信多年后,人们会把我们所站的这个地方称作……"彭莹玉顿了顿,看着远方延绵不绝的青山,说出两个字,"慈化。"

普庵坐在禅房内的蒲团上,将那根降伏了泉怪的禅杖和那柄托起"鼻涕钟"的拂尘,交给了圆契;接着慢慢地脱下身上那件能覆盖山川的破旧袈裟,放在圆通手中。

窗外,风吹过竹林发出呜咽声,如同母亲黄氏在呼唤着普庵的俗家小名。说起来,普庵已经有多年没有回余家坊了,也不知道母亲坟上的梓木,有没有长出新芽。想到这里,他的舌根处有些发麻,这是近年来针刺取血留下的症状。不过舌尖处却涌起一阵甘甜,那是儿时采摘的茶苞的味道。普庵的眼前,仿佛又浮现出那些小伙伴穿梭在茶山上的身影……

那些身影渐渐远去,随之走来的,是一群衣衫褴褛的穷苦百姓:家中没有柴火取暖的易老太,带着几个孩子饥肠辘辘的张寡妇,遭遇大旱、无米下锅的村民,寒窗苦读、彻夜未眠的学子,大喜之日却毫无笑颜的新人……人世间诸多苦难,皆在眼前不断重现。纵有"千人锅""万人床",也无法凭借一寺之力普度芸芸众生?

普庵自知,时辰将至。他艰难地取出那本用刺血泥金写就的《金刚经》,将它放在自己的身前,而后对两位徒弟说道:"圆通、圆契,为师大限已到。所谓'春有百花冬有雪,夏有凉风秋有月',四时变迁,世事轮回,你们不必悲伤,也无须挂怀。慈化寺会继续走下去,你们也一样。若干年后,也许会有人来到寺里,带走这本经书和一些往事。你们要做的,就是继续修好那些桥,让他们……让他们通途无阻。"

圆通、圆契合十应诺。普庵脸上渐渐露出喜悦的神情,仿佛看见了佛光,又似与亲人重逢。在临行前,普庵气若游丝地念出最后一段偈语:

"颠倒梦想忽然破,直入孤峰常独坐。不曾相见与相亲,祇么巍巍迎达摩。东西露柱满添汤,南北石头快推磨。到与不到俱吃茶,万里清风同唱和……"